A caderneta de Victor Frankenstein

Peter Ackroyd

A caderneta de Victor Frankenstein

Tradução de
Marcos Maffei

EDITORA RECORD
RIO DE JANEIRO • SÃO PAULO
2013

CIP-BRASIL. CATALOGAÇÃO NA FONTE
SINDICATO NACIONAL DOS EDITORES DE LIVROS, RJ

A166c
Ackroyd, Peter, 1949-
A caderneta de Victor Frankenstein / Peter Ackroyd; [tradução de Marcos Maffei]. – Rio de Janeiro: Record, 2013.

Tradução de: The casebook of Victor Frankenstein
ISBN 978-85-01-09151-2

1. Ficção inglesa. I. Maffei, Marcos, 1959-. II. Título.

13-3858

CDD: 823
CDU: 821.111-3

Título original em inglês:
The casebook of Victor Frankenstein

Texto revisado segundo o novo Acordo Ortográfico da Língua Portuguesa.

Editoração eletrônica: Abreu's System

Direitos exclusivos de publicação em língua portuguesa somente para o Brasil adquiridos pela
EDITORA RECORD LTDA.
Rua Argentina, 171 – Rio de Janeiro, RJ – 20921-380 – Tel.: 2585-2000,
que se reserva a propriedade literária desta tradução.

Impresso no Brasil

ISBN 978-85-01-09151-2

Um

Eu nasci na região dos Alpes Suíços. Meu pai era o proprietário de muitas terras entre Genebra e a aldeia de Chamonix, onde minha família residia. Minhas lembranças mais antigas são daqueles picos resplandecentes, e acredito que meu espírito de ousadia e ambição brotou diretamente da visão de altitudes. Eu sentia ali o poder e a grandiosidade da natureza. Os penhascos e os precipícios, as cascatas brumosas e as torrentes furiosas sempre tiveram o efeito de santificar a minha vida, até que, em certa manhã branca e brilhante, eu me senti compelido a proclamar ao Criador do Universo:

— Deus das montanhas e geleiras, preserve-me! Eu vejo e sinto a solidão de seu espírito em meio ao gelo e à neve!

Como que em resposta ao meu apelo, ouvi o rachar do gelo e o trovejar de uma avalanche num pico distante, mais alto do que os sinos da catedral de St. Pierre nas estreitas ruas da velha Genebra.

Eu exultava com as tempestades. Nada me arrebatava mais do que o bramido do vento entre as massas verticais de rocha, as fragas e as cavernas de minha região natal; quando o vento levava embora a neblina, as florestas de pinheiros e carvalhos eram preenchidas por sua música. As nuvens lá pareciam perseguir o ar nas alturas, desejando tocar a origem de tanta beleza. Nesses momentos, minha natureza individual se dispersava. Eu me sentia como se fosse dissolvido no universo em volta, ou como se esse universo fosse absorvido por mim. Como um bebê no útero, eu não tinha consciência de distinção alguma. É o estado que os poetas desejam alcançar, quando todas as manifestações do mundo se tornam "florações numa única árvore". Mas eu tinha sido abençoado pela poesia da natureza em si mesma.

Assim, em meus primeiros anos, minha alma transbordava com um estado de espírito ardente, e minha imaginação rebelde e entusiasta era disciplinada apenas por minha inclinação para o estudo e para a atividade mental. Como eu amava aprender! Eu me embebia de conhecimento como um broto absorve água, crescendo cada vez mais alto. O pior dos meus defeitos já era então a ambição. Eu queria saber tudo sobre o mundo e o grande universo. Para que eu tinha nascido se não para aprender? Eu sonhava com estrelas distantes. Em minha imaginação (e creio que mesmo então eu já compreendia o verdadeiro significado dessa palavra), eu via sob a crosta o núcleo incandescente que produzira as montanhas em minha volta. Eu, Victor Frankenstein, iria solucionar seus mistérios! Iria examinar o besouro e a borboleta em meu desejo sincero de aprender os segredos da natureza. Desejo e deleite — quando esses segredos se desvelavam para mim — estão entre as primeiras sensações que consigo relembrar. Meu pai comprara para mim um microscópio através do qual eu observava a existência oculta do mundo com um interesse indescritível. Quem não quer estudar o invisível e o desconhecido? A força instilada no âmago dos mais minúsculos organismos, fazendo-os mover e se encontrar, deixava-me maravilhado.

—

Depois de minha formação escolar em Genebra, no padrão calvinista de estudo industrioso e paciente, meu pai me enviou para a renomada Universidade de Ingolstadt, onde comecei as minhas primeiras pesquisas sobre filosofia natural. Mesmo então, creio, eu sabia que iria forjar o meu caminho para a grandeza. No entanto, eu sempre quisera visitar a Inglaterra, onde os mais recentes experimentos em ciência natural estavam sendo realizados por galvanistas e biólogos. Era um lugar de aprendizagem prática. Meu pai, entretanto, não julgava que aquele país fosse favorável à formação de minha moral, mas depois de muitas solicitações ardentes e cartas prementes de Ingolstadt ele finalmente cedeu. Ele me deu permissão de entrar para a Universidade de Oxford, aos meus 18 anos, depois de muitas advertências quanto à frouxidão da juventude inglesa. Eu prometi a ele que nem o meu caráter, nem a minha virtude seriam maculados em qualquer aspecto. Falei isso cedo demais.

Foi em Oxford que conheci Bysshe. Ambos chegamos à faculdade no mesmo dia; de forma um tanto confusa para um simples estrangeiro, ela é chamada de Faculdade da Universidade. Meus aposentos eram na esquina sudoeste de um espaço conhecido como o pátio, e os de Bysshe eram na escadaria seguinte. Eu o vira de minha janela e ficara muito impressionado por seus longos cachos castanho-avermelhados, numa época em que o cabelo costumava ser cortado. Ele tinha uma maneira rápida de andar, a passos largos, mas isso era combinado com uma hesitação curiosa, como se ele não estivesse inteiramente seguro quanto ao destino a que se dirigia com tanto ardor; ele oscilava um pouco, guiado pelo vento. Eu o via todas as manhãs na capela, mas não nos falamos até estarmos sentados juntos durante uma das lamentáveis refeições no salão. Minha opinião da culinária inglesa era muito parecida com a que meu pai tinha da moral daquele país.

Bysshe estava ao meu lado, e eu o ouvi comentar com aprovação a respeito de um conto gótico escrito alguns anos antes, *O anel fatal*, de Isaac Crookenden.

— Ah, não — eu disse. — Para sensações novas, você precisa ler os romances de Eisner.

É claro que ele percebeu meu sotaque no mesmo instante.

— Você admira os contos de terror alemães?

— Admiro. Mas não sou alemão. Sou de Genebra.

— A guardiã da liberdade! De Rousseau e Voltaire! Por que, então, veio para cá, o lar da tirania e da opressão? — Eu não tinha ouvido opiniões como essas antes, acostumado que era a pensar na Inglaterra como a origem das liberdades políticas, e Bysshe riu de minha expressão de surpresa. — Não está aqui entre nós faz muito tempo, suponho?

— Cheguei na semana passada. Mas eu acreditava que as liberdades do povo...

Ele pôs as mãos sobre os ouvidos.

— Eu não ouvi isso. Tenha cuidado. Pode ser acusado de insubordinação. Ou blasfêmia. Quanto você pensa que esse seu belo corpo vale?

— Perdão?

— De acordo com o governo, não vale nada. Pode ser manejado sem desculpas e sem explicação. Nós revogamos o habeas corpus, veja você. — Eu fiquei bastante perdido quanto ao que ele se referia, mas então imediatamente ele mudou de assunto. — Você leu O *monge enterrado*, de Canaris? Essa sim é uma história de *diablerie*! — Eu lera o livro um mês antes e, para o meu espanto, Bysshe começou a citar de improviso todo o início do primeiro parágrafo: "*Nunca havia uma hora tranquila no mosteiro que, para os habitantes simplórios da região, era conhecido como o lugar dos ecos.*" — Ele teria continuado, mas a sua companhia no jantar, que depois descobri ser Thomas Hogg, implorou para que ele parasse.

— Por que você diz "governo"? — perguntou Hogg a ele.

— Por que não?

— Não devia ser "o governo"?

— Não. Governo é mais poderoso e mais insidioso. Governo é uma força abstrata e avassaladora. Não concorda, pastor de Genebra?

Bysshe olhou para mim, ávido e curioso, e eu fiz o melhor que pude para responder.

— Se eu fosse um pastor, eu lhes diria que "Deus" é diferente de "o deus".

Ele riu alto.

— Bravo! Seremos amigos. Permita que eu o apresente a Shelley. — Ele pôs as mãos sobre o próprio peito e fez uma reverência. — E Hogg.

— Meu nome é Victor Frankenstein.

— Um belo nome. Victor é romano, não? *Victor ludorum* e coisas assim.

— É um nome antigo em minha família.

— Frankenstein é mais perplexo. Você não é um israelita, já que frequenta a capela. — Eu não imaginava que ele me notara lá. — Um *stein* é um cântaro para cerveja, creio. Talvez seus ancestrais fossem conectados à corte franca na honrada ocupação de ceramistas. Você vem de uma família de artífices, meu caro Frankenstein. Seu nome é digno de aplauso. — A essa altura já tínhamos nos levantado da longa mesa e caminhávamos de volta pelo pátio. — Tenho vinho — disse Bysshe. — Venha se juntar a nós.

Assim que entrei nos aposentos dele, eu soube que estava na moradia de um espírito ardente: no chão, no tapete, na escrivaninha, em todas as superfícies disponíveis, havia uma profusão de objetos de toda sorte espalhados. Havia papéis, livros, gravuras e caixas inumeráveis com meias, botas, camisas e outras roupas atulhadas no meio delas. Observei que o tapete já tinha sido manchado e chamuscado em vários lugares, o que instintivamente atribuí a experimentos científicos. Bysshe percebeu o meu olhar e riu. Ele tinha uma risada irreprimível.

— Sal amoníaco — explicou ele. — Venha ver o meu laboratório.

Eu o segui para o quarto seguinte, onde uma cama estreita estava encostada a um canto. Ele instalara uma bancada, sobre a qual colocara uma máquina elétrica que eu julguei ser uma bateria voltaica. Ao lado dela havia um microscópio solar, bem como vários frascos e garrafas de vidro.

— Você é um experimentador — eu disse.

— Claro. E assim deveria ser todo inquiridor em busca de conhecimento. Não precisamos ler Aristóteles. Precisamos olhar o mundo.

— Eu também tenho um microscópio solar.

— É mesmo? Ouviu isso, Hogg?

— Tenho estudado os corpúsculos da vida.

— E onde os encontrou?

— Na água das geleiras. Em meu próprio sangue. O mundo está cheio de energia.

— Bravo! — Ele tinha ficado muito interessado, e segurou meu ombro com um aperto firme. — Há outro lugar onde você encontrará vida. Na tempestade!

Eu pensei que ele ia me abraçar, mas soltou o meu ombro. Eu reconheci mais tarde que ele era curiosamente, quase sobrenaturalmente, sensível aos pensamentos que passavam pela minha mente. Com algumas pessoas não há necessidade alguma de palavras. Vendo um leve tremor em meus olhos, ele sempre desviaria os dele.

— Você viu a bateria voltaica? — perguntou-me então. — Ela recria o clarão do relâmpago. Tenho estado como Isaac Newton. Olhando fixamente para a luz.

Bysshe desprezava ostensivamente o regime da universidade e não assistia a nenhuma aula. Eu não tinha certeza, de fato, a que estudos ele deveria estar se dedicando. Para ele, era algo que não importava nem um pouco. Havia uma tarefa que nos era dada maquinalmente, a de traduzir toda semana um ensaio do *Spectator* para o latim. Isso ele realizava com a maior facilidade, e realmente era capaz de escrever em latim com tanta desenvoltura e fluência quanto em inglês. Ele me disse que o segredo era se imaginar como um orador romano nos primeiros anos da República. Era algo que o inspirava com tal fervor que as palavras vinham naturalmente a ele na ordem adequada. Eu não duvidei disso. Sua imaginação era como a bateria voltaica: emitia relâmpagos.

Fazíamos longas caminhadas no campo fora de Oxford, com frequência seguindo o Tâmisa rio acima, passando por Binsey e Godstow, ou rio abaixo até Iffley e a sua curiosa igreja do século XII. Bysshe amava o rio com uma paixão que eu raramente vira igual, e ele louvava seus méritos em detrimento do lânguido Nilo e do turvo Reno. Eu tinha achado que ele era todo fogo, mas havia outros elementos em sua constituição — fluentes, flexíveis, férteis como a água à nossa volta. Nessas expedições, com frequência, ele declamava para mim a poesia de Coleridge sobre os poderes da imaginação.

— O poeta sonha aquilo que o cientista considera ser impossível — disse-me ele. — Uma vez que é imaginado, então torna-se verdade. — Ele se agachou para examinar uma pequena flor, cujo nome eu não sabia. — É magnífico aspirar ao que está além do alcance comum do homem.

— Em busca de quê?

— Quem sabe? Quem pode dizer? Os grandes poetas do passado eram filósofos ou alquimistas. Ou magos. Eles se livraram do traje do corpo e, em seus esforços, tornaram-se espírito puro. Você conhece Paracelso e Alberto Magno? — Eu observei que eram dignos de estudo. — Devíamos fazer uma peregrinação, você e eu, até Folly Bridge, e rezar no santuário de Roger Bacon. Há essa casa lá que dizem que era o laboratório dele. Você conhece a lenda? Se um homem mais sábio do que o frade Bacon alguma vez passar por ali, ela desabará e ficará em ruínas. Nesta cidade de asnos, já faz seiscentos anos que continua de pé. Não deveríamos testá-la? Vamos atravessar a ponte, um de cada vez, e ver qual dos dois realiza o milagre.

— Foi Bacon quem criou a cabeça falante, não foi?

— Foi. A cabeça que falou e disse "O tempo é". Só que falou em latim. Ela tinha estudado os autores clássicos. Isso talvez explique o espírito da animação.

— Mas como os lábios se moveram?

Eu fazia perguntas a Bysshe simplesmente para me deliciar com a extravagância de suas respostas. Tenho bastante certeza de que ele ia inventando enquanto falava, mas isso não dissipava o encantamento. Na verdade, contribuía para ele. Eu seguia sua linha de raciocínio como um vaga-lume brilhando na escuridão.

Ele frequentemente falava sozinho, num murmúrio em voz baixa. Parecia ser alguma forma de comunicação com o seu ser interior, mas, claro, havia quem questionasse a sua sanidade. "O doido do Shelley" era um epíteto muito usado contra ele. Eu nunca vi nenhum sinal de loucura, a menos que seja insanidade possuir um espírito altamente exaltado e sensível, alerta à mais delicada mudança na atmosfera em sua volta. Por diversas vezes, seus olhos se encheriam de lágrimas, quando seus sentimentos eram tocados por algum gesto generoso ou pela história do infortúnio de outra pessoa. Nesse respeito, ao menos, ele não tinha uma sensibilidade comum. Ele tinha o temperamento de um Rousseau ou de um Werther.

—

Naquela época eu estava mais do que nunca interessado em explorar os segredos da natureza, e me entreguei ao estudo da fonte de onde a vida se originava. Bysshe e eu discutiríamos noite adentro os méritos respectivos dos italianos Galvani e Volta. Ele favorecia a eletricidade animal do *signor* Galvani, enquanto eu estava profundamente entusiasmado com o sucesso das placas voltaicas.

— Você não percebe — eu disse a ele numa noite de inverno — que a bateria elétrica é um novo motor imensamente promissor?

— Meu caro Victor, Galvani provou que há eletricidade no mundo à nossa volta. A natureza é, ela própria, eletricidade. Pelo simples expediente de um circuito metálico, ele trouxe a vida de volta a uma rã. Por que ele não conseguiria fazer o mesmo com o corpo humano?

— Eu não tinha pensado nisso. — Fui até a janela e olhei a neve caindo lá fora no pátio.

Bysshe estava deitado no sofá, e eu o ouvi murmurando para si mesmo alguns versos de poesia:

"Feliz é aquele que vive para compreender
Não só a natureza humana, mas que inquire
Todas as naturezas, com o fim de descobrir
A lei que governa cada uma delas."

— Você sabe quem escreveu isso, Victor?

— Não faço a menor ideia.

— Wordsworth.

— Ele é um dos seus novos poetas.

— Ele é *o* poeta. Considere o relâmpago — continuou. — De todos os poderes da natureza, é o mais formidável. Em sua luz é possível ver o sopro do fogo do universo!

— E como se pode controlar o relâmpago?

— Se você mandasse para a atmosfera alguma pipa elétrica, iria extrair do céu um volume imenso de eletricidade. Pense nisto. Toda a munição de uma tempestade poderosa dirigida para um determinado ponto. Você consegue imaginar os resultados estupendos?

— Já deixamos bem para trás a humilde rã.

— Você não entende? Até a menor das coisas tem vida e energia.

— Por que não chamar isso de força espiritual?

— Qual a diferença entre corpo e espírito? No relâmpago são a mesma coisa. Incandescentes!

Devo admitir que as palavras dele tiveram um efeito tremendo em mim. Mas Bysshe pôs-se então a especular a respeito de viagens de balão sobre o continente da África. Sua mente não conseguia se manter numa única direção por muito tempo. Quando voltei para os meus aposentos, no entanto, fiquei ruminando a nossa conversa. E se fosse possível dotar a forma humana de vida através da centelha imortal? Seria considerado sacrilégio? Essa alegação eu descartei. Não. Todos os progressos na ciência elétrica seriam condenados como irreligiosos por aqueles que não têm fé no progresso humano. Se eu pudesse dominar a flama etérea para um uso prático e benigno, eu me consideraria um benfeitor da raça humana. Mais do que isso. Eu seria considerado um herói. Dar vida à matéria morta ou dormente — investir no mero barro o fogo da vida —, isso seria um triunfo admirável e maravilhoso!

Foi assim que eu me precipitei rumo à minha destruição.

Dois

Eu prosseguí então meus estudos com um fervor enorme e, creio, sem precedentes; nenhum zelote ou essênio teria perseguido a verdade com maior ardor. Ainda assim, minhas discussões noturnas com Bysshe continuaram, e não menos animadas. Ele ansiava apaixonadamente pela dissolução do cristianismo e havia jurado vingança contra aquele que chamava de "o Galileu pálido", mas sua fúria estava reservada para o Deus onisciente dos profetas. Eu fora educado na Igreja Reformada de Genebra, mas a religião de meu pai e de minha família pouco tinha influenciado minha mente. Eu afirmara a qualidade divina da natureza em si mesma, mas minha fé anterior em algum criador do universo estava agora abalada pela negação de Bysshe de um ser eterno e onipotente. Essa deidade era venerada como o criador da vida, mas e se outros de uma natureza menos elevada fossem capazes de realizar esse milagre? E então?

Bysshe argumentava, a partir dos preceitos da razão, que Deus não existia. Ele afirmava que a verdade era o único meio de promover os melhores interesses da humanidade. Quando se descobria uma verdade, era obrigatório proclamá-la o mais vigorosamente possível. Ele também declarava que, como a crença é uma paixão da mente, nenhum grau de criminalidade poderia ser atribuído à descrença. Quanto a isso, como não tardou a perceber, ele não levou em conta os preconceitos comuns da sociedade inglesa. Escreveu um breve ensaio, intitulado "Sobre a necessidade do ateísmo", que foi então impresso e posto à venda no livreiro do outro lado da rua principal onde ficava a universidade. Não estava nas prateleiras há mais de vinte minutos quando um dos professores da universidade, o Sr. Gibson, o leu e repreendeu o proprietário da loja por colocar à venda literatura tão incendiária. Os exemplares foram imediatamente retirados e, creio, queimados num fogão nos fundos da loja.

A autoria do panfleto anônimo foi logo descoberta graças a informações dadas pelo próprio livreiro. Bysshe foi convocado para uma reunião com o diretor e os professores. Um exemplar de "Sobre a necessidade do ateísmo" estava na frente deles, conforme me contou depois. Mas ele se recusou a responder as perguntas deles, sob a justificativa de que o panfleto fora publicado anonimamente. Seria um ato de tirania e injustiça, ele disse, acusá-lo sem uma base legal. Era de sua natureza inflamar-se contra qualquer indício de opressão. Claro que foi julgado culpado. Ele veio bater furiosamente à minha porta logo depois de sair dessa reunião.

— Mandaram-me embora — disse ele, assim que entrou em meus aposentos. — Não meramente suspenso, Victor. Expulso! Dá para acreditar?

— Expulso? A partir de quando?

— De agora. Deste exato momento. Não sou mais membro da universidade. — Ele sentou-se, tremendo. — Não quero nem pensar no que o meu pai irá dizer. — Ele sempre falava de seu pai com grande inquietação.

— Para onde você irá, Bysshe?

— Não posso ir para casa. Seria duro demais para aguentar. — Ele olhou para mim. — E eu não gostaria de ficar privado da sua companhia por muito tempo, Victor.

— Só há um lugar para você ir.

— Eu sei. Londres. — Ele pulou da cadeira e foi até a janela. — Tenho me correspondido com Leigh Hunt faz algumas semanas. Ele conhece todos os revolucionários da cidade. Vou viver em companhia deles. — Ele já parecia estar recobrando o ânimo. — Irei crescer em direção ao sol da liberdade! Encontrarei acomodações. E você precisa me acompanhar, Victor. Virá comigo?

Eu esperei até o final do período letivo antes de ir encontrar Bysshe em Londres. Ele tinha alugado acomodações na Poland Street, no bairro de Soho, e eu encontrei aposentos perto, na Berners Street. Eu estivera em Londres uma vez antes, ao chegar de minha terra natal, mas é claro que eu ainda estava maravilhado por sua imensidão. Nenhuma tempestade alpina, nenhuma torrente em meio às geleiras, nenhuma avalanche entre os picos dava uma ideia sequer aproximada do rugido da cidade. Eu nunca tinha visto tanta gente, e ficava perambulando pelas ruas num constante estado de empolgação. Que poder as vidas humanas têm quando agregadas! Para mim, a cidade parecia uma ampla máquina elétrica, galvanizando tanto os pobres quanto os ricos, enviando sua corrente por todas as vias, vielas e avenidas no curso de sua vida pulsante. Londres parecia ingovernável, obedecendo a leis misteriosas até para si mesma, como um turvo fantasma assombrando o mundo.

Bysshe enquanto isso procurara e encontrara os homens da liberdade. Juntos fomos a uma reunião da Liga da Reforma Popular nos aposentos acima de uma loja de perfumes na Store Street onde, para o nosso deleite, ouvimos epítetos contra membros da administração que os teriam atingido e queimado como que os marcando com um ferro em brasa! Eu fiquei embriagado com a linguagem da liberdade, convencido como estava de que a velha ordem da opressão e corrupção iria com certeza se extinguir. Era a hora de romper as fundações da tirania e revogar as leis pelas quais a humanidade tinha sido escravizada. Havia um mundo novo esperando para ser trazido à luz e à vida!

Fomos cordialmente recebidos pelos membros da Liga, que logo se mostraram satisfeitos em aceitar que não éramos espiões do governo, mas amigos da liberdade ou *Cidadãos*, como eles nos chamaram. Quando eu confessei que vinha de Genebra, houve um "hurra" para "o lar da liberdade". Pão e cerveja foram servidos, e todos ficaram muito animados. A isso seguiu-se um debate geral em que as demandas por parlamentos anuais e pelo voto universal foram vigorosamente proclamadas. Um jovem chamado Pearce se pôs de pé e proclamou que "a Verdade e a Liberdade, numa época tão esclarecida como a atual, precisam ser invencíveis e onipotentes". Eu não pude deixar de interpretar as palavras dele sob a luz de minhas próprias pesquisas em que a verdade, se buscada de uma maneira científica, também poderia se provar invencível. Não havia limite possível para o poder da mente humana se ele fosse dominado de forma adequada e justa.

As palavras de Pearce foram recebidas com aclamação, à qual Bysshe e eu nos juntamos, e não pude deixar de comparar esses *Cidadãos* entusiastas com a juventude apática da universidade. Eu ia sussurrar isso para Bysshe quando, com os olhos brilhando, ele se pôs de pé e declarou à reunião que "não temos necessidade de reis". Isso foi sonoramente aclamado, e vários homens se levantaram e apertaram sua mão.

— O que temos a temer? — perguntou ele. — Se nos mantivermos firmes em nossos princípios de verdade e liberdade, então tudo ficará bem. Sigam a luz do relâmpago! — Os membros da Liga, exaltados pela retórica dele, começaram então uma canção de grande fervor:

"Venham filhos da verdadeira liberdade, vamos
Formar uma aliança firme, honesta e livre
Vamos nos dar as mãos enquanto a razão empunha
Sua luminosa tocha de amizade. Ousados sejamos!"

Eu não sei se Bysshe admirou a poesia, mas as emoções nela expressas ele aprovou inteiramente.

Ao fim da reunião, um dos *Cidadãos* foi até ele e se apresentou.

— Como vai o senhor? Imagino que a sua residência em Oxford lhe caiu bem.

Bysshe ficou perplexo.

— Como sabe disso?

— Sou um amigo próximo do Sr. Hunt. Ele vem se correspondendo com o senhor, não?

— Eu o conheci em Londres.

— É mesmo? Assim que vi o senhor e seu companheiro — ele fez uma mesura para mim —, soube que eram os expulsos da universidade.

— Este é o Sr. Frankenstein. Ele não foi expulso. Mas compartilha os meus princípios.

— Meu nome é Westbrook. Sou sapateiro. — Ele olhou em volta o salão por um momento. — Raramente damos nossos nomes aqui, por medo de espiões. Mas o senhor é uma exceção, Sr. Shelley. É filho de um baronete, não?

— Sou. Mas usarei cada partícula do que é meu por nascença a serviço da causa.

— Bem dito, senhor. Agora precisamos sair para a rua, antes que os magistrados nos interrompam. Aprendemos a evitar o que chamamos do grito de guerra da Igreja e do rei.

Seguimos pela Store Street e paramos na esquina da Tottenham Court Road. Westbrook me pareceu ter uma mente nobre. Sua fisionomia era firme e de testa proeminente, inclinada ao idealismo; de forma alguma estava malvestido, apesar de seu ofício, e usava o cabelo curto e sem pó, no estilo "liberdade".

— Será que poderia levá-los para conhecer — perguntou ele — o lugar onde a minha irmã está empregada? Não é longe daqui. O sofrimento nunca está longe nesta cidade. E lá os senhores verão o inimigo.

Ele nos conduziu pelo bairro de St. Giles, como ele o chamou, que ficava a poucas ruas de onde estávamos. Pareceu-me o mais miserável e depravado bairro imaginável nesta terra. Nenhum bairro pobre de Genebra, por mais nefasto que fosse, chegava perto de parecer com aquele pedaço fedorento e degradante de Londres. As ruas eram não mais que caminhos de lama, ou imundície, onde o esgoto afluía em riachos dos pátios e becos depauperados. O fedor era indescritível.

— É seguro estarmos aqui? — sussurrei para Westbrook.

— Sou conhecido. Mas caso contrário... — ele tirou do bolso interno do paletó uma faca grande com um cabo de osso e uma lâmina longa. — Isto é o que os franceses chamam de *couteau secret* — disse. — Não se pode abri-lo sem conhecer a mola secreta.

— Alguma vez já o usou?

— Não ainda. Eu a trago para aqueles que perseguem a mim e meus companheiros.

Houve um grito estridente numa das janelas nos andares de cima, fechada com trapos, seguido pelo som confuso de golpes e imprecações sendo trocadas. Nós nos apressamos. Eu não sabia que tamanha monstruosidade, tamanho horror abjeto, podia existir em um país cristão. Como aquela podridão crescera na maior cidade do planeta, sem ninguém nem sequer notar a sua existência? Estávamos a apenas alguns minutos do brilho da Oxford Road, ao que me constava, mas essas vielas eram como uma sombra negra eternamente seguindo os passos dela. Desviamos do corpo caído de uma mulher, nos últimos estágios da embriaguez: suas pernas estavam cobertas com as próprias excreções. Se a vida podia se tornar algo tão terrível, como poderia ser obra de Deus? Eu realmente acredito que essa entrada nos subterrâneos de Londres eliminou em mim os últimos vestígios de fé cristã. O homem não era uma criatura feita por Deus. Foi o que pensei então, e algo que agora sei.

—

Chegamos a um pátio aberto, ofegando por um ar mais limpo.

— Só mais um pouco, cavalheiros — disse Westbrook.

Bysshe mal conseguia se manter de pé, curvando-se sobre si mesmo na rua.

— Você está passando mal? — perguntei a ele.

— Não eu — respondeu. — O mundo. O mundo está passando mal. Eu sou a parte menos importante dele. — Então ele vomitou num canto.

Chegamos a uma rua estreita, cujo nome não vi. Havia um prédio circular de tijolos vermelhos, muito parecido com um tabernáculo das seitas, e Westbrook foi até uma pequena porta num de seus lados. Ele bateu com força e então a abriu. O ar no interior estava repleto da bem-vinda fragrância de especiarias, como as que em minha imaginação teriam embalsamado o corpo de um faraó. O salão propriamente dito era de forma circular, como o prédio, e parecia estar inteiramente tomado por meninas e mulheres jovens. Estavam sentadas em bancos ao longo dos lados de duas mesas compridas, despejando pós em pequenos frascos de cerâmica. Eu as observei atentamente por um ou dois momentos, o tempo necessário para ver o procedimento completo delas. Elas cortavam um pedaço de papel oleado de uma folha atrás delas, colocavam-no sobre a abertura do frasco, e então seguravam um pedaço de papel azul sobre ele; em seguida amarravam um barbante em volta do gargalo do frasco. A velocidade e destreza delas eram extraordinárias; pareciam estar imitando algum mecanismo com sua agilidade e eficiência.

— Aqui está a minha irmã — disse Westbrook. — Harriet.

Ele foi até uma das meninas e a tocou no ombro. Ela sorriu, mas não ergueu os olhos para ele; estava muito ocupada com suas tarefas. Seu cabelo estava preso dentro de um gorro de pano, e era evidente que tinha grande beleza e traços delicados. Ela não poderia ter mais de 14 ou 15 anos. Bysshe citou algumas palavras de Dante, ou disso me informou mais tarde, e devo dizer que também me senti como se golpeado em meu âmago. Percebi a estranha palidez dela, sem dúvida pela inalação das especiarias, e vi que seus dedos estavam machucados e cortados por suas operações contínuas.

— Ela prepara especiarias para as casas dos ricos — continuou Westbrook. — Doze horas por dia. Seis dias por semana. Trabalha para sustentar nossa família. Os xelins dela põem comida na mesa. Não especiarias. — Falava com tanta amargura que sua irmã olhou de relance para ele, preocupada, antes de retomar seu trabalho. — Não vamos interrompê-la mais, Harriet. Sua supervisora está vindo para nos advertir.

Uma mulher mais velha se aproximou, as mãos estendidas.

— Ora, Sr. Westbrook, não deve distrair sua irmã do trabalho dela. Ela fica prestando atenção em você e não em seus deveres. — Parecia ser uma mulher afável, agradável e nem um pouco rígida com suas subordinadas. — Vá agora com seus amigos e deixe a nós, pobres mulheres, em paz.

Saímos do prédio.

— Estão com sede agora, cavalheiros? As especiarias grudam na garganta. A pobre Harriet frequentemente está com tosse. — Passamos ao longo de uma fileira de casas, e ele parou para olhar em volta. — Há uma taverna respeitável do outro lado desta rua — disse ele. Ele nos fez atravessar o calçamento. — Ela é pouco mais do que uma escrava.

— Quem a pôs lá? — perguntou Bysshe a ele.

— Meu pai. Aqui estamos.

Entramos na taverna, baixa e escura à maneira londrina, e pedimos três doses de cerveja forte. Então sentamos a uma mesa no canto.

— Meu pai acredita que o dever da humanidade, as mulheres incluídas, é trabalhar. Ele é um seguidor radical do presbiterianismo escocês.

— A pior das seitas cristãs — comentou Bysshe.

— Ele acredita que a mulher é muito inferior ao homem. De modo que ele nunca pensou no bem-estar futuro de Harriet. Decretou que ela tem de trabalhar.

— Isso é abominável. — Bysshe apertou seu caneco, batendo-o impaciente na mesa. Seu rosto ficou bastante vermelho e, pela primeira vez, vi o vestígio de uma cicatriz branca em sua testa. — Como pôde ela ser domada e escravizada como um animal?

— Eu argumentei com o meu pai. Apontei os benefícios para Harriet de frequentar até mesmo uma escola para moças. Mas seu coração está endurecido.

— Monstruoso. Terrível. O senhor não pode sustentá-la?

— Eu? Eu mal consigo sustentar a mim mesmo.

— Então eu a libertarei! — Meu amigo agora irradiava energia e ardor.

— O que vai fazer? — perguntei.

— Irei ver o pai dela e lhe oferecerei a mesma quantia... a mesma quantia que ela ganha, se ele permitir que ela estude numa escola ou academia. Eu não vou descansar enquanto não estiver resolvido.

— Precisa esperar que ela termine o trabalho — observou Westbrook.

— Cada instante é uma agonia. Perdoem-me. Preciso ir lá para fora. — Eu o acompanhei até a porta da taverna e entreguei a ele um lenço com o qual enxugou a umidade em seu rosto. — Obrigado, Victor. Fiquei bastante abalado.

— Aonde você vai?

— Aonde vou? Não vou a parte alguma. — Então, para a minha surpresa, ele começou a andar de um lado para outro nas pedras do calçamento em frente à taverna.

Quando voltei com Westbrook, descobri que ele já tinha pedido mais duas doses de cerveja.

— Bysshe está dissipando a sua fúria — eu disse a ele. — É uma alma fervente, a dele.

— O Sr. Shelley tem um temperamento incandescente. Isso é bom. Precisamos de naturezas forjadas no fogo.

— Percebi que aqui, na Inglaterra, as emoções estão correndo soltas.

— Desde a Revolução em Paris. O Sr. Shelley está certo. Lá vai ele. Vi a bengala dele balançando perto da janela. Nós, também, fomos libertados. Os eventos ajudaram a criar um novo tipo de homem.

— Um novo tipo de homem?

— Você está rindo de mim.

— Não. Acredite em mim. Não estou.

— Choramos mais livremente hoje em dia, não?

— Não tenho padrão de comparação. Ah, eis Bysshe.

— Creio — disse Bysshe, rindo ao se juntar a nós — que estava me tornando um objeto de atenção. Houve comentários.

— O senhor é uma figura incomum nesta vizinhança. — Westbrook foi até o balcão e trouxe outra caneca para Bysshe.

— Eu sou? — Ele pareceu genuinamente surpreso, e me ocorreu que ele não tinha consciência de sua própria singularidade. — Um jovem ficou olhando minha bengala.

— Eles são todos pobres, senhor. Mas não têm más intenções. A maioria deles é bastante honesta.

Bysshe pareceu embaraçado.

— Perdoe-me. Eu não quis impugnar a honestidade deles... — Ele bebeu rapidamente de seu caneco.

— Fico surpreso — comentei — que eles não fiquem urrando de raiva.

— Como assim, Victor?

— Se eu fosse forçado a viver em horror abjeto, enquanto aqueles à minha volta estivessem transbordando de riquezas, eu iria desejar derrubar esta cidade pedra por pedra. Eu iria querer destruir o mundo que me aprisionou. Que me criou.

— Disse bem. — Westbrook ergueu o seu caneco para mim. — Eu com frequência me pergunto o que mantém esses pobres homens em sua servidão.

— A religião — sugeriu Bysshe.

— Não. Não isso. Eles não se deixam impressionar por nada desse tipo. São tão pagãos quanto os homens da África.

— Fico contente em ouvir isso — replicou Bysshe. — Vamos beber à morte do cristianismo.

— Não — prosseguiu Westbrook. — É o medo da punição. O medo das galés.

— O que eles ganham da vida? — perguntei. Estava ficando bêbado com a cerveja forte.

— A própria vida — respondeu Westbrook.

— Isso é o bastante, acho. — Bysshe tinha ido até o balcão e trazido mais três canecas. — A vida é o seu próprio valor. Não há nada mais precioso.

— Ainda assim — Westbrook acrescentou — poderia ser levada com dignidade. E sem sofrimento.

— Gostaria que isso fosse possível nesta vida. — Bysshe ergueu sua caneca. — Saúde a todos.

— O que quis dizer com isso? — perguntou Westbrook a ele.

— O sofrimento é intrínseco à existência humana. Não há alegria sem a sua correspondente dor.

— Não precisa ser assim — eu disse. — Precisamos criar um nova qualidade de valor. Só isso.

— Ah, você vai transformar a natureza, é, Victor?

— Se necessário, sim.

— Bravo. Victor Frankenstein vai criar um novo tipo de homem!

— Você sempre me diz, Bysshe, que devemos descobrir o indescobrível. Obter o inatingível.

— Eu realmente acredito nisso. Todos concordamos com isso, acho. No entanto, remover o próprio sofrimento...

— E se houvesse uma nova raça de seres — perguntou Westbrook — que não conseguisse sentir nem dor nem pesar? Seriam terríveis.

Eu peguei o braço dele.

— E St. Giles, aquele lugar onde estivemos, não é ainda mais terrível? O que me diz?

Continuamos bebendo e, acredito, suscitamos alguns comentários dos balconistas e dos comerciantes que estavam sentados nos outros bancos. Era uma vizinhança mais respeitável que a adjacente St. Giles, mas a presença de cavalheiros não era necessariamente bem-vinda.

— Devemos ir agora — disse Westbrook. Ele segurou Bysshe pelo braço e o ajudou a levantar. — Eu acho, Sr. Shelley, que deveria visitar o meu pai outra hora. Ele não é amigo da bebida.

— E quanto à sua irmã? E quanto a Harriet? — Bysshe ficou de pé cambaleante.

— Dois ou três dias não farão diferença alguma, posso lhe garantir. Vamos, agora. E o senhor também, Sr. Frankenstein. Vou conseguir um coche para os dois na St. Martin's Lane.

Três

Eu tinha lido com avidez relatos na *Blackwood's Magazine* sobre o trabalho do Sr. Humphry Davy, e tinha conseguido obter em Oxford um exemplar dos *Proceedings of the Royal Society* em que ele explicava o processo pelo qual galvanizara um gato. Por puro acaso abri um exemplar da *Gentleman's Magazine*, dois ou três dias após chegar em Londres, e vi nela anunciada uma série de palestras do Sr. Davy na Sociedade para o Encorajamento das Artes e Manufaturas com o título "Eletricidade sem mistérios".

Quando fui à primeira palestra, tendo comprado um ingresso para a série inteira, fiquei surpreso ao ver que o salão da Sociedade estava praticamente lotado. O Sr. Davy era mais novo do que eu imaginara, de aparência jovem, sem barba, ansioso e rápido em todos os seus movimentos; os homens jovens na plateia seguravam os chapéus sobre os joelhos e se inclinavam para a frente para observá-lo. Ele estava preparando algumas baterias galvânicas sobre a mesa enquanto, no lado oposto do palco elevado, havia um dispositivo cilíndrico que reluzia com a luz das lamparinas.

O Sr. Davy parecia ter o temperamento de um artista. Ele falou sobre a corrente elétrica como a concretização da asserção dos filósofos gregos de que há fogo dentro de todas as coisas. Ele chamou tal chama de centelha da vida, fogo prometeico e luz do mundo.

— Por favor, não se alarmem — pediu ele. — Nada os atingirá ou machucará de nenhuma forma.

Então ele conectou o equipamento galvânico e, ao toque de sua mão, um grande arco de luz atravessou como um raio de uma mesa a outra. Duas ou três damas deram gritinhos, só para serem reprovadas pelas risadas de seus acompanhantes, mas havia um fervor e uma empolgação geral no salão. Eu pisquei, contudo ainda havia uma imagem do clarão em minha retina; parecia que eu tinha olhado fundo no coração da criação.

— Acabou — anunciou o Sr. Davy para tranquilizar as damas. — Foi-se. Mas é infinitamente repetível. — Havia um leve cheiro de queimado no ar. — Nada nos aconteceu porque a eletricidade é a força mais natural do mundo. Na verdade, é *a* força natural. No meu entender, como o ar e a água, ela é um dos constituintes da vida. Talvez seja um dos principais meios de dar vida. O fluido elétrico é infinitamente sensível e sutil. Age com um efeito milagroso no éter e, no entanto, flui através do corpo humano de maneira silenciosa e invisível. O Dr. Darwin, que muito sensatamente propôs a diferenciação entre a eletricidade vítrea e a resinosa conforme o seu local de operação, manteve um pedaço de aletria num estojo elétrico até que começasse a apresentar movimentos autônomos. O que então não poderia ser conseguido com órgãos humanos em condições similares?

O Sr. Davy seguiu descrevendo as experiências curiosas de James Macpherson, galvanista escocês, a quem tinha sido dada permissão especial pela Companhia dos Cirurgiões para estar presente na dissecção de um criminoso no Salão dos Cirurgiões. O corpo tinha sido trazido imediatamente do cadafalso em Newgate e entregue enquanto ainda estava quente; o homem enforcado era jovem, havia assassinado a própria mãe, e não houve execração popular contra o uso de seu corpo. O cadáver jazia na plataforma de madeira no meio do salão. Estudantes interessados estavam sentados em volta dela, no que só poderia ser descrito como o teatro das operações. Eu comecei a sentir uma sensação de arrepio em minhas costas: julgava que podia ver a cena toda perante meus olhos.

O Sr. Macpherson anexou fios elétricos, bem finos e flexíveis, às extremidades do cadáver. Quando o equipamento galvânico foi posto em operação, o corpo estremeceu e então, sem nenhum princípio de movimento aparente, enrolou-se em si mesmo numa bola apertada. A cabeça, segundo o Sr. Davy, ficou entre as pernas do jovem e as mãos firmemente fechadas. Ele o comparou à imagem de um bebê abortado ao sair do útero. Como muitos outros na plateia, tenho certeza, escutei com horror o Sr. Davy explicando como o corpo não pôde ser desdobrado e como, em sua posição contraída e antinatural, ele foi destinado ao poço de cal na prisão de Newgate. Tal era o poder da corrente elétrica.

Fui embora quando começaram a fazer perguntas ao Sr. Davy, indo direto para a rua. Fosse pela atmosfera do lugar, fosse pela influência da corrente elétrica no éter, me sentia sufocado. Caminhava rapidamente, mas logo me pus de fato a correr. Eu sabia que tinha de escapar para os confins da cidade. Foi o impulso mais estranho que já experimentei, tão alarmante e tão urgente que meu coração parecia bater mais rápido a cada passo que eu dava. Eu parecia estar fugindo de alguém, ou de alguma coisa, mas a natureza de meu perseguidor não me era conhecida. Teria sido um episódio de loucura? Talvez eu até tenha olhado para trás, por sobre o ombro, em uma ou duas ocasiões. Não me lembro direito.

Continuei minha fuga saindo da Oxford Road e indo na direção norte. Houve quem gritasse para mim, presumindo que eu estava tentando escapar da polícia ou coisa parecida; gritavam encorajamento. Ao passar pelo pátio de uma madeireira, algumas crianças correram comigo por um tempo, vaiando e debochando, mas logo me largaram. E então, quando passei por um pub e um pedágio no limiar dos campos, tive a curiosa sensação de que alguém estava correndo ao meu lado. Eu não podia vê-lo ou ouvi-lo, mas estava inteiramente consciente de sua presença enquanto eu corria numa trilha irregular. Não poderia ter sido a minha sombra, porque a lua estava oculta por nuvens. Era alguma imagem, algum fantasma — não sabia ao certo — que insistia em acompanhar meus passos rápidos. Eu corri ainda mais rápido para me livrar dessa sensação extraordinária, e contornei uma grande lagoa antes de atravessar um campo de olarias com detritos fumegantes. Eu estava agora bem no limiar da cidade, onde há algumas habitações pobres, valas fétidas e chiqueiros. Ainda assim, não reduzi minha velocidade, e ainda o outro corria bem perto de mim. O chão agora fazia um aclive e, ao passar ao lado de algumas árvores enfermas e decrépitas, tropecei numa raiz ou galho; eu estava para cair no chão quando, para o meu espanto e medo, algo pareceu me erguer e me salvar da queda. Ocorreu-me mesmo então que eu devia estar acometido de alguma febre nervosa, e reduzi meu passo um pouco. Fui na direção de um carvalho, sua forma uma silhueta na escuridão, e descansei encostado nele.

Sentei-me ali, recobrando o fôlego; coloquei a mão na testa atrás de algum sinal de febre, mas não notei nenhum.

Não acho que tenha dormido, ou em algum momento perdido minha consciência, mas o medo me deixou sem nenhuma indicação de que estava passando. Era como se eu estivesse voltando a mim; mas com uma sensação de resignação que quase parecia extenuação. Tive uma curiosa sensação de aceitação — não de alívio ou gratidão — e, embora não percebesse, um fardo estava sendo retirado das minhas costas. Eu acreditei ter sido marcado de uma maneira que não podia então compreender. Gradualmente, fui me dando conta de um som, como o de uma avalanche ou desabamento; endireitei-me alarmado, lembrando dos desastres de minha própria região, mas logo percebi que era o ruído de Londres, um murmúrio confuso, mas não de todo desarmonioso, como se a cidade estivesse falando dormindo. Eu podia ver algumas luzes tênues, mas a impressão predominante era a de uma escuridão inquieta, um rumor incipiente de uma vasta vida momentaneamente detida.

Levantei-me de onde me encostava no carvalho e parti em direção a ela.

ESTAVA CHOVENDO QUANDO EU CHEGUEI ao limiar da cidade, uma chuva tranquila e contínua que baixava um véu sobre as ruas. Numa noite assim há pouca gente nas ruas, e meus passos ecoavam distintamente nas pedras do calçamento enquanto eu ia para a Oxford Street. Eu não queria voltar à Berners Street, não ainda. Eu estava com a absurda superstição de que algo poderia estar esperando para me receber lá e, em vez disso, decidi ir até a Poland Street, onde tinha a esperança de encontrar Bysshe ainda acordado. Era costume dele escrever ou conversar à luz de velas e então contemplar as primeiras manifestações da aurora se insinuando em sua janela. E, sem dúvida, quando passei por seus aposentos no primeiro andar, vi as luzes acesas. Joguei alguns pedregulhos contra a vidraça, e ele afastou a cortina; vendo-me ali embaixo na rua estreita, ele abriu a janela e me jogou as chaves.

— Você ouviu as badaladas da meia-noite — gritou para mim. — Suba!

Ao abrir sua porta no fim do primeiro lance de degraus, perguntou:

— Você está se sentindo bem, Victor? — Eu devia estar ofegante. — Você parece estar suando frio.

— Chuva. Nada mais. É uma noite de tempo ruim.

— Entre e se aqueça. — Então ele falou para alguém por sobre o ombro. — Temos uma visita.

Daniel Westbrook levantou-se para me cumprimentar quando eu entrei na sala. — Estávamos justamente falando de você, Sr. Frankenstein — disse ele.

— Por favor, me chame de Victor.

— Eu estava curioso sobre os seus estudos.

— Ah, é mesmo?

— Eu contei a ele, Victor, que você estuda o galvanismo. Que está interessado nos princípios da vida.

— Estou interessado nas nascentes da vida — repeti. — É verdade.

— De onde ela vem? — perguntou Westbrook.

— De onde quer que venha. Do que mais estavam falando? Eu não devo ser um tópico muito atraente.

— Estávamos discutindo, Victor, o futuro da irmã de Daniel.

— O Sr. Shelley foi conversar com o meu pai.

— É mesmo? E quando foi isso? — A conversa na taverna, em que Bysshe jurara educar Harriet Westbrook a suas expensas, tinha ocorrido três dias antes.

— Eu fiz uma visita à família Westbrook ontem de manhã — respondeu Bysshe. — Julguei que o domingo seria, para o pai de Daniel, o único dia adequado.

— O Sr. Shelley... — começou Westbrook.

— Bysshe — corrigiu. — Apenas Bysshe e Victor.

— Bysshe foi implacável. Ele admoestou meu pai por permitir que Harriet conviva com mulheres de moral frouxa.

— Eu exagerei. Para convencê-lo. Harriet já tinha saído da sala.

— Ele implorou que permitisse que ela se entregasse ao estudo de autores edificantes.

— Eu sei que ela é capaz de ler. Ela me disse.

— E então, num arroubo final, ele ofereceu dinheiro a meu pai.

— Isso resolveu a questão. Eu prometi pagar a ele a quantia exata que Harriet ganha, com mais um guinéu por semana. Esses homens religiosos adoram o lucro. Fique perto do fogo, Victor, você ainda está tremendo.

— Meu pai — disse Westbrook — é um homem pobre, além de religioso.

— Não o estou culpando por sua pobreza. Estou culpando-o por sua negligência em relação a Harriet.

— Onde você vai matriculá-la? — perguntei a Bysshe.

— Eu não pretendo matriculá-la em lugar algum. Não. Isso não é verdade. Pretendo matriculá-la aqui.

— Você quer dizer... — Olhei ao redor para a massa de livros e papéis; suas acomodações estavam no mesmo grau de confusão que os seus aposentos em Oxford.

— Pretendo educá-la eu mesmo. Daniel e eu estávamos discutindo a questão da educação das mulheres como o pré-requisito necessário para o voto feminino. Eu apresentarei Harriet a Platão, Voltaire, ao divino Shakespeare.

— É uma dieta pesada para uma jovem garota.

— Daniel me garantiu que ela é ávida para aprender, por conta própria. Eles aprenderam a ler com a mãe deles.

— Ela agora está morta — acrescentou Westbrook.

— E Daniel empresta livros para Harriet, que os lê aos domingos em meio às páginas da Bíblia dela.

— Então ela virá aqui? — perguntei.

— Qual o problema?

— Ela não terá nenhuma mulher como acompanhante?

— Você ainda é o sólido cidadão de Genebra, Victor. Não há convenções assim em Londres. Nesta parte de Londres. E, se houvesse, eu ficaria muito feliz em romper com elas! — Ele olhou para Westbrook. — Eu tenho inteira consideração pelos interesses de Harriet. Eu lerei para ela. Veja. — Ele foi até uma pilha de livros, emborcada no tapete, e catou um deles. — *A ruína dos impérios*, de Volney. Você o conhece, Victor? — Confirmei. — Com este ela irá aprender como o poder injusto está condenado e como todos os tiranos apodrecem.

— Imagino que será do gosto dela — comentei.

— E o que você acha que eu deveria ler para ela? Os romances de Fanny Burney? São os grilhões que acorrentam as jovens mulheres em sua servidão. Eu vou emprestar *este* livro para Daniel. — Ele voltou à pilha e mostrou *Uma defesa dos direitos da mulher*, de Mary Wollstonecraft. — Quando ele o tiver assimilado inteiramente, eu o apresentarei à irmã dele. Você concorda, Daniel?

— Qual foi a frase que usou para mim? — perguntou Westbrook. — "Precisamos preparar o terreno."

— Precisamente. Falamos em reforma radical, mas radical significa raiz. Raiz e ramo. Precisamos levar a reforma a todas as esferas de atividade. Victor está interessado na atividade voltaica. Eu estou interessado na alma de Harriet. São precisamente comparáveis. — Ele se entusiasmara ao longo dessa conversa e abriu a janela para respirar o ar frio e úmido.

— Que noite — exclamou ele. — Numa noite como essa eu imagino fantasmas aquosos vagando pelas ruas de Londres. Mas pode-se ver fantasmas nas neblinas?

Eu fui até Westbrook.

— Sua irmã está satisfeita com o novo arranjo?

— Ela está jubilante, Sr. Frankenstein. Ela tem uma sede de conhecimento.

— Então que assim seja. — Eu me voltei para Shelley. — Nunca imaginei que você pudesse ser um professor, Bysshe.

— Todo poeta é um professor. Daniel concorda comigo nesse aspecto. Ele venera os poetas do Lake District. É capaz de citar de memória "Tintern Abbey".

— Sei os últimos versos — murmurou Westbrook para mim. — Nunca os esqueci.

— Quando a Srta. Westbrook começa os seus estudos com você? — questionei Bysshe.

— Amanhã de manhã. Ela vai chegar aqui cedo. Eu lhe dei um exemplar de *Moral Tales* da Sra. Barbauld para impressionar o pai dela, mas vamos descartá-lo. Gostaria que ela lesse um pouco de Esopo para começar. Ele encanta a fantasia e instrui a mente. Haverá algumas palavras difíceis, também, que eu interpretarei.

— Eu virei buscá-la às 18 horas amanhã — anunciou Daniel Westbrook.

— Mas assim você não poderá ver a peça.

— A peça? Qual peça?

— *Melmoth, o Viandante*. É a última de Cunningham. Estreia amanhã à noite. Mas espere. Se você a levar para casa num coche, Daniel, poderá encontrar conosco na frente do teatro.

— Não estou acostumado a coches — disse Westbrook.

— Tome. — Bysshe tirou do bolso um soberano. — Você não pode perder o drama.

Ficou evidente para mim que Westbrook não queria aceitar a moeda; ele estava constrangido e envergonhado. Bysshe compreendeu isso imediatamente e se arrependeu do que tinha sido um gesto instintivo.

— Ou talvez você prefira passar a noite com a sua irmã?

— Acho que sim. Sim. — Westbrook devolveu o soberano para Bysshe. — É generoso da sua parte, senhor, mas não estou realmente acostumado à generosidade. Minha irmã é mais digna dela.

— Todos nós somos indignos — corrigiu Shelley. — E, claro, você precisa ir, Victor. Nós vamos nos fartar de horrores.

Concordei e me despedi logo depois, terrivelmente cansado pelos eventos da noite. Westbrook me acompanhou até a Berners Street já que, como ele disse, eu precisava de um nativo para me guiar pelo Soho. Eu podia ouvir o som da farra por perto, e instintivamente me retraía em relação a ela.

— É um apreciador de Londres? — perguntou.

— Eu mal a conheço. Ela me emociona.

— De que forma?

— Por sua vida enérgica. É possível sentir aqui que se é parte do movimento da época. Parte de um grande empreendimento. Eu venho de uma região isolada onde coisas assim são desconhecidas.

— Ouvi o senhor dizer que vinha de Genebra.

— Em certo sentido, sim. Mas Genebra é uma cidade pequena. Eu realmente sou da região dos Alpes, onde caminhamos entre as montanhas. Somos solitários por natureza.

— Eu o invejo de verdade.

— É mesmo? Nunca considerei esse um estado digno de ser invejado.

— Dá poder às pessoas, Sr. Frankenstein. Dá determinação.

Fiquei surpreso com isso e permaneci em silêncio enquanto atravessávamos a Oxford Road.

— Em Genebra, não temos lampiões de gás.

— São uma novidade. E, no entanto, é surpreendente quão rápido se fica acostumado à sua luz. Viu as sombras intensas que projetam? Veja a sua sombra estendendo-se pela parede! Aqui está a sua rua.

— Em que direção segue, Sr. Westbrook?

— Leste. Aonde mais? — Ele riu. — É onde está o meu destino. Logo nos veremos de novo. Uma boa noite.

Observei-o seguindo apressado pela Oxford Road, e então entrei na Berners Street. Eu me aproximei da porta com algum receio, ainda mais poderoso por ser indefinível, mas então entrei e subi rapidamente a escada. Meus aposentos estavam escuros, e acendi com um fósforo uma pequena lamparina a óleo. No bruxulear de seu pavio, a sala pareceu mudar de forma e de tamanho antes de assumir suas dimensões habituais. Sentei numa poltrona de braço antiquada, ao lado de minha cama, e busquei refletir sobre as experiências daquela noite. Eu estava consciente de ter sido tocado por algum poder, mas não sabia o que pensar disso.

No silêncio, pude ouvir passos vindo pela Berners Street de uma só pessoa caminhando, mas muito destacados e desajeitados, como se estivesse carregando algum peso. Os passos então pararam, bem sob a minha janela. Eu fiquei inteiramente imóvel, todas as minhas faculdades num suspense absoluto. Então, depois de um minuto ou mais, os passos voltaram a se ouvir nas pedras do calçamento, mas com um pisar mais leve do que antes. Fui até a janela, mas não consegui ver ninguém.

Deitado em minha cama naquela noite, sonhei que estava sendo enterrado e que o meu caixão estava sendo lentamente baixado à terra. Eu parecia estar consciente disso sem nenhuma sensação evidente de horror. Mas então, quando meu caixão chegou ao solo na sepultura, me dei conta de que não estava sozinho. Havia alguém deitado ao meu lado.

Quatro

NA NOITE DO DIA SEGUINTE fui visitar Bysshe na Poland Street. Ele estava de muito bom humor e me abraçou quando entrei.

— A primeira aula terminou — disse ele.

— A Srta. Westbrook já foi?

— Daniel acabou de sair para levá-la para casa. A pé. — Ele riu. — Ela vai ser a mais maravilhosa das alunas, Victor. Falei a ela hoje sobre a poesia de Chaucer e dos trovadores, e recitei para ela alguns versos de Guillaume de Lorris.

— Eu supus que você fosse ensinar Esopo a ela.

— Achei-o muito árido. Gostaria que você tivesse visto a expressão dela quando li *O romance da rosa*. Ficou radiante. Era como se a alma dela estivesse espiando por meio de seus olhos!

Eu suspeitei que o interesse de Bysshe por Harriet Westbrook era mais forte do que o de um mestre por seu discípulo.

— Você leu um romance de cavalaria francês para ela?

— É claro. Preciso começar de algum lugar. Onde mais se não num jardim medieval? E então prosseguiremos com Spenser. E aí Shakespeare. Eu a cobrirei de deleites!

— Deve ser estranho para ela estar livre do trabalho.

— Acredito que a aterroriza e delicia em igual medida. Sabe o que ela disse para mim? Disse que era como ter morrido e estar ressuscitando. Viu que alma que ela tem?

— Vejo que ela o impressionou. Onde é a peça?

— Drury Lane. Você não está acostumado a nossos teatros, Victor. Tudo começa e termina em Drury Lane. Precisamos ir agora.

A rua estava repleta de carruagens quando chegamos, mas seguimos nosso caminho sem dificuldades até o Theatre Royal, onde fomos abordados por doceiros, vendedores de frutas e as mulheres de rua.

— Ficaremos no fosso — disse Bysshe. — Um camarote não se conseguia por preço algum.

Eu nunca tinha visitado um teatro londrino antes e fiquei imediatamente espantado com a desordem da aglomeração. Fomos obrigados a ficar de pé, perto da pequena orquestra logo abaixo do palco, e poderíamos muito bem estar num mercado de frutas ou numa feira de cavalos.

— Olhe lá — gritou Bysshe em meio à barulheira. — Aquele é o Sr. Hunt. Está vendo? Com o chapéu violeta? Um grande homem, Victor. Um campeão da era vindoura. — Quando Leight Hunt enxergou Bysshe, deu um amplo sorriso e ergueu o chapéu. — Sabe por que ele está aqui, Victor? O Sr. Hunt é amigo de Cunningham. Nosso autor é um filho da liberdade. Não me surpreenderia se houvesse alguma manifestação contra o governo esta noite.

Bysshe olhou em volta com satisfação enquanto o fosso enchia até as bordas, os assentos atrás de nós e os camarotes em nossa volta logo ficando lotados. Eu nunca tinha visto uma multidão londrina, se posso chamá-la assim, e devo dizer que estava com certo medo dela. Apesar das risadas e do clima geral de animação, parecia uma criatura inquieta em busca de uma presa. Poderiam muitas vidas somar-se numa só?

A orquestra tocou uma ária, uma melodia sem dúvida composta para a ocasião, e as cortinas se abriram para revelar uma paisagem de gelo e rochedos e montanhas.

— Você reconhece? — sussurrou Bysshe. — Estamos na Suíça.

Então entrou no palco uma figura com um capuz, toda trajada de preto; andou para a frente num passo rápido como o de uma criatura selvagem, tão estranha e ameaçadora que reduziu a plateia ao silêncio.

— *Céu imortal, o que é o homem?* — exclamou numa voz insolitamente alta. — *Um ser com a ignorância, mas não o instinto, do animal mais fraco!*

— Este é Nugent — murmurou Bysshe. — Um ator muito talentoso.

A figura então virou-se para a plateia e tirou seu capuz. Houve uma involuntária exclamação de surpresa, ou pasmo, com seus traços pálidos e esquálidos — parecia emaciado, devastado e trêmulo.

— Os artistas da maquiagem andaram ocupados — comentou Bysshe.

No entanto, eu mal lhe dei ouvidos. Havia algo tão desafortunado, tão horrível, naquela figura que exigia toda a minha atenção.

— *Há um carvalho ao lado da lagoa onde antigamente, como tantas vezes ouvi, uma mulher desesperada, uma infeliz como eu, terminou seus infortúnios. Seus infortúnios não eram como os meus. E os meus nunca terminarão.* — Ele parecia estar buscando pela plateia, avaliando cada face e cada olho, e eu tive o mais irracional dos medos de que ele iria encontrar os meus! — *Eu cometi o grande pecado angélico: orgulho e soberba intelectual. Agora estou condenado a errar. Melmoth tornou-se Caim, um proscrito sobre a face da Terra!* — Eu não tinha noção, então, do porquê de essas palavras me afetarem tão poderosamente. — *O segredo de meu destino jaz comigo. Se tudo que o medo inventou, e a incredulidade acredita de mim ser verdade, em que isso resulta? Que os meus crimes excederam aqueles da mortalidade, e assim a minha punição. Tenho sido na Terra um terror...*

Alguém gritou "Liverpool", que era então o primeiro-ministro, e as pessoas a minha volta se puseram a rir.

Nugent pareceu surpreso por um momento, mas, com a mão sobre o peito e o olhar voltado para o cenário de montanhas distante, esperou o tumulto cessar. Então ele era mais uma vez Melmoth.

— *Eu sigo amaldiçoando e para amaldiçoar. Eu sigo conquistando e para conquistar.* — Eu nunca antes vira a arte da representação tão de perto, e estava atônito com a aparente facilidade com que Nugent assumia a identidade de Melmoth; ele era ainda mais vívido por ser duas pessoas, ele próprio e o homem desesperado. — *Eu sigo condenado por todo coração humano, e no entanto intocado por uma só mão humana. Ali está a ruína.* — Ele apontou com a mão trêmula para a pilha de pedras no lado do palco. — *E mais além está a capela onde eu casarei com a minha noiva escolhida.*

Eu fiquei impressionado pela representação e pelo espetáculo, mais do que pela trama. Eu nunca tinha visto antes um palco tão grande ou uma produção tão suntuosa, e mal tinha me habituado com o brilho particular das luminárias a gás. O efeito das sombras intensas, da riqueza das cores e da simetria da composição no palco se combinava para formar uma imagem mais real do que a própria realidade. Eu me lembrei do livro de iluminuras que era mantido na sacristia da Virgem Maria em Oxford; podia ser visto apresentando uma carta de um professor da universidade, e eu passara uma manhã encantadora folheando as páginas azuis e douradas, decoradas com as imagens luzidias de santos e demônios. Assim foi em Drury Lane naquela noite. Aquilo não era nenhuma região montanhosa em meu país, mas uma visão maravilhosamente intensificada da desolação árida. Havia algumas pedras e pedregulhos de verdade, tanto quanto eu podia ver, mas notei que as pedras maiores eram feitas de tecido esticado que tinha sido pintado de cinza e azul. O riacho que corria atrás não era de água, mas uma longa tira de papel prateado que estava sendo agitada por mãos invisíveis.

Era o fim do primeiro ato. A pequena orquestra tocou uma melodia, e Bysshe pôs o braço em volta dos meus ombros.

— Isso é a verdade — disse ele com grande animação. — Isso é o sublime! — Eu nada respondi. — O proscrito, o errante sobre a face da Terra, é onde todos vagamos! Só o exilado tem uma língua de fogo! A imaginação pode formar mil homens e palavras diferentes. É ela o verdadeiro criador. É a semente de vida nova.

— Ela pode fazer tanto?

— É claro. A imaginação é a centelha divina saltando sobre o caos.

— O riacho era feito de papel prateado.

— Ah, isso não é nada. Homens mortais fabricam a cena, mas a visão... — Ele parou para comprar uma garrafa de cerveja e a bebeu sem uma pausa. Então passou a mão pela boca.

O interlúdio musical tinha parado e o segundo ato começou no cenário da capela em ruínas. No entanto, uma vez mais fui distraído. Havia alguém falando para a sua companhia, imediatamente atrás de mim, com uma voz bem audível.

— Eu me pergunto se o monstro morre ou continua vivo. Será que ele sente remorso pelo que fez? Qual é a sua opinião? — Houve silêncio por alguns momentos. — Quem o criou, o que você acha? Que homem e mulher deram nascimento a ele? — Ele fez outra pausa. — Eu jamais poderia perdoar a pessoa que criou tal ser. — Eu podia sentir o hálito quente do homem em meu pescoço. — Eu jamais poderia consentir com a criação de uma vida condenada. Mereceria uma punição terrível e condigna. Uma punição sem fim. — Eu me voltei, mas aqueles perto de mim pareciam estar envolvidos com o drama e não ter falado. A acústica do teatro era sem dúvida peculiar.

As cortinas foram fechadas para um breve intervalo e, então, abertas de novo para revelar um dique, ou o que os escoceses chamam de lago, no topo de uma montanha. Melmoth agora estava na frente de uma perspectiva evanescente de cumes e fendas de montanhas, e agarrava pelos pulsos sua noiva relutante.

— O sêmen de uma criatura assim será estéril. — Era a mesma voz de novo, falando distintamente atrás de mim. — Por seu próprio relato, ele envelheceu mais do que um século. Ainda assim, se ele se elevou acima dos confins da vida comum, então quem pode saber? — A garota se desvencilhou dos braços dele e se jogou na água. Eu esperei um barulho de água, ou algum movimento nela, mas em vez disso ela desceu lentamente com os braços erguidos sobre a cabeça. Evidentemente era parte do mecanismo do palco.

Bysshe agarrou meu braço e sussurrou para mim.

— Não posso suportar isso. É muito perturbador. Forte demais.

— Você quer ir embora?

— Sim. Estou com um medo terrível.

Eu sempre julgara que Bysshe era muito sensível para suportar os golpes do mundo, e esse sinal de sua natureza trêmula não me surpreendeu de todo.

— Vamos embora, então — respondi. — Se conseguirmos abrir caminho em meio a essa multidão.

Quando saímos no vestíbulo ele se deteve e, pegando de novo o meu braço, riu.

— Sou um tolo — falou. — Desculpe-me. Fui tomado por algum pânico. Agora passou. Você parece surpreso.

— Você me deixou curioso.

— Quando a jovem se jogou no lago e ergueu os braços sobre a cabeça. Aquilo me assolou com um temível ímpeto de terror. Não faço ideia do porquê.

— Vamos voltar, então?

— Eu já vi o bastante. A menos que você, Victor...

— Oh, não.

Tínhamos chegado à rua e, no mesmo instante, ouvimos alguém chamando.

— Sr. Shelley! Sr. Shelley! — Era Daniel Westbrook correndo em nossa direção. — Graças a Deus cheguei a tempo!

— O que aconteceu?

— É Harriet. Ela caiu doente. Ela está perguntando pelo senhor.

— O quê? O que aconteceu? O que há com ela?

— Ela desmaiou um pouco antes de chegarmos em casa. Estava falando desvairadamente.

Bysshe correu para a rua e fez sinal para um coche que tinha acabado de entrar na Drury Lane. Apressadamente entramos, enquanto Daniel dava um endereço na Whitechapel High Street, e o súbito solavanco da carruagem jogou a nós todos no banco traseiro.

— Esse é o seu braço ou o meu? -- perguntou Bysshe enquanto se desvencilhava e sentava no banco de madeira na nossa frente. — Ela está com febre? Precisamos arranjar gelo. A febre cairá. Não podemos ir mais rápido? — O tempo todo ele estava olhando pela janela, que era coberta com pano em vez de vidro, como se estivesse estimando a velocidade de nossa jornada. — Conte-me exatamente o que aconteceu.

Daniel explicou que ele e Harriet tinham saído da Poland Street e caminhado na direção leste ao longo da Oxford Road. Daniel estivera contando a Harriet que nós dois estávamos para ir a Drury Lane para a apresentação de *Melmoth, o Viandante*, e ela também expressara o desejo de assistir ao teatro. "Há tantas coisas", ela disse para o irmão, "que eu agora gostaria de ver!" Ele disse que os olhos dela se encheram de lágrimas, mas que ele tinha segurado sua mão; juntos, atravessaram a cidade através da St. Paul's e da Canon Street e tinham chegado à Aldgate High Street. Ela parara junto ao chafariz lá, ele disse, e exclamara para ele: "Estou tão contente, Daniel! Eu poderia morrer agora!"

Eles tinham seguido pela Aldgate High Street e atravessaram para Whitechapel — para a rua principal, conforme ele disse. Estavam a cem jardas da casa deles quando, olhando em volta as lojas e as habitações, ela exclamara para Daniel: "Eu me sinto como se estivesse sufocando. Receio que meu coração vai explodir!" Então ela desmaiou nos braços dele. Em sua aflição e alarme, ele conseguiu carregá-la pela curta distância até a casa deles. Ela foi deitada na sala, onde começou uma falação confusa das mais inusitadas na qual chamou o "Sr. Shelley" várias vezes. "Se o Sr. Shelley vier", ela disse, "então eu poderei descansar."

Naturalmente, Daniel partiu de imediato, e correu todo o caminho até a Drury Lane na esperança de que a peça ainda não tivesse acabado. Por sorte, ele nos vira no momento em que saíamos do teatro.

Bysshe ainda olhava impacientemente pela janela.

— Este é o leste, Victor. — Ele ficou em silêncio por um tempo, enquanto o coche chacoalhava ruidoso nas pedras do calçamento.

— É aqui que eu moro. — Daniel apontou para um pequeno beco sem saída dando na rua principal, e então avisou o cocheiro: — Chegamos!

Bysshe pulou da carruagem e entregou um soberano ao homem antes que tivéssemos chance de desembarcar; ele estava, creio, tomado por uma ansiedade furiosa e inquieta de ver Harriet.

Dei uma olhada para a rua principal e um relance foi o bastante para revelar a sua pobreza para mim; devia ter havido uma feira nela uma hora ou mais antes, porque a área estava agora cheia de balcões e plataformas improvisadas, com um abundante sortimento de frutas e folhas de verdura estragadas e papéis descartados no meio. Bysshe correra para a casa e batera na porta, sem esperar que Daniel se juntasse a ele. A porta se abriu rapidamente e, no mesmo instante, Bysshe teve permissão de entrar.

— Eu confio nele — disse Daniel. — Ele pode ter mais eficácia do que qualquer cirurgião ou boticário.

— Ao menos em relação a sua irmã.

— Sim. Foi isso o que eu quis dizer.

Seguimos Bysshe para o interior da casa, pequena, estreita e impregnada com um leve odor de palha úmida que eu percebera noutras habitações londrinas. Há uma expressão em inglês — sem espaço até para balançar um gato. Bysshe entrara numa pequena sala que tinha vista para a rua, e se juntara a duas jovens que presumi serem as irmãs de Harriet. Daniel e eu entramos na sala, agora bastante apinhada, onde Bysshe já estava se ajoelhando junto à garota prostrada.

— Ela ficou falando do senhor, Sr. Shelley — sussurrou uma das irmãs. — Mas está bastante combalida.

Bysshe se inclinou e murmurou para ela:

— Harriet, Harriet, está me ouvindo?

A voz dele pareceu animá-la.

— Eu fiquei bastante feliz, Sr. Shelley. Ah, tão feliz.

— E você ficará feliz de novo. Aqui. Deixe-me colocar esta almofada debaixo de sua cabeça.

— Foi por ter sido tão súbito. Eu fiquei surpresa.

— Súbito?

— *Surpreendido pela alegria*. Não é essa a frase do Sr. Wordsworth?

Ele se inclinou e beijou a mão dela.

Eu estava parado junto à porta e, com um leve ruído, virei a cabeça. Um homem de meia-idade estava parado na escada. Usava um antiquado fraque de um preto desbotado, e sua gravata estava desfeita. Notei, também, que seus punhos estavam cerrados. Ele desceu o resto dos degraus muito lentamente, como se sequer percebesse a minha presença, e parou ouvindo os sons da sala. Bysshe estava pedindo que trouxessem água.

— Ele vai ter de ir ao chafariz — disse o homem. — Não há água aqui. — Então ele se virou para mim. — Seu criado, senhor. Veja o que o senhor trouxe para esta casa. — Eu não entendi o que ele quis dizer, mas ele me olhou com o que julguei ser um ar ameaçador.

Uma das jovens veio da sala.

— Papai, não há tempo a perder. O senhor poderia buscar o balde enquanto eu ponho o meu xale?

— *Seus filhos também serão despedaçados perante seus olhos; suas casas serão destruídas, e suas esposas, violadas.*

— Não há tempo para isso, papai. Ah, onde está o meu xale? — Ela tinha pegado um grande recipiente de madeira sob a escada, e saiu correndo pela rua.

Eu a segui, não querendo permanecer na soturna presença do pai dela.

— Deixe que eu a ajude — ofereci.

— Não há necessidade de ajuda, senhor. Estou indo até o chafariz para a pobre Harriet.

— Você é uma das irmãs dela?

— Sou. Emily. Ela nos deu um susto e tanto, mas agora está mais calma. O Sr. Shelley falou com ela. — Parecia que por consenso geral Bysshe se tornara o salvador da casa. — Viramos aqui. — Tínhamos chegado a um pátio, cercado por todos os lados com habitações das mais pobres, remendadas e descascadas, com um vaso de flores perdido aqui e ali num parapeito. O chafariz tinha o seu complemento de velhas senhoras e crianças. — Deixem-me passar, por favor. — Emily estava obviamente acostumada à situação. — Minha irmã ficou doente.

— Não lhe dê essa água então, Em — gritou uma anciã, para considerável diversão de suas companheiras. — Ou vai matá-la, com certeza.

— É só para resfriá-la, Sra. Sykes.

— Fria é mesma, com isso eu concordo. Mas é sempre tão suja. Muitos aqui ficaram esquisitos com ela.

— Quem é o homem elegante, Em? — A pergunta veio de um menino, que estava com os olhos fixos em mim, como se estivesse ao mesmo tempo impressionado e prestes a rir. Eu tentava me vestir como um inglês, mas havia alguma indefinível diferença em meus trajes ou maneiras que sempre proclamava que eu era um estrangeiro. — A mãe dele sabe que ele está na rua? — Isso produziu mais risadas das senhoras ali reunidas, mas a essa altura Emily já enchera seu balde e dera as costas para o chafariz.

— Peço desculpas por eles, senhor — disse ela, enquanto saíamos do pátio. — Não estão acostumados com estrangeiros. Não sei o nome do senhor...

— Victor Frankenstein.

— Veio como um amigo do Sr. Shelley?

— Sim, de fato. E do seu irmão. Você disse que Harriet está melhor?

— Ela está mais calma. Não está falando tanta besteira. Não. Não quis dizer isso. Ela está descansando.

Fiquei surpreso com a compostura de Emily, tão similar à de sua irmã, num lugar tão pouco promissor. Ela não tinha sido contaminada pela imundície geral. Aquela era uma família incomum.

— Você tem outra irmã, creio?

— Tenho. Jane está conosco. Ela mora com o marido em Bethnal Green, mas aconteceu de estar fazendo uma visita ao nosso pai.

— Então você e Harriet moram com o pai de vocês?

— Jane casou alguns meses depois que mamãe morreu. Nós cuidamos da casa.

— O seu pai ainda trabalha?

— Ah, não. Ele foi obrigado a se aposentar. Seus nervos estão muito mal.

Devo admitir que estava perturbado de desejo por Emily, mas todo sentimento como esse era então uma fonte de desgosto para mim. A pureza de meu propósito não podia ser posta em risco pelas luxúrias da carne. Eu mantive minha distância.

— O seu sobrenome me confundiu — disse ela.

— Acontece com frequência. Deixe-me ajudá-la com a água.

— Estou acostumada com isso.

Emily levou o balde pela entrada e foi para a sala onde Harriet estava agora sentada num sofá. Ajoelhou-se ao lado da irmã e começou a passar a água na testa e têmporas dela com tal ternura fraternal que eu mais uma vez fiquei maravilhado com a presença daquela família num bairro tão ruim e grosseiro.

— Ela se recuperou — contou-me Bysshe. — Era uma febre.

— Então não precisamos ficar. — Eu me sentia bem pouco à vontade naquela pequena habitação. Era limpa e arrumada tanto quanto podia, mas a qualidade das cercanias a maculava como aquele leve odor de palha; deixava-me com um sentimento de depressão, ou mesmo fastio, que eu não conseguia dominar. — Há tão pouco espaço aqui. Vamos sufocar Harriet.

— É claro. Você tem razão. Ela precisa de ar. Iremos embora imediatamente. — Bysshe pôs a mão no ombro de Daniel e lhe disse que pretendíamos voltar ao Soho.

Daniel insistiu em nos acompanhar até um cruzamento movimentado, um pouco depois de Whitechapel, onde havia coches indo para a cidade.

— Foi muita bondade da sua parte, Sr. Shelley — disse ele. — E da sua, Sr. Frankenstein. Os senhores restauraram a saúde dela em menos tempo do que eu julgara possível.

— Não nós, Daniel. A força natural dela a apoiou. Ela tem estrela própria. — Fizemos sinal para um coche, e Daniel acenou despedindo-se. Então Bysshe pôs a cabeça para fora da janela e gritou: — Garanta a ela que eu a verei amanhã! — Ele recostou-se de volta com um suspiro. — Fizemos uma boa ação — disse ele.

— Ainda assim, tenho pena dela.

— Por qual razão?

— Olhe em volta. Está vendo a miséria? Seria fácil, num lugar assim, ceder ao crime e ao mal.

— Sim, é de fato bastante miserável. — Bysshe parecia muito cansado.

— Miserável? É monstruoso. E irá criar monstros. Você já vira antes tamanha imundície?

Bysshe murmurara algo em resposta, mas eu não ouvira.

— O que foi?

— Eu perguntei se você tinha visto o pai.

— Ele estava na escada. Não é uma ameaça.

— Ameaça?

— Perdoe-me — respondi. — A minha mente está dispersa. — No entanto, eu acreditava que o Sr. Westbrook me considerou um inimigo de sua família.

—

EU COMPARECIA TODAS AS MANHÃS às aulas na sala de dissecção do St. Thomas Hospital. Obtivera admissão, como um estudante voluntário, pagando uma taxa modesta por uma série de palestras a que nunca assistia. Eu queria apenas o trabalho prático da dissecção. Teoria e conjectura não eram suficientes para mim. O único caminho para o conhecimento estava no exame dos mortos. Sentia-me obrigado a observar, e experimentar, antes de chegar a alguma opinião razoável.

A sala de dissecção não era um lugar para os medrosos ou fracos de coração. Os cadáveres jaziam em mesas, no meio da sala, com seis ou sete estudantes aplicados em remexer em seus ossos e entranhas. Alguns se concentravam num braço, outros, numa perna ou intestino. Muitos dos corpos ficavam lá vários dias antes de serem enterrados, e muitos tinha sido escavados do solo num estado de decomposição parcial. No entanto, ainda que a carne estivesse enferma, os ossos em geral ainda estavam bons.

Havia recipientes de vidro ao longo das paredes com amostras de partes do corpo de todos os tipos imagináveis. Num grande fogão, de um dos lados da sala, ficava um tacho de cobre que era usado para ferver os corpos quando o trabalho da faca ficava muito lento. Os ossos podiam então ser destacados da carne fervida com facilidade. Eu ainda não havia me acostumado ao cheiro de carne podre ou apodrecendo, mas seu odor não me repugnava. Quando misturado ao cheiro das substâncias usadas na preservação, tinha um aroma pungente que permanecia nas mãos, nos braços e até nas roupas dos dissecadores, bem depois que a aula acabava. Havia alguns que se esquivavam do odor quando o detectavam em nossos trajes. Outros que, ao entrar na sala de dissecção pela primeira vez, desmaiavam no mesmo instante. E ainda os que vomitavam violentamente e deixavam o conteúdo de seus estômagos no chão em meio às entranhas e fezes dos mortos. O fedor da morte é equivalente à própria morte. É a escuridão do medo, a agência desconhecida, a dissolução da esperança. Entretanto, se eu fosse capaz de derrotar a morte, o que aconteceria então? O fedor da morte poderia se tornar um perfume maravilhoso!

Entre os meus colegas na sala de dissecção havia um jovem de olhos brilhantes e compleição corada. Pelo que ele dizia, inferi que era um menino de Londres, mas que abandonara seu ofício de cavalariço na City Road para se tornar aprendiz de cirurgião.

— Estou acostumado com o fedor dos cavalos e das estalagens de Londres — disse. — Os mortos não me incomodam.

Bebíamos juntos no pub local onde os outros dissecadores se reuniam; o bar, em consequência, tinha o cheiro de um matadouro e não era frequentado por muitos outros fregueses. Jack Keat e eu sentávamos a uma mesa de madeira baixa e comentávamos os eventos do dia.

— Você tinha nas mãos, Victor, um câncer muito bom.

— Do intestino. Decomposição extraordinária. Foi difícil mantê-lo nas mãos.

— Você tem de usar o polegar e o indicador. Desse jeito. Alguma coisa pode ficar presa sob a unha. Mas se você lavar, sai.

— Você estava de muito bom humor.

— Encontrei um tumor abrindo caminho através de um cérebro. Estava supurando. Eu o limpei e fiquei com ele. — Deu um tapinha no bolso.

Ele era baixinho, e um ou dois drinques o levavam, como ele dizia, "Monumento acima". Ele então declamava palestras e discursos que lera. Recitava trechos das poesias que mais admirava. Lembro que tinha uma paixão especial por Shakespeare.

— É aqui que o futuro está sendo forjado — anunciou uma noite. — Aqui. Na sala de dissecção. É onde iremos encontrar melhorias. Progresso. É aqui que podemos aliviar o sofrimento humano e a doença. Você e eu, e todos os nossos colegas, precisamos trabalhar com ardor pela causa comum! Precisamos ser enérgicos, Victor. Precisamos ser confiantes. — E então ele foi interrompido por um ataque de tosse.

Cinco

Eu voltei para Oxford dois dias antes do recomeço do período letivo; Bysshe insistiu para que eu ficasse em Londres, mencionando o empreendimento radical ao qual ele se associara e me recriminando por minha falta de fervor pela causa (como ele colocava). Mas, na verdade, eu estava ansioso por retomar os meus estudos. Tinha visto e ouvido muito em Londres, mas nada me impressionara tanto quanto as demonstrações elétricas do Sr. Davy. Eu morria de impaciência de poder consultar todos os volumes de ciência física, antiga e moderna, para descobrir as nascentes secretas da vida; queria me dedicar a esse propósito, deixando todo o resto de lado, e acreditava que nenhum poder na Terra seria capaz de me desviar de meu propósito.

Quando entrei na universidade, cumprimentei os porteiros como velhos conhecidos, embora eles tenham me recebido de forma ligeiramente fria. Minha imagem ainda estava muito associada à de Bysshe para que eu fosse plenamente aceito. Entretanto, minha criada da faculdade pareceu genuinamente satisfeita com a minha volta.

— Ah, Sr. Frankenstreng — disse ela —, já não era sem tempo. — Ela tinha muita dificuldade para pronunciar o meu sobrenome, e tentava diferentes soluções ao longo de uma conversa. — Tive tanto trabalho com as suas garrafas.

— Espero não ter lhe criado problemas, Florence.

— Tinha garrafas cheias, meio cheias e nem um pouco cheias. Eu não sabia o que fazer com elas na faxina.

Ela estava se referindo ao laboratório experimental que eu instalara em meu quarto de dormir. Era um coisa modesta — alguns cadinhos, tubos e um queimador portátil —, mas ela tinha pavor de qualquer coisa que considerasse "medicinal". Por alguma razão, lembrava a ela a morte prematura de seu marido, um evento que tinha muito prazer em descrever com todos os detalhes.

— Deixei-as onde estavam — afirmou. — Não toquei nelas, Sr. Frankentino.

— Foi muita consideração da sua parte.

— Eu nunca toco os pertences de meus patrões. Ah, não. O senhor fez uma boa viagem da Velha Fumarenta? — Ela era londrina de nascimento, como ela nunca cessava de me informar, mas se casara com o homem de Oxford que não durara muito e, desde então, não se mudara mais. — Imagino que havia um bocado de neblina.

— Receio que muita chuva, Florence.

— É uma pena. — Ela pareceu encantada em saber que a cidade continuava a padecer de um mau clima. — Mas limpa a neblina, sabe? — Ela baixou a voz para um sussurro. — Como vai o Sr. Shelley?

— Vai muito bem. Ele prospera em Londres.

— Falam muito dele por aqui. — Ela ainda estava sussurrando, embora não houvesse ninguém que pudesse nos ouvir. — Ele é considerado doido.

— Ele nada tem de louco, Florence. É muito sensato.

— É assim que o senhor chama? Certo. — Ela pegou a minha mala e carregou-a para o quarto de dormir, onde começou a guardar minhas camisas e demais roupas. — Que raios é isso?

Ouvi a pergunta, e soube no mesmo instante do que se tratava. Por segurança, eu tinha colocado em meio às roupas um pequeno modelo de cerâmica esmaltada; era um simulacro do cérebro humano, perfeito em todos os detalhes, que eu comprara de um boticário na Dean Street. Ele me dissera que era uma cópia do cérebro de um tal Davy Morgan, um notório bandoleiro que tinha sido enforcado alguns meses antes.

— Não é nada, Florence. Coloque-o na mesa.

— Eu não vou tocar nisso, Sr. Frankensino. Está comido por vermes.

Fui até o quarto e catei o modelo.

— Não são vermes. São as fibras do cérebro. Está vendo? São como os canais e as correntes do oceano. — Quão ínfimo era o conhecimento do organismo humano! Não havia uma pessoa em mil, em 100 mil, que tivesse parado para pensar como funcionavam a mente e o corpo.

— Não é natural — retrucou ela.

— É como é a própria natureza, Florence. Creio que esse seja o lobo óptico.

— Não é bom ficar me dizendo essas coisas, senhor. — Ela me olhou com horror. — Não quero ter nada a ver com isso.

— Se pudéssemos estimular essa área, poderíamos ver a muitos quilômetros de distância. Não seria uma vantagem?

— Não seria, não. Com seus olhos saltando da cabeça? Credo, não.

Coloquei o modelo na mesa instalada junto à janela do quarto.

— Receio que você vai permanecer na ignorância, Florence.

— Ao menos, senhor, ficarei feliz.

Não me ocorreu então que as palavras de Florence expressavam uma verdade instintiva; os sentimentos naturais da humanidade, ainda que expressos de forma grosseira, têm uma justiça toda própria. Mas eu já tinha me separado para sempre dos empreendimentos comuns dos homens. Minha mente estava tomada por um só pensamento, uma só concepção, um só propósito. Eu queria realizar mais, bem mais que aqueles à minha volta, e realmente acreditava que iria abrir um novo caminho, explorar poderes desconhecidos e desvelar ao mundo os mistérios mais profundos da criação.

Eu li de tudo nas bibliotecas de Oxford, me distanciando muito das instruções de meu tutor moral, que parecia nada conhecer além de Galeno e Aristóteles. Uma vez por semana eu subia as escadas até os aposentos do professor Saville, no lado oposto do quadrilátero em relação aos meus, onde sempre o encontrava sentado numa poltrona de encosto alto, com um copo de conhaque com água ao lado. Minha educação anterior em Genebra me garantira proficiência em grego e latim, de modo que as tarefas semanais de tradução não me causavam dificuldades. Eu já tinha informado a ele que meu interesse estava no crescimento e desenvolvimento do corpo humano, o que pareceu deixá-lo genuinamente atônito.

— Não é um objetivo — contestou — que eu associaria a um cavalheiro.

— Mas se cavalheiros não se dedicarem a ele, professor, quem o fará?

— Não há anatomistas no mundo?

— Estou interessado em como funciona a vida humana. Que outro assunto tem mais importância?

— Não crê que Galeno e Avicena tenham nos informado de tudo o que é preciso saber sobre esses assuntos? — Saville tinha o hábito de se erguer da poltrona depois de fornecer uma opinião e então andar pela sala antes de voltar a se sentar. Só então tomava um gole do conhaque.

— Eu creio, professor, que Galeno se baseou na anatomia de um macaco do Norte da África.

— De forma mais que satisfatória. — Ele deu outra volta na sala. — O senhor não está sugerindo que se profane o templo humano, está?

— De que outra forma poderemos aprender de onde provém o princípio da vida?

— O senhor precisa apenas abrir a Bíblia, Sr. Frankenstein, para ter certeza quanto a esses assuntos.

— Conheço bem a Bíblia, professor...

— Eu realmente espero que sim.

— Mas me confesso ignorante quanto ao mecanismo efetivo.

— Mecanismo? O que o senhor quer dizer?

— Ficamos sabendo no Gênesis, professor, que Deus formou o homem do pó da terra e então soprou em suas narinas o sopro da vida.

— Sim, e daí?

— A minha questão é: em que consistia esse sopro?

— O senhor esteve tempo demais em companhia do Sr. Shelley. — Ele começou outra perambulação pela sala e, ao voltar para a poltrona, sorveu um grande gole do conhaque com água. — Está começando a duvidar das Sagradas Escrituras.

— Estou simplesmente curioso.

— Nunca seja curioso. É o caminho da perdição. Agora, vamos voltar ao assunto em questão? — Ele começou a examinar minha tradução em grego de um editorial do *Times* sobre as perspectivas da independência dálmata, e eu fui embora de seus aposentos logo depois.

DESSA FORMA, NÃO HAVERIA ESCLARECIMENTO para mim em Oxford. Eu já tinha decidido estudar o bastante para obter o meu diploma, principalmente pensando em meu pai, mas, como um peregrino, já me preparava para a próxima jornada. A mente que é ambiciosa se constrói por conta própria. Eu achei um pequeno celeiro nos arredores de Oxford, na pequena aldeia de Headington; aluguei-o de um camponês por uma quantia insignificante, sob o pretexto de que era um estudante de medicina que estava misturando produtos e combinações químicas tóxicas que precisavam ser preparados longe das habitações humanas. O celeiro era cercado por campos abertos, mas tinha a vantagem de ter uma estradinha que conduzia até ele. Era, como eu disse a ele, ideal para os meus propósitos. E foi o que de fato se provou.

Comecei os meus experimentos no reino animal sem, espero, ter infligido dor desnecessária ou excessiva. Eu me informara, através de meus estudos de Priestley e Davy, da eficácia do óxido nítrico como um anestésico, e já conhecia o efeito sedativo de meimendro quando administrado em grandes doses. Ainda assim, comecei com as menores criaturas. Mesmo a humilde minhoca e o besouro são capazes de maravilhar o estudioso da natureza. Sob o microscópio, a mosca se tornava uma câmara de deleites: os vasos dos olhos eram luzidios e palpitantes de vida, cristais com múltiplos reflexos. Tão complexa, e no entanto tão vulnerável! Tudo era mantido em tão delicado equilíbrio e estabilidade que a largura de um cabelo separava vida e luz de escuridão e não existência.

Eu comprei rolinhas e outros pássaros no mercado na Corn Street e, quando sentia a respiração rápida e cálida em meus dedos, percebia o pulso elusivo da vida. Era aquele o mesmo calor que infundia o mecanismo das baterias voltaicas? Calor significava movimento e agitação, e movimento, visível ou invisível, era a própria condição da vida. Julguei que estava no limiar de uma grande descoberta. Se eu pudesse criar movimento, não iria ele se reproduzir em sequência, como as ondas quebrando na costa se acumulam num harmonioso conjunto? O mundo seguia uma só dança.

Eu estava tomado de tamanha esperança e entusiasmo, nesses dias de Oxford, que com frequência corria nos campos em volta do celeiro por simplesmente transbordar energia. Eu podia olhar para as nuvens passando sobre mim e ver nelas os padrões que discernia na iridescência perolada de uma asa de mosca ou as cores cambiantes no olho de uma pomba expirando. Eu me considerava um redentor da humanidade, libertando o mundo da filosofia mecânica de Newton e Locke. Se eu conseguisse descobrir um único princípio a partir da observação de todos os tipos de organismos, se no estudo das células e tecidos eu conseguisse detectar um elemento dominante, então poderia ser capaz de formular a fisiologia geral de todas as coisas vivas. Há só uma vida, um só modo de viver, um só espírito energético.

E, no entanto, havia épocas em que, nos últimos momentos da noite, eu acordava apavorado. As primeiras horas da madrugada me alarmavam, e eu saía da cama e caminhava pelas ruas escuras como se fossem a minha prisão. Com o primeiro sinal da aurora, todavia, eu ficava calmo. A luz baixa e uniforme, ao longo dos prados, enchia-me de uma sensação similar à coragem. Eu precisava dela mais do que nunca. Eu começara a minha anatomia dos cães e gatos, comprados sem gastar muito das pessoas mais pobres de Oxford. Eu dizia a cada uma delas que precisava do animal para caçar os ratos de meus aposentos, e elas os vendiam sem hesitação. Era fácil sedar o animal com óxido nitroso, e eu calculava que o coração iria bater por trinta minutos antes de falhar numa morte sem dor. Nesses poucos minutos eu começava o processo de dissecção, transformando o chão de meu teatro de experiências numa poça de sangue. Mas perseverava em minha intenção. Eu queria provar que os órgãos da criatura não eram entidades distintas, mas precisavam da interdependência entre todos para funcionar com eficácia. Assim, eu obstruía o funcionamento de um e os outros seriam prejudicados ou danificados de algum modo. E foi o que se provou. Eu estava dando tamanhos passos em minha filosofia experimental que podia ver todas as dificuldades sendo vencidas.

—

Na semana antes do fim do período letivo, recebi uma carta de meu pai em Genebra me informando que minha irmã tinha ficado gravemente doente. Elizabeth era a minha gêmea em tudo, a não ser de nascimento. Tínhamos crescido na companhia um do outro. Brincávamos juntos desde a mais tenra infância, e, embora não tivéssemos estudado juntos, eu a inteirara do conteúdo de meus livros escolares. Diziam que parecíamos um com o outro na fisionomia, também, e ambos possuíamos o mesmo temperamento nervoso e inquieto.

Eu fiz planos para retornar para casa imediatamente. Havia um paquete partindo para Le Havre da London Bridge na segunda-feira seguinte, e eu fui para Londres duas noites antes para providenciar minha passagem. Esperava ver Bysshe, é claro. Ele não se comunicara comigo desde a minha partida da cidade, e eu estava ansioso por saber de suas aventuras durante a minha ausência. Fui até a Poland Street logo após a minha chegada, mas não havia luz em sua janela. Eu o chamei, mas não houve resposta.

Eu reservara uma pequena cabine no barco para Le Havre, mas ele cheirava tão forte a conhaque e cânfora que me dei por satisfeito em passar a maior parte da viagem no convés aberto. A jornada rio abaixo foi bastante monótona, fora a visão do grande número de naus que pareciam uma floresta de mastros passando lentamente, mas fiquei deveras impressionado com os pântanos no estuário perto da foz do Tâmisa. O isolamento e a solidão dessa região (que, conforme me disse um passageiro, era evitada por causa dos ataques de febre) incitaram o meu espírito. Acho que já então eu tinha algumas tênues sugestões do meu trabalho futuro, e da necessidade de trabalhar em segredo e em silêncio, bem distante dos lugares frequentados pelos homens. Não tinha eu começado esse caminho nos campos nos arredores de Oxford? E, no entanto, enquanto navegava para longe da Inglaterra, mal poderia eu prever que estava destinado a me tornar o mais miserável dos seres humanos.

Minha jornada levou-me por terra de Le Havre para Paris; de lá eu viajei para Dijon, e então para Genebra. Estava impaciente para ver minha irmã, mas fui obrigado a trocar de cavalos e passar a noite em Paris. Cheguei no começo da noite numa estalagem na Rue St. Sulpice, e, após o recente período de interdição das viagens entre a França e a Inglaterra, o proprietário estava encantado de receber meus companheiros ingleses. Ele juntou um pequeno grupo de músicos que tocou no pátio, enquanto sua esposa e filhas dançaram uma mazurca polonesa para nós. Tal é o calor da hospitalidade gaulesa, sobre a qual tantas calúnias são espalhadas nos países vizinhos. Eu dividiria o quarto com um inglês viajando a negócios, o Sr. Armitage. Ele vendia óculos, lentes e afins. Fora ele quem me advertira sobre a febre no estuário e me regalou com várias histórias relativas ao comércio de produtos ópticos até eu decidir tomar ar.

Sai à rua, onde minha atenção foi imediatamente atraída por uma fila de parisienses parados de pé e impacientes junto a um par de portões. Alguns eram obviamente pobres, outros, opulentos, e alguns, daquela natureza mista conhecida pelos ingleses como os remediados. Mas a variedade me interessou. Ficavam nervosos e incertos perante os portões, sem nada falar e evitando os olhos uns dos outros. Eu perguntei ao proprietário, que estava na varanda da estalagem, o que significava aquilo.

— Ah, *monsieur*, não se fala disso. — Perguntei por quê. — Traz má sorte para a estalagem. *C'est la maison des morts. La Morgue.*

A casa dos mortos? Julguei que sabia a que ele estava se referindo. Era uma instituição bem conhecida na cidade, onde os corpos dos mortos não identificados eram mostrados em certos períodos estabelecidos do dia para que pudessem ser reconhecidos por seus amigos e parentes. Sem dúvida há quem consideraria um espetáculo desagradável, mas eu fiquei deliciado com a boa sorte que o colocara em meu caminho. Eu nada podia ver de odioso na natureza. Do mesmo modo que existem aqueles que amam passear em ruínas, saboreando os vestígios e sensações dos tempos passados, eu não fazia objeção a caminhar entre os mortos e os decompostos. O corpo humano está num contínuo estado de decomposição, dia a dia; seus tecidos e fibras se desgastam, mesmo quando ainda os usamos, e eu não via nada a temer na observação próxima desse processo. Se eu devia dominar a arte e o método da anatomia, precisava também observar a decomposição natural do corpo humano.

De modo que me juntei aos parisienses em sua espera e, quando os portões foram abertos por um guarda, entrei na Morgue. No mesmo instante, tive consciência de um odor peculiar e não de todo desagradável, muito parecido com o de guarda-chuvas úmidos ou da palha molhada que em geral se encontra no chão de uma carroça. O ar estava úmido, como se um braseiro de carvão tivesse sido introduzido na sala. Era uma longa câmara de teto baixo com janelas pequenas, muito similar ao interior de um café em Londres. Onde as mesas e cadeiras estariam, havia várias divisórias ocas, com plataformas nas quais tinham sido colocados os corpos dos mortos, com suas roupas penduradas junto a eles como um elemento adicional para a identificação. Cada um estava protegido da aglomeração inquisitiva por uma vidraça, como se estivessem expostos na vitrine de uma loja. Havia cinco na ocasião de minha visita, três homens e duas mulheres, e era um exercício interessante determinar a causa de suas mortes. Um homem atarracado de meia-idade, com um queixo largo e a cabeça raspada, parecia ter sido queimado; mas as lívidas feridas vermelhas e os membros inchados me convenceram de que ele tinha se afogado. Minha conjectura foi confirmada quando vi a poça de água se acumulando sob o corpo. A face de uma mulher adjacente estava quase irreconhecível, parecendo mais um cacho de uvas amassadas e muito maduras; eu não conseguia pensar em nenhuma razão para o selvagem desfiguramento do rosto dela, exceto por um terrível acidente. No entanto, ela me interessava. O resto do corpo estava praticamente intocado, com exceção de algumas manchas de sangue e sujeira, e ocorreu-me que, com uma nova cabeça, ela poderia ser um objeto de luxúria. Agora só poderia ser identificada por um amante, ou talvez um pai ou mãe.

Eu não abordava essas visões com leviandade, mas tampouco sentia a menor repulsa; minha principal sensação era de fascínio com a curiosa imobilidade dos corpos. Uma vez que o princípio da vida os deixara, eles se tornavam receptáculos vazios, mais destituídos de animação do que qualquer boneco de cera ou manequim. Era possível imaginar que um boneco de cera fosse capaz de respiração e movimento, mas nenhum ato de imaginação empática poderia conceder àqueles membros frios a vida. Eu estava olhando para objetos que nunca seriam capazes de me devolver o olhar.

Noutra divisória, encontrei o corpo de um homem velho que não tinha qualquer marca. Eu podia dizer pelas botas rotas colocadas ao seu lado que era um artesão ou operário. Havia uma característica curiosa nele, porém. Percebi uma leve umidade em seus olhos, e o que parecia uma lágrima se imobilizara em sua bochecha. O resíduo da emoção, no que agora era um semblante vazio, afetou-me da maneira mais estranha. Virei-me para partir e fiquei momentaneamente imobilizado pela multidão em volta. Olhei de relance para a porta aberta, do outro lado da sala, e por um momento vislumbrei um velho parado junto a ela. Parecia ser exatamente o homem que eu vira atrás do vidro, como se por alguma intervenção de magia negra ele tivesse enxugado a lágrima e voltado à vida. Então ele sorriu para mim. Eu sabia que não passava de uma ilusão momentânea, mas isso não diminuiu o meu horror. Caminhei lentamente até a porta, onde o guarda da Morgue estendeu a mão para um *pourboire*, mas a figura do velho tinha sumido. Fiquei aliviado de me ver ao ar livre na rua, e tentei tirar o incidente de minha cabeça, mas ele permaneceu comigo até mesmo enquanto eu subia a escada para o quarto na estalagem.

Meu companheiro de viagem, Armitage, estava deitado em sua cama inteiramente vestido. Depois de tudo que eu vira na Morgue, por um momento ele me assustou.

— Então, Sr. Frankenstein — chamou-me. — Vai jantar comigo? O vinho aqui é muito barato. — Ele tinha uma voz grave, profunda, que por nenhuma razão em especial me irritava.

— Vou dormir cedo, receio. A diligência para Dijon parte ao amanhecer. Vai ser uma longa jornada.

— Portanto, o senhor precisa de sustança. — Ele era mais velho do que eu, com cerca de uns 30 anos, mas tinha modos indefinivelmente antiquados. — É sabido que os cavalheiros de Oxford passam fome.

— Como sabe que sou de Oxford?

— Está impresso em sua bagagem. Olhos, compreende? Bons olhos. — Eu já tinha ficado sabendo que ele era um comerciante de produtos ópticos. — O olho é um organismo delicado — falou devagar e com grande ênfase. — Nada dentro de um mar de água.

— Perdoe-me corrigi-lo, mas não é o caso.

— Como?

— Tem raízes e tendões. É como uma planta aquática conectada ao solo do cérebro.

— Pode-se dizer que é como um lírio? Nada na superfície?

— Sim, o senhor pode dizer isso, Sr. Armitage.

Ele deu um largo sorriso, considerando a resolução do assunto satisfatória, e me deu um tapa nas costas, como se estivesse me congratulando por concordar com ele. — Precisamos conseguir pão para o senhor. E carne. E vinho.

Durante a refeição simples que a camareira trouxe para nós, trocamos os comentários de costume. Ele morava na Friday Street, perto de Cheapside, com o pai, que manufaturava as lentes e os óculos numa oficina no térreo da propriedade deles, enquanto trabalhava como caixeiro-viajante. Ele se aproveitara da paz para vir para a França, com exemplares do trabalho mais recente de seu pai.

— O senhor não vai encontrar lentes mais finamente polidas — afirmou. — Dá para ver o campanário de uma igreja distante com a luz do luar.

— Ele constrói microscópios?

— Claro que sim. No momento, ele tem em mãos um projeto que tem olhos cilíndricos, por assim dizer, que deixarão nítido o menor dos objetos.

— Eu teria muito interesse nisso.

— Teria? O que o senhor estuda em Oxford, Sr. Frankenstein?

— Estou interessado em como funciona a vida humana.

— É só isso? — Ele sorriu para mim. Eu não conseguia imaginá-lo dando uma risada.

— Foi assim que fiquei sabendo sobre as fibras nervosas do olho.

— É um anatomista, então? — Ele subitamente ficou muito sério, como se eu tivesse me intrometido em algum assunto particular.

— Não exatamente. Não essencialmente. Não posso alegar nenhuma grande proficiência.

— O senhor sabe quanto tempo o olho sobrevive quando é tirado de sua órbita?

— Não faço ideia. Minutos, talvez...

— Trinta e quatro segundos. Até sua luz ser extinguida para sempre.

— Como sabe disso?

— Eles secam muito rápido quando saem da órbita. Não me pergunte como sei.

— Mas, e se eles fossem mantidos numa solução aquosa, o que aconteceria?

— Então, Sr. Frankenstein, o que acontece é que o senhor terá perguntado demais. — Ele começou a comer bem devagar a carne e o pão em seu prato.

Eu lembrei da frase de Terêncio.

— Nada do que é humano me é estranho, Sr. Armitage.

Ele não respondeu, apenas continuou a mastigar sua carne. Era vitela, se bem me lembro, coberta com farinha de rosca, à maneira de meus compatriotas. Eu estava com muito pouco apetite por ela. Ocasionalmente ele erguia os olhos para mim, sem nenhuma outra expressão no olhar além de uma observação tranquila. Por fim, ele disse:

— Meu pai teve uma aprendizagem interessante. Dos 14 anos em diante ele trabalhou para o Dr. John Hunter. O senhor já ouviu falar dele?

— De fato. Muito bem. — A reputação de Hunter como cirurgião e anatomista tinha chegado até mim em Genebra, onde a sua *História natural dos dentes* tinha sido traduzida para o francês.

— O Dr. Hunter era um grande observador do corpo, Sr. Frankenstein. Ele fez disso a sua profissão.

— Foi o que li.

— Sua competência cirúrgica não tinha rivais. Meu pai o viu remover uma pedra da bexiga em menos de três minutos.

— Sério?

— E o paciente não morreu. — Armitage concentrou-se mais uma vez em seu prato, onde agora ele deliberadamente raspava a farinha de rosca com um pedaço de pão embebido em vinho. — Meu pai ainda tem a pedra.

— O paciente não a quis?

— Não. O Dr. Hunter a chamou de tesouro.

— Mas o que aconteceu com os olhos?

— Eu já disse. O paciente ainda estava vivo, para surpresa dele.

— Não a dele. Os outros olhos que tinham sido preservados em água. Eu presumo que tinham sido tirados dos corpos dos menos afortunados.

Armitage me encarou com o mesmo olhar curiosamente desapaixonado.

— Se o paciente morreu no teatro de operações, então a quem ele pertence? — Eu nada respondi, julgando que já havia falado demais. — O Dr. Hunter era da opinião de que, tendo sido posto aos seus cuidados, o corpo era responsabilidade dele. Tornava-se, em certo sentido, propriedade dele.

— Eu não discordaria.

— Excelente. Estou agora falando com o senhor na mais perfeita harmonia do bom companheirismo. Esses fatos não são amplamente conhecidos fora dos meios das escolas médicas. — Minha boca tinha ficado seca, e eu bebi um copo inteiro de vinho. — O Dr. Hunter acreditava que os membros e órgãos do paciente falecido tinham mais valor para os seus estudantes do que para o solo, onde do contrário seriam enterrados. Havia um jovem, um dos assistentes do Dr. Hunter, que era particularmente interessado no baço. De modo que... — Armitage deteve-se, e me surpreendeu com um largo sorriso. — Como dizemos em Cheapside, Sr. Frankenstein, passou por baixo do pano.

— E o seu pai era particularmente interessado em olhos?

— Ele sempre teve uma visão perfeita. Era algo que observavam para ele desde a mais tenra idade. Ele ficou interessado no assunto, como acontece com meninos. Eu não sei se em seu país vocês têm o telescópio ambulante. — Balancei a cabeça negativamente. — São instalados nas ruas, e por uma pequena quantia você pode fazer uso dele por cinco minutos. Sempre havia um no Strand. Quando menino, meu pai o adorava. De modo que aos poucos ele ficou interessado na relação entre a lente e o olho. O senhor sabe que o olho tem sua própria lente, tão permeável quanto uma bolha de gás?

— Tenho conhecimento disso.

— Ela é coberta por uma película extremamente fina e delicada de uma substância transparente que meu pai chamou de tecido orbital.

— O seu pai então é um experimentalista?

— Não sei se essa é a palavra, Sr. Frankenstein. — Armitage nos serviu mais um copo de vinho. — Vou lhe contar outro segredo. Havia ocasiões em que o paciente não morria, é claro. Isso era fonte de uma grande satisfação para o Dr. Hunter. Mas trazia um outro problema.

— De que natureza?

— Escassez, senhor.

— Acho que compreendi. Escassez de cadáveres. Os disponíveis.

— Não é um assunto que normalmente surge nas conversas. Mas era um tópico constante entre o Dr. Hunter e seus assistentes.

— Como ele foi resolvido?

— O senhor já ouviu falar em ressuscitadores, imagino?

— Só por alto.

— Eles não são muito mencionados na imprensa hoje em dia. Mas ainda atuam.

Eu tinha conhecimento das atividades desses ladrões de sepultura, ou "ressuscitadores", como eram mais conhecidos. Tinha havido informes ocasionais de sua atividade até em Oxford, mas sem maiores consequências. Eram mais ativos em Londres, onde desenterravam corpos frescos dos mortos mais recentes e os vendiam por grandes quantias para as escolas médicas.

— O Dr. Hunter foi obrigado a usar os serviços deles?

Armitage fez que sim.

— Relutantemente. Ele disse a meu pai que, se esses corpos sequestrados ajudassem a restaurar a vida de outros, então ele não podia lamentar inteiramente que fossem usados.

— A vida pela morte é uma boa barganha.

— O senhor seria bem-vindo em Cheapside, Sr. Frankenstein. Meu pai concordava com o senhor, e ajudava nas negociações com os homens do ramo da ressuscitação. Ele acabou conhecendo-os muito bem. Disse que nem um deles sequer estava sóbrio alguma vez.

— O senhor diria que eles ainda estão em atividade?

— É claro. É um ofício que passa de pai para filho. Eles frequentam certas estalagens, onde podem ser persuadidos a... — Ele ergueu a mão para os lábios, sugerindo o gesto de beber. — Infelizmente um deles acabou indo a julgamento, pelo roubo de um crucifixo de prata de um dos corpos. Ele soltou o nome do Dr. Hunter.

— E então?

— O assunto morreu logo. Mas houve um panfleto com o nome dele associado a vampiros. O senhor já ouvi falar nessa entidade, Sr. Frankenstein?

— É uma superstição dos magiares. Sem a menor importância.

— Fico feliz de ouvir isso. Preocupou o Dr. Hunter na época, mas o trabalho dele o fez seguir adiante.

— O trabalho era a vida dele.

— Sim, de fato. O senhor é muito perceptivo, se me permite dizer. — Ele tomou mais vinho. — O senhor disse que estava estudando como funciona a vida humana. Posso perguntar que aspecto em particular o interessa?

Creio que hesitei por um instante.

— Estou interessado na estrutura de todos os animais dotados de vida.

— Com qual propósito?

— Eu quero descobrir a fonte dessa vida.

— Mas isso incluiria o corpo humano?

— Estou decidido a proceder passo a passo, Sr. Armitage.

— Em tamanho empreendimento, isso é o que convém. Creio que só um jovem poderia conceber tal plano. É grandioso. Eu gostaria muito de apresentá-lo a meu pai.

— Com certeza. Eu gostaria muito de ver os olhos dele.

Ele riu alto com isso, e me deu um tapa nas costas como se eu fosse o melhor companheiro do mundo.

— E verá. Mas cuidado. O olhar dele é muito aguçado.

Seis

Quando cheguei a Genebra, estava dolorido e cansado; a jornada através da França tinha sido difícil, tornada infinitamente mais desconfortável pela chuva forte que começou assim que a diligência saiu de Paris. Só a minha vontade de ver minha irmã manteve o meu ânimo. A casa de meu pai ficava na Rue de Purgatoire, logo abaixo da catedral; ele a comprara havia muitos anos, para as suas transações comerciais na cidade, e eu conhecia o bairro muito bem. Um menino local serviu como carregador para mim, e eu me precipitei à frente nas familiares ruas íngremes que subiam do lago.

Fui recebido por uma casa em silêncio. Por fim, depois de bater repetidamente à porta, uma jovem criada veio abri-la. Eu não a reconheci, e a menina apalermada não parecia ter noção da existência do filho da família. Por causa de minha longa explicação, em seu dialeto nativo, ela relutantemente permitiu-me a entrada na casa. Talvez ela tenha percebido alguma semelhança entre mim e Elizabeth. Fiquei sabendo por ela que minha irmã estava num sanatório em Versoix, uma cidadezinha junto à margem do lago, e que meu pai alugara uma habitação lá para ficar perto dela. Era muito tarde para pensar em fazer a viagem e, em minha exaustão, escolhi um quarto de dormir quase que aleatoriamente antes de mergulhar num sono profundo.

Na manhã seguinte, parti a pé para Versoix. Não ficava a mais do que uns 5 quilômetros ao longo da margem, e eu aproveitei o tempo excelente para saborear meu retorno à minha terra natal. Foi agradável relembrar a tranquilidade e a boa índole dos meus compatriotas, especialmente depois da rabugice dos ingleses. E obviamente a paisagem com as montanhas era infinitamente superior à de Oxford, onde os vaporosos Tâmisa e Cherweell são os únicos aspectos dignos de nota. Eu estava refletindo sobre esses assuntos quando cheguei ao meu destino, cerca de uma hora após sair.

Versoix fica acima do lago num pequeno platô natural e o terreno do sanatório se estendia em declive até a água; sempre foi um local restaurador da saúde, e nele foram encontradas as ruínas de um santuário romano dedicado a Mercúrio. Os habitantes locais acreditam que o deus ainda permanece por lá, mas eu atribuo a plenitude vital do ar às descargas elétricas das montanhas. A atmosfera da região é cheia de espírito.

Segui meu caminho até os portões do sanatório, onde a entrada me foi garantida pela força de meu nome: a honra da família Frankenstein é amplamente reconhecida. Eu nunca entrara numa instituição assim antes, e de fato creio que essa foi a primeira de seu tipo construída de acordo com princípios esclarecidos de saúde pública. Fui levado ao quarto de minha irmã e, tão logo o descobrimos vazio, conduziram-me para a margem do lago. Disseram-me que era lá que Elizabeth gostava de ficar sentada, costurando.

Eu mal a reconheci. Ela tinha se tornado tão encurvada e magra que parecia muito fraca para se levantar e cumprimentar-me.

— Estou contente de vê-lo, Victor. Eu tinha esperança de que você viesse. — Havia tamanha resignação em sua lentidão e incerteza que eu quase chorei. A voz dela também tinha mudado; tornara-se mais aguda e mais queixosa.

— Como eu poderia não vir? Parti assim que fiquei sabendo por nosso pai.

— Papai preocupa-se demais.

— Ele está preocupado.

Ela sorriu tão serenamente que mais parecia uma expressão de derrota.

— Pensava com frequência sobre você na Inglaterra. Você parecia tão longe...

Fui até ela e beijei-a na testa.

— Mas agora você está em casa. — Uma vez mais ela tentou se levantar do banco em que estava.

— Fique sentada, Elizabeth. Não se canse.

— Estou sempre cansada. Estou acostumada a isso. Não é um belo lugar este aqui? — Estávamos junto ao lago, numa pequena península de relva e árvores; um dos ventos frequentes começara a soprar, e a superfície da água estava agitada. Peguei o xale dela, que estava a seu lado no banco de vime, e cobri seus ombros. — Eu gosto do vento, Victor. Faz com que eu sinta que sou parte do mundo. — Seus olhos tinham se tornado mais proeminentes em sua doença; ela parecia olhar para mim com um novo tipo de determinação.

— O que você está costurando?

— É para você. Uma bolsa de Genebra. — Esse era o nome dado às bolsas pequenas e elaboradamente bordadas que os comerciantes da região usavam. — Estou bordando a imagem de papai nela. Será uma lembrança para você durante as suas viagens.

— Eu preferiria ter uma imagem sua, Elizabeth.

— Ah, não sou mais como era. — Ela olhou para as montanhas além do lago. — Ao menos não ficarei velha.

— Por favor, não diga...

Ela me olhou atentamente mais uma vez. Em seu rosto emaciado, julguei ter um vislumbre da velhice que ela não iria atingir.

— Não tenho medo da verdade, Victor. Meu sol está se pondo. Eu sei disso.

— Você vai se recuperar aqui. Eles têm remédios para a sua doença.

— É chamada de consumpção pulmonar. É um bom termo. Eu estou sendo consumida. — Tentei dizer algumas palavras de consolo, mas ela ergueu a mão. — Não. Estou preparada para isso. Considero a minha maior sorte poder sentar aqui junto a nosso adorado lago. Sabia que ele fala comigo? — Ela teve um súbito ataque de tosse, angustiado e prolongado. Queria pegá-la em meus braços e reconfortá-la, mas julguei que ela não queria consolo. — Ele me anima muito. Lembra-me de todas as felicidades que tive e me conta de suas grandes aventuras na Inglaterra.

— E o que mais?

— Ele me fala de paz.

— Elizabeth... — Baixei a cabeça.

— Não há necessidade de lágrimas, Victor. Estou bastante feliz. Às vezes sento aqui à noite...

— Os médicos permitem isso?

— Eu escapo. Eles nos permitem dormir sem sermos incomodados, e eu sempre volto antes do amanhecer. Então sento aqui na escuridão e observo a água. Alguns dos barcos levam lamparinas a óleo, e de noite são como pedacinhos de fogo incandescente flutuando à minha frente. É muito emocionante. Eu com frequência penso que a morte deve ser como isso... ficar olhando luzes distantes. Oh, aí vem papai.

Nosso pai vinha caminhando pelo gramado em nossa direção. Estava vestido formalmente, com uma casaca verde-escura e gravata, mas seus passos rápidos indicavam seu desassossego.

— Victor, você devia ter ido me ver.

— Cheguei a Genebra tarde da noite, ontem. Não houve tempo. O senhor não recebeu a carta que mandei de Oxford?

— Não recebi nada. — Eu sabia que ele estava extremamente aflito com a aparência de Elizabeth: ficou claro para mim que o estado dela piorava dia a dia. — Não tenho ido a Genebra tratar de negócios. Você comeu hoje, Elizabeth?

— Um pedaço de pão molhado no leite, papai.

— Você precisa comer. — Ele pôs as mãos sobre a cabeça dela, como se estivesse tentando conceder alguma bênção sobre ela. — Você precisa ficar mais forte. Dormiu bem?

— É claro.

— Ótimo. Comida e repouso. Comida e repouso. — Ele se inclinou e ajeitou o xale em volta dos ombros dela. — O vento está vindo direto das montanhas, Elizabeth. Posso sugerir que você retorne ao seu quarto?

— Os médicos elogiam as virtudes do ar livre, papai.

— Sem dúvida que sim. Mas você os vê sentados à beira do lago? Eu mesmo estou sentindo frio. Victor, ajude-me com a sua irmã.

— Eu posso andar sozinha, papai.

— Claro que pode, Elizabeth. Nós vamos andar ao seu lado. Victor, você poderia pegar o braço de sua irmã? — Quando ela se levantou do banco de vime, percebi que estava muito frágil; parecia ondular levemente com o vento e, por um instante, achei que ela tinha perdido o equilíbrio. Acabou se apoiando em mim e rindo; era como se estivesse rindo da própria incapacidade.

Havia um leve aclive em direção ao sanatório e ela agarrou meu braço enquanto subíamos lentamente o caminho de cascalho que saía do lago. Nosso pai seguia pela grama ao nosso lado, mas quando chegamos à porta do prédio ele saiu na frente. Disse-me depois que queria falar com um dos médicos de Elizabeth sem que ela estivesse presente; assim, eu a acompanhei de volta ao quarto.

— Papai está muito triste — disse ela. — Conto com você para reconfortá-lo.

— Como poderei fazer isso?

— Não tenho certeza.

— Eu não posso ficar aqui, Elizabeth. Eu não posso morar em Genebra.

— Eu sei disso. Este não é um lugar para você. Você sempre foi movido pela ambição.

— Não posso me desculpar quanto a isso.

— Não espero isso de você. É louvável. Sempre tive orgulho de você, Victor. Eu venho observando-o com admiração desde que você era um menininho. Lembra-se de como me mostrou a vida do pintinho no ovo da galinha? Você tinha observado isso. Você era capaz de dominar qualquer coisa sobre a qual quisesse saber. — Elizabeth ficou mais animada enquanto falava, como se estivesse revivendo a época antes da doença. — Você importunava as pessoas com perguntas para as quais elas não tinham resposta. Por que as nuvens mudam de forma? Por que a minhoca cortada no meio continua viva? Por que as folhas mudam de cor no outono? — Ela se interrompeu. — Supere-se em seus estudos, Victor. Torne-se uma pessoa importante.

Papai entrou no quarto com um jovem que cumprimentou Elizabeth da maneira mais informal possível. Presumi que ele devia ser um dos médicos dela, mas não gostei dele.

— Elizabeth — anunciou — é nossa interna com maior paciência. Ela foi tratada com ventosas sem a menor queixa.

— Fico contente em saber disso — replicou nosso pai. — E ela tem comido bem?

— Está mantendo suas forças. Temos grandes esperanças.

Isso me pareceu uma pequena peça teatral arranjada para animar Elizabeth, mas sua expressão enfadada me convenceu de que ela não se deixara impressionar.

— Acho que devemos deixá-la agora — falei. — Você está cansada.

— Sim — concordou nosso pai. — Ela precisa repousar. O repouso é a cura.

— Posso admitir que estou cansada? — Ela olhou de relance para o médico, que a estivera observando atentamente.

— É claro. Não esqueça que temos um recital de piano antes do jantar. Vamos ouvir Mozart.

— Não gosto mais de ouvir música.

Meu pai a abraçou antes de partir, mais uma vez insistindo para ela comer bem e dormir. Duvidei que ela fosse obedecer a essas instruções; já estava muito distanciada do mundo para se importar com coisas assim. Assim que a deixamos, os olhos dele se encheram de lágrimas. Eu nunca o vira chorar antes.

— Ela não vai viver — disse ele. — O médico sabe disso.

— Mas deve haver alguma esperança, não?

— Nenhuma. Os médicos disseram que não haverá remissão alguma. A consumpção tomou os pulmões dela.

— Mas médicos podem se enganar.

— Você ouviu a respiração dela? O médico me disse que na noite passada a boca de sua irmã estava cheia de sangue arterial.

— O que faremos?

— Vamos esperar. O que mais se pode fazer?

— O sol não vai mais aquecê-la.

— O que disse? — Eu tinha falado baixo demais para que ele escutasse.

— É um tempo difícil, papai.

— Vai ficar pior. Devemos ser carinhosos com a sua irmã.

—

ELIZABETH FALECEU DOIS DIAS DEPOIS. Ela foi encontrada pela manhã, sentada numa poltrona junto à cama. Foi dito que ela não sofrera dor, mas como isso foi estabelecido não faço ideia. Meu pai insistiu que ela fosse enterrada no pequeno cemitério de Chamonix, a aldeia onde ficava a casa da família. Assim, Elizabeth foi colocada num caixão, e junto dela nós percorremos a estrada sinuosa que saía de Genebra rumo às montanhas. Não preciso dizer que essa foi uma jornada melancólica. Só o que me lembro agora era do doce aroma de lenha queimando que nos acompanhou em parte do caminho.

Quando chegamos à nossa velha casa, eu ansiava por ver mais uma vez a brancura pura da neve, que ninguém na Terra tocara. Da janela de meu quarto podia ver o Monte Branco e o pico para nós conhecido como Agulha do Midi; a neve no seu cume estava brilhantemente iluminada pelo sol, enquanto o resto da montanha ainda permanecia em sombra com a neve cinzenta e as encostas das árvores descendo até o vale. Nada havia ali para limitar o alcance do olhar. Podia ver recessos de pedra a que nenhuma luz jamais chegara, os leitos de rios que nunca correriam, as pedras talhadas em estranhas formas por forças que eu não podia compreender, tudo envolto por um silêncio eterno. Era o silêncio em que agora Elizabeth entrara. Mas então o canto alto de um pássaro me trouxe de volta à Terra.

A tempestade veio na noite antes do funeral. Nuvens grossas encobriram as montanhas, obscurecendo seus cumes com uma neblina cinzenta que tombava sobre eles. Pequenos recortes de luz do sol tocavam o chão e, quando o vento soprava, as folhas das árvores tremulavam como violinos. Quando o relâmpago atingiu as montanhas, foi como um cajado batendo no chão. O fogo veio de várias regiões do céu; o trovão também mudava de direção, e parecia estar viajando entre as montanhas. Logo não se via mais nenhuma montanha. O ar estava pesado com expectativa, o perfume do relâmpago nele. Mas eu vi, no gramado da aldeia, uma menininha brincando com dois cachorrinhos. Eu quis então que Elizabeth estivesse de volta, para contemplar tudo isso comigo. Se eu pudesse trazê-la de volta à vida, eu o faria! Meu pensamento não exprimido foi ecoado pelo clarão de um relâmpago num instante de identidade.

—

QUANDO OS SINOS DA PEQUENA igreja de Chamonix tocaram, enquanto ela era baixada ao solo, pareceram reverberar entre as pedras e a neve. Fui tomado novamente por uma sensação da infância — de que, de alguma forma, os sinos estavam dentro das montanhas, retinindo através de suas profundezas.

Depois do funeral, ao qual comparecera a maioria dos habitantes de Chamonix, eu não conseguia me acalmar ou ficar parado, de modo que voltei para as montanhas. Comecei a subir pelas florestas de abetos que flanqueavam os sopés, tendo dificuldades para achar onde pisar entre as pedras e raízes que continuamente atrapalhavam o meu avanço; havia também pequenas correntes de água, descendo com ímpeto das geleiras nas encostas, mas, por fim, encontrei a trilha sinuosa usada pelos camponeses da região. Eu queria subir mais alto, e ainda mais alto, chegar até o topo da Agulha do Midi. Pude ouvir o grito de uma marmota em algum lugar ali por perto, e em seu estridente chamado percebi a solidão da minha situação. Se eu caísse ali e morresse, meu corpo logo seria coberto pelo gelo e pela neve; poderia perdurar naquele local por muitas gerações como uma relíquia de minha época, já que os experimentos modernos em congelamento indicam que ele não se decomporia.

O ar era mais ralo ali, e eu podia sentir o sangue pulsando em meu corpo. Era uma sensação gloriosa, sentir a força da vida, mas aquela enorme solidão com as correntes do mundo circulando a minha volta também induzia um sentimento próximo ao terror — estar consciente do poder da existência, e ao mesmo tempo compreender a sua fragilidade. Deitei na terra congelada, mas não senti frio. Chamei a marmota, imitando o seu grito. A criatura respondeu num tom ainda mais pungente, como se estivesse insegura em sua saudação. Chamei mais uma vez, com a mais completa certeza de que toda a vida é uma só, e a marmota respondeu com um emocionante som de reconhecimento.

—

Depois da morte de Elizabeth, meu pai pareceu se cansar da própria vida; envelheceu muito rapidamente, e não demonstrou mais interesse pelo negócio de exportação que ele tinha criado ao longo de muitos anos. Recusou-se a voltar para Genebra e se trancou em seu escritório em Chamonix, onde ficava sentado do amanhecer ao crepúsculo, observando as montanhas pela janela. Ele se juntava a mim para o jantar à noite, mas quase não havia conversa. Havia vezes, todavia, em que ele falava, com o coração cheio e sobrecarregado.

— Você é um estudante das ciências — abordou-me certa noite. — Poderia me dizer por que a criatura mais insignificante possui vida, mas Elizabeth não?

— Não é um dom eterno, pai.

— Esta mariposa — continuou — está cheia de vida. Está vendo como ela gira em volta da chama da vela? Você acredita que ela desfruta de sua existência?

— Ela parece dançar, pai. Todas as criaturas vivas precisam exercer sua energia.

— No entanto essa vida, esse desfrute, não pode durar.

— A mariposa não sabe que vai morrer.

— Então ela se julga imortal?

— O conceito de imortalidade não lhe ocorre. Ela é. Isso basta. Não vive no tempo.

— Esse poder de existência que ela possui... pode ser descoberto?

— Como assim?

— Há alguma essência, alguma centelha vital?

— Essa não é uma pergunta que eu possa responder, pai. Foi objeto de muitas discussões, mas sem conclusões muito satisfatórias.

— Então não sabemos o que a vida é.

— Não pode ser definida, de fato.

— Para que servem todas as suas ciências e estudos se essa coisa essencial não é compreendida?

— Só podemos partir do conhecido para o desconhecido.

— Mas quando o desconhecido é tão vasto...

— Incita os meus esforços ainda mais, pai. — A mariposa ainda voejava em volta da vela, e eu a peguei em minhas mãos em concha; podia sentir suas asas pálidas batendo contra a pele de minhas palmas, e experimentei uma súbita sensação de júbilo. — Eu estou em busca desse espírito da vida.

— E o que os seus professores de Oxford acham disso?

— Ah, eles não sabem. — No mesmo instante me arrependi de minha resposta impensada.

— É uma busca secreta, então?

— Não é secreta. Muitos outros estão engajados nela. Trabalhamos independentemente em direção ao mesmo objetivo.

— Este é um bom século para se estar vivo, não é?

— É claro. — Abri as mãos, e a mariposa voejou incerta no ar. — Grandes descobertas acontecerão. Iremos desvelar os segredos do fluido elétrico. Construiremos grandes catedrais de baterias voltaicas de um modo que poderemos recriar o relâmpago.

— E criar vida?

— Quem sabe? Quem pode dizer? Pode acontecer tarde demais para mim.

— Você sempre foi muito determinado, Victor. Eu acredito que você vai alcançar o que quiser em qualquer tarefa a que se proponha. O que você gostaria de realizar?

— Eu gostaria de trazer Elizabeth de volta à vida.

Ele baixou a cabeça, mas ficou subitamente alerta para um ruído nas montanhas atrás de nós.

— Avalanche — anunciou. — Se você conseguisse controlá-las, Victor, você seria celebrado. — E então ele suspirou.

—

ALGUMAS SEMANAS DEPOIS DO FUNERAL ele contraiu uma gripe e enfraqueceu dia a dia. Foi uma lição para mim do poder da mente sobre o corpo. A força da vida, além de física, era mental e espiritual e, assim que meu pai perdeu a esperança na vida, seus poderes vitais começaram a falhar. Ele não quis ficar de cama, em vez disso permanecia na poltrona em seu escritório. Tinha tamanha afeição por seus livros que eu acredito que não queria abandoná-los. Ele nunca falava no negócio que deixara nas mãos de seu funcionário de confiança, o Sr. Fabre. Na verdade, ele nunca falava de nada com coerência ou por muito tempo.

— Use o dinheiro para progredir — aconselhou uma noite, num momento em que eu achava que ele estava dormindo. — Use-o para o bem. — Eu era o seu único herdeiro, e bastante consciente das responsabilidades financeiras que iriam me caber. — O que quer que seja humano, você é capaz de realizar. — Então ele voltou a ficar em silêncio.

Eu estava sentado ao lado dele quando ele morreu. Estivera lendo para ele *Os sofrimentos do jovem Werther*, um romance que eu sempre pretendera estudar com o maior entusiasmo desde que tinha sido elogiado por meu amigo Bysshe. Meu pai tinha um excelente domínio do alemão, mas eu não tinha certeza se ele estava compreendendo ou mesmo ouvindo as minhas palavras; eu apenas queria tranquilizá-lo com a minha presença ali. Subitamente ele abriu os olhos.

— Não é que Werther tenha amado demais — anunciou. — Ele viveu tempo demais. — E então ele se foi.

Eu tinha esperado alguma mudança no momento da morte, alguma sensação de partida, mas não do tipo que testemunhei. Era como se sua vida nunca tivesse acontecido; era como se ele tivesse revertido para um estado original, antes de a vida ter sido infundida. Ele tinha voltado. Senti o pulso dele, também no pescoço, mas tudo se fora.

—

ASSIM, OUTRO FRANKENSTEIN FOI ENTERRADO na colina atrás da pequena igreja de Chamonix; eu era o único enlutado de minha família, mas fui acompanhado até a sepultura pelos criados da casa, bem como pelos empregados do negócio de meu pai e os mesmos aldeões que tinham comparecido ao funeral de Elizabeth. Chorei descontroladamente, mas talvez estivesse chorando por mim mesmo.

Permaneci na Suíça por mais dois meses, período em que coloquei meus negócios em ordem e entreguei a administração da companhia ao Sr. Fabre, que tinha sido sempre da confiança de meu pai. Eu escrevera para o diretor de minha faculdade em Oxford, explicando as razões de minha demora e pedindo dispensa do período letivo seguinte; isso era permitido pelos estatutos e eu estava ansioso por retomar meus estudos com zelo e ambição redobrados. Eu era agora o herdeiro de uma grande fortuna, a qual podia empregar sem controle ou escrutínio, e já tinha decidido devotá-la às minhas buscas na ciência da vida.

Eu estava contente de voltar por outras razões. Não ouvira nada de Bysshe por vários meses e estava ansioso para saber tudo sobre seus feitos em Londres. Agora eu contemplava a ideia de alugar uma casa confortável na cidade, onde nós poderíamos morar e manter um relacionamento próximo. Eu tinha outros planos, que se desenhavam em minha mente com tanto realismo que era como se eu tivesse um arquiteto ao meu lado. Pretendia criar um grande laboratório, onde pudesse realizar experiências na maior escala possível. Queria construir uma "galeria da vida", onde todas as formas emergentes da existência primitiva seriam expostas. Na realidade, eu queria me tornar um benfeitor da humanidade. Assim, no começo do outono daquele ano fatídico, voltei com entusiasmo e muita expectativa para a Inglaterra. Acreditava que em Londres um homem com soberanos no bolso era o senhor de seu próprio destino. Um equívoco que logo me seria provado.

Sete

Quando cheguei em Londres, aluguei aposentos na Jermyn Street, mas tomei a precaução de enviar minha pesada bagagem para Oxford. Mal engoli um prato de carne, num restaurante perto da igreja de St. James, e fui em direção à Poland Street. As janelas das acomodações de Bysshe estavam fechadas, portanto subi a escada e bati na porta com a bengala de marfim que trouxera da Suíça. Uma jovem a abriu, com um bebê no colo. Eu fiquei sem palavras por um instante, e apenas olhei para ela.

— Pois não, senhor?

— O Sr. Shelley?

— Perdão?

— O Sr. Shelley está?

— Não há ninguém com esse nome.

— Percy Bysshe Shelley?

— Não, senhor. John Donaldson. E sua esposa, Amelia, que sou eu. E este é Arthur. — Ela deu um tapinha no bebê com a mão livre.

Devo admitir que senti um momento de alívio.

— Perdoe-me, Sra. Donaldson. Posso perguntar se faz tempo que a senhora mora aqui?

— Chegamos no começo do verão, senhor. Somos de Devon.

— Havia um jovem aqui antes de vocês, creio. Ele é um amigo meu...

— Ah, o jovem. Eu ouvi falar dele, pelo Sr. Lawson do andar de cima. Um sujeito estranho. Muito volátil. É esse? — Confirmei. — Ele desapareceu. Partiu numa manhã e nunca mais foi visto. Já que o senhor está aqui... — Ela recuou para aposentos que eu conhecia tão bem, e logo voltou com um pequeno livro. — Se o senhor o encontrar, poderia lhe devolver isto? — Ela me entregou o livro que reconheci como um exemplar de *Baladas líricas*. Ele o lera com frequência, durante nossas conversas noturnas. — Encontrei-o atrás do sofá, deve ter caído ali. O Sr. Donaldson e eu não temos uso para ele, senhor.

Eu dei a ela um soberano, que foi aceito com muitas manifestações de agradecimento. Pensei em fazer uma visita a Daniel Westbrook para ter notícias de Bysshe. No entanto, a memória daquele bairro, sombria e deprimente, me dissuadiu. Em vez disso, decidi retornar a Oxford, onde Bysshe poderia encontrar-me se assim desejasse. Eu mantive meus aposentos na Jermyn Street, todavia, como um refúgio da vida tranquila na universidade.

—

FLORENCE, MINHA CRIADA NA UNIVERSIDADE, cumprimentou-me do alto das escadas com uma expressão de surpresa.

— Ora, Sr. Frankenstreng, já estávamos perdendo as esperanças quanto ao senhor.

— Nunca perca as esperanças, Florence.

— Aí o porteiro nos disse que o senhor estava voltando. Então fiz uma boa faxina. — Ela indicou meus aposentos com um gesto. — O senhor verá que está tudo perfeito.

— Fico contente em ouvir isso. — Passei por ela e, ao abrir a porta, fiquei aliviado de ver minha bagagem empilhada num canto.

Assim, mais uma vez entrei na rotina diária de serviços religiosos, refeições universitárias e colegas de faculdade. Tal era a natureza do lugar que, assim que me instalara em meus aposentos, senti que minha velha vida retornava. Procurei a companhia de Horace Lang, que conhecia Bysshe antes de minha própria chegada em Oxford; juntos caminhávamos ao longo do Tâmisa em direção a Binsey, ou Godstow, e especulávamos sobre o poeta. Lang não ficara sabendo nada sobre ele desde a sua partida forçada da universidade, de modo que eu o informei acerca das reuniões radicais em Londres. Foi com considerável sensação de entusiasmo, então, que ficamos sabendo da iminente chegada do Sr. Coleridge como um palestrante no Welsh Hall na Cornmarket Street. A poesia dele eu já conhecia, é claro, em parte através das *Baladas líricas* e em parte através das minhas pesquisas dedicadas à ciência política e econômica mais atual. Desde que começara a ler seus ensaios no *Friend*, eu adquirira um vasto respeito por sua habilidade intelectual, e não menos pela agilidade mental que parecia vencer qualquer desafio.

A série de palestras que ele daria fora intitulada "O caminho da poesia inglesa" e, na primeira noite, o Welsh Hall estava absolutamente lotado com os jovens da universidade. Quando o Sr. Coleridge subiu à plataforma, não parecia bem: tinha um rubor afogueado nas bochechas, mas de resto sua compleição era pálida. Parecia mais velho do que eu imaginara, a menos que seus cabelos fossem insolitamente brancos, e suas mãos tremiam quando ele se aproximou da tribuna. Estava longe de ter má aparência, com o rosto franco de uma criança, mas havia uma languidez indefinível que sugeria preguiça ou falta de determinação.

— Cavalheiros — começou, tirando alguns papéis do bolso do paletó —, precisam perdoar a minha fragilidade. Recentemente retornei de uma longa jornada, durante a qual minha saúde sofreu. Mas eu oro e espero que a mente esteja intocada pelas torturas do corpo.

Ao ouvir isso a plateia aplaudiu-o e, dada a generosidade da recepção, Coleridge pareceu ficar à vontade. Ele começou falando a partir de suas notas sobre as raízes da poesia inglesa nos bardos anglo-saxões, mas era um assunto enfadonho, pelo qual ele não tinha um real entusiasmo. Sentindo a inquietude da plateia, acho, ele deixou de lado os papéis e começou a falar cálida e espontaneamente sobre o próprio gênio da linguagem. Tinha um olhar inspirado, se é que posso dizer assim, e parecia capaz de enxergar as frases e sentenças antes de exprimi-las. Disse que a linguagem possuía uma forma orgânica, em vez de mecânica; louvou sua operação ativa, como um instrumento da imaginação, e declarou que "o homem cria o mundo em que vive". Tomei nota de um sentimento em particular que me interessou imensamente.

— Newton — declarou — afirmava que suas teorias foram criadas através de experimento e da observação. Não exatamente. Elas foram criadas através da sua mente e imaginação. — Coleridge não mais parecia fatigado e, no fogo de seu discurso, sua compleição tinha se enobrecido; ele falava muito livremente, com uma sibilância que era estranhamente atraente, e usava os gestos com grande efeito.

— Sob a estampa da imaginação — continuou —, a natureza é instinto com paixão e com transformação. Ela é alterada — é movida — pela percepção humana.

Em que sentido ele usou movida? Simplesmente denotando transformação, ou implicando o sentimento de piedade ou alegria?

Creio que essas expressões eram uma considerável novidade para a plateia reunida no Welsh Hall, e ela escutava com ávida expectativa. Coleridge parecia inflamado pela atenção dela, e eu percebi que o rubor em seu rosto tinha dado lugar a uma radiância de... não sei bem... de crença, de crença em si mesmo.

— Todo conhecimento — prosseguiu ele — se baseia na coincidência de um sujeito com um objeto numa unidade viva. Nós precisamos descobrir a habitação e o lugar onde vivem todas as coisas. Nesse procedimento, poderemos fazer com que a mente seja intuitiva quanto ao espiritual.

Fiquei muito encorajado com as palavras dele, já que procedia em minhas pesquisas com a firme convicção de que toda a vida era uma só e que o mesmo espírito de existência respirava em todas as formas criadas. Essas eram quase as próprias palavras que Coleridge usou quando deu um passo à frente da tribuna e declarou que "tudo tem uma vida própria, e somos todos *uma só vida*". Alguns poucos aplaudiram cá e lá, embora os sentimentos dele fossem tão fora do comum que muitos não conseguiam seguir seu percurso ou, melhor, sua ascensão. Eu nunca vira um homem tão transformado pelo poder da eloquência, de tal forma que não teria me parecido nem um pouco surpreendente caso ele se elevasse para o teto num ato de apoteose. Coleridge falou eloquentemente sobre Shakespeare e como as palavras do dramaturgo levavam a alma do homem à atividade, e então prosseguiu com uma celebração improvisada da imaginação propriamente dita. Eu quis que Bysshe estivesse comigo naquela hora.

— A imaginação primária — afirmou —, creio ser a força viva e o agente primeiro de toda a percepção humana, uma representação na mente finita do ato eterno da criação.

De modo que os homens passavam a ser como deuses. Era isso o que ele queria dizer? O que pode ser imaginado, pode ser formado à imagem da verdade. A visão podia ser criada.

Eu voltei para os meus aposentos num estado de grande agitação, explicando para Long a importância da palestra de Coleridge.

— Você está querendo dizer — perguntou ele — que está disposto a pôr à prova as suas fantasias mais ambiciosas?

— A imaginação é o mais forte poder possível. Você não lembra que Adão sonhou, e que quando acordou descobriu que era a verdade?

— Na mesma narrativa, Victor, há uma advertência contra o fruto da Árvore do Conhecimento.

— Devemos ser impedidos de tentar alcançar o galho? Com certeza não.

— Sou um mero estudante de teologia.

— Onde nada mais há para aprender?

— Os caminhos de Deus são infinitos. Mas eu não compartilho a sua...

— ... Ambição?

— Ânsia. Seu desejo ardente de explorar caminhos desconhecidos. Você me falou do conhecimento proibido dos adeptos. Dos magos antigos.

— Não magos. Filósofos. Homens de ciência.

— Dos *secreta secretorum* de suas artes. E eu devo dizer que fiquei alarmado.

— Meu caro Lang, há gente alarmada com Faraday e com Mesmer. Todas as novas formas de pensamento e prática produzem inquietação. O que Coleridge acabou de dizer para nós? Sob a força da imaginação, a própria natureza é transformada. Faraday despertou membros mortos com o fluido elétrico. Mesmer aliviou sofredores inválidos de toda a sua dor. Isso não é uma alteração das leis da natureza?

— Não pode ser uma coisa boa.

— A passagem da morte para a vida não é uma coisa boa? O alívio da dor não é uma boa coisa? Ora essa. Você precisa pensar como um homem, Horace, não como um teólogo.

Ficamos em silêncio; meu companheiro despediu-se contidamente quando nos separamos no pátio, mas eu subi minha escada com o coração leve. As palavras de despedida de Coleridge, sobre o papel formador da imaginação, tinham alimentado o meu entusiasmo num grau tal que eu não conseguia pensar em nenhuma outra coisa. Preparei para mim mesmo uma bebida quente de rum e leite, uma herança de meus dias em Chamonix, e então fui para a cama com a determinação fixa de acordar cedo para me debruçar em meus estudos.

Quando coloquei a cabeça no travesseiro, no entanto, eu não dormi; tampouco eu poderia dizer que pensasse em alguma coisa em particular. Minha mente era como uma tela onde uma sucessão de imagens passava. Uma vez, quando ficara doente com febre em Chamonix, a mesma sensação se apossara de mim; era como se minha imaginação tivesse se tornado o meu guia, levando-me adiante numa direção sobre a qual eu não tinha qualquer controle. Deitado em minha cama em Oxford, vi Elizabeth, como estaria se ainda fosse viva; imagens de meu pai subindo uma montanha, ao lado de uma vasta geleira que ameaçava desabar sobre ele; imagens de Bysshe, fugindo através de uma vasta planície com uma garota nos braços. E, então, o mais espantoso de tudo: vi a mim mesmo ajoelhado junto à cama de algum vulto gigantesco. Essa cama era a minha, e o vulto estava estendido nela. No entanto, eu não podia ter certeza de sua natureza. Eis que começou a dar sinais de vida, e a mover-se de uma maneira desconfortável, só meio viva.

Devo ter caído no sono, pois só posso então lembrar de uma sequência de sons como um rufo de tambores no prelúdio de uma ópera. Ouvi um portão rangendo em suas dobradiças e então sendo fechado, alguns passos pesados, uma chave girando e, em seguida, uma porta se revelando. Abri os olhos com terror, só para dar com Florence entrando no quarto.

— O senhor vai perder o serviço na capela, Sr. Frankensang — anunciou. — Precisa se levantar.

Nunca me lavei e me vesti com tal alívio, ao descobrir os fantasmas da noite bem dissipados. Eu me apressei a descer para a capela, onde vi Lang piscando e bocejando como se não tivesse dormido nada. Estava para me juntar a ele no salão para o café da manhã depois do serviço quando o porteiro me trouxe um bilhete.

— Isto foi deixado para o senhor — avisou. — Hoje de manhã.

Havia um recado escrito a lápis numa pequena tira de papel arrancada de um caderno: *Posso encontrá-lo? Estarei perto da ponte no fim da rua.* Estava assinado por Daniel Westbrook.

—

Eu me precipitei pela rua principal até a ponte Magdalene. Ele estava esperando por mim apoiado no parapeito, olhando o fluir verde do Cherwell.

— Graças a Deus que o senhor está aqui — exclamou assim que me viu chegando. — Bom dia, Sr. Frankenstein.

— Bom dia, Daniel. Dificilmente imaginaria vê-lo em Oxford.

— Vim pela diligência noturna. O senhor é o único que conheço...

— O que aconteceu?

— Harriet desapareceu.

— O quê?

— Acreditamos que ela tenha fugido com o Sr. Shelley. Não há sinal de nenhum dos dois. Sr. Frankenstein, eles não são casados!

— Espere um momento. Recapitule. Como você sabe que ela se foi?

— Todos os pertences dela foram levados, incluindo os preciosos livros. É claro que eu fui imediatamente até as acomodações do Sr. Shelley.

— Onde ficam essas acomodações?

— Em Aldgate. Ele se mudou para ficar mais perto de nós. Mas tinha partido. A senhoria disse que ele entrara numa carruagem com uma jovem, e que ele levava sua valise consigo. A descrição dela correspondia a Harriet. Eles fugiram, Sr. Frankenstein. Meu pai está abalado. Minhas irmãs estão terrivelmente transtornadas. O que faremos? Meu primeiro pensamento foi procurá-lo.

— Vamos ficar muito calmos. Não conseguiremos nada em tal estado de nervos. — Peguei o braço dele e caminhamos de volta para a faculdade. — Você vai tomar um chá comigo e se reavivar. Veja o quanto está gelado!

— Eu vim sentado do lado de fora na viagem. O vento estava muito frio.

— Venha para os meus aposentos, então. Lá faremos nossos planos.

QUANDO NOS INSTALAMOS, COM A chaleira esquentando no fogo, Daniel explicou a sucessão dos eventos desde a minha partida para a Suíça, quatro meses antes. Bysshe continuou a ser o tutor de Harriet, em seus aposentos na Poland Street, e foi questão de poucas semanas até uma amizade desenvolver-se entre eles. Foi quando ele se mudou para Aldgate, para que ela pudesse ter mais aulas com ele sem a inconveniência de ter de atravessar Londres. Harriet não tinha companhia feminina, é claro, já que suas irmãs eram obrigadas a trabalhar, mas não houve indício de qualquer intimidade.

— Harriet me repetia o que aprendera a cada dia — disse Daniel. — O Sr. Shelley a apresentou aos poetas e filósofos gregos, mas ele também a familiarizou com o que chama de o novo espírito. Leu para ela os poetas do Lake District e, nas palavras dela, guiou-a através de paisagens mágicas. Eu realmente acredito, Sr. Frankenstein, que ela era uma pessoa mudada. Nunca a tinha visto tão animada, tão ousada.

— E então?

— Eu não tinha a menor suspeita, como disse, de qualquer outra conexão que não a de professor e aluna. Eu nem sequer teria sonhado com alguma outra coisa. A distância entre os dois era ampla demais. O Sr. Shelley é filho de um baronete, enquanto Harriet... ela é apenas a filha do Sr. Westbrook.

— Deve ter havido alguma ocasião...

— Não. Nunca. Não até ela fugir.

Eu me levantei e fui até a janela.

— Ele dificilmente teria vindo para Oxford. De todos os lugares na Terra, este é o que ele mais detesta. Ele não poderia ter voltado para o pai. Isso seria impensável. Você investigou nas principais agências de diligências?

— Fui a Snow Hill e Aldersgate. Ninguém os viu. Até fui a Knightsbridge, para o caso de eles terem evitado serem seguidos, mas nem sinal deles.

— Eles podem ter ido a alguma outra parte de Londres.

— Nesse caso, estamos perdidos.

— Eis o que vou fazer. Vou escrever para ele, endereçando a carta para a casa do pai dele. Ele não terá ido para lá, mas pode ter enviado alguma mensagem. É o único meio possível de alcançá-lo. Você precisa voltar para Londres, Daniel, para o caso de sua irmã tentar entrar em contato com você. Tente as outras diligências.

— Há uma em Bishopsgate. E outra em Tottenham Court Road. O que ele estava pensando? Harriet ainda é nova...

— Anime-se. Não acredito que Bysshe seja culpado de qualquer ação desonrosa.

Eu mantive a minha fé em Bysshe e naquela noite, depois que Daniel voltara para Londres, comecei uma carta para ele na qual falava de modo geral de meus próprios assuntos. Era possível que ela fosse aberta e lida pelo pai dele, pelo qual ele professava a mais invencível antipatia, de modo que me contive em mencionar sua partida de Oxford e seu envolvimento com Harriet Westbrook. Em vez disso, contei de minha viagem a Genebra, das mortes de minha irmã e meu pai, e terminei com um apelo a ele por notícias de suas próprias viagens nos últimos meses.

Contudo, não tive necessidade de enviá-la. Na tarde seguinte, uma carta foi entregue pelo correio de Londres. Era de Bysshe, anunciando da forma mais abrupta que ele levara Harriet embora de Whitechapel pela simples razão de que "o pai dela a estava perseguindo da maneira mais horrível" e desejava forçá-la a voltar para a fábrica de especiarias. Ela falara em suicídio e implorara pela "proteção" de Bysshe. Essas foram as suas palavras. Ele sentiu-se obrigado a salvá-la de seu infortúnio e levá-la para onde ficasse fora do alcance da raiva de seu pai. Num apressado pós-escrito, ele me pedia fundos. Aparentemente, seu detestado pai tinha cortado sua mesada, e ele mal tinha meios de sobreviver.

Bysshe havia anotado seu endereço no fim da carta — uma casa em Queen's Square —, e eu imediatamente escrevi de volta, oferecendo-lhe o uso de meus aposentos na Jermyn Street e incluindo uma nota para o pagamento de cinquenta guinéus ao portador no Coutts. Também insisti que ele se comunicasse com Daniel Westbrook e explicasse as circunstâncias da partida repentina da irmã. Eu não tinha dúvida de que as intenções de Bysshe eram honradas, como eu as descrevera. Ele era, em certo sentido, o meu mentor. De modo que tive a sensação de um dever bem cumprido, e secretamente me congratulei por não ter me apressado em julgar meu amigo.

Imagine qual não foi a minha surpresa e horror, portanto, quando, três dias depois, recebi mais uma carta de Londres. Vinha de Daniel Westbrook, que recebera um bilhete de Bysshe. Ele estava escrevendo para me informar, nas palavras dele, que o Sr. Shelley e Harriet tinham fugido para Edimburgo com a ajuda do dinheiro que eu dera a eles, e lá pretendiam se casar.

Minha perplexidade foi seguida pela raiva. Eu achava que Bysshe tinha traído a minha confiança, não só por pedir dinheiro para tal propósito, mas ainda por inventar a história do desespero de Harriet. Ele mentira para mim nas mais vergonhosas circunstâncias.

Peguei a carta que Bysshe me mandara e rasguei um pedacinho dela, que coloquei na boca e o engoli. Sistematicamente, picotei todo o papel e devorei cada pedaço.

Oito

Eu já havia retomado os meus experimentos com entusiasmo renovado após a longa ausência de meus estudos. Minha raiva de Bysshe me fazia trabalhar ainda mais arduamente e evitar toda a companhia humana, de modo a me entregar inteiramente a minhas atividades. Eu me sentia verdadeiramente sozinho, tendo sido tão ostensivamente traído pelo único que tinha como amigo e companheiro. Comprei aparelhos elétricos de um manufatureiro em Mill Street, mas logo me dei conta de que a escala de trabalho dele não era suficiente. Fiz alguns progressos. Conheci o médico-legista de Oxford, um ex-aluno de minha faculdade. Expliquei a ele que meus estudos requeriam o uso de espécimes humanos e, após alguma reflexão, concordou em me ajudar pela causa do avanço da ciência. Ele mesmo era um explorador de fenômenos naturais, tendo ficado interessado em especulações geológicas e na estrutura da Terra, de modo que compreendeu o meu desejo de procurar as origens da vida no corpo humano. Prometi trazer a ele algumas rochas alpinas na ocasião de minha visita seguinte a Genebra.

Eu ainda usava o celeiro em Headington para os meus experimentos e, na calada da noite, os dois criados do médico-legista traziam para mim os cadáveres — ou, em certas ocasiões, as partes dos cadáveres — que ele examinara naquele dia. Os criados esperavam enquanto eu trabalhava neles noite adentro, e então os retornavam ao escritório do médico-legista na Clarendon Street. Eu pagava generosamente por eles — um guinéu para cada um — em cada visita. Realmente acredito que os ingleses fazem qualquer coisa por dinheiro.

Consegui algumas descobertas surpreendentes com esse trabalho. Descobri um método de passar eletricidade através do corpo humano inteiro de forma que o fizesse tremer e se arrepiar. Também consegui transmitir uma corrente elétrica através da espinha de uma criança, fazendo com que os olhos e a boca se abrissem. Tive esperança de que algum som se manifestasse nas cordas vocais, mas nisso fui desapontado. O Sr. Franklin já sugerira que a eletricidade poderia ser usada para reviver o coração em pacientes que tinham acabado de expirar, e eu não tinha razões para duvidar dele. Ramos verdes podem brotar de uma árvore destruída. Lembrei do caso em Genebra, alguns anos antes, em que uma jovem fora declarada morta depois de cair da janela do primeiro andar; e no entanto foi restaurada à vida pelo uso do aparelho elétrico conhecido como a garrafa de Leyden.

Os pacientes que o médico-legista me enviava tinham em geral morrido fazia tempo demais para que houvesse alguma chance de revivê-los, embora eu tenha alimentado uma esperança estranha e insensata quando me apresentaram um bebê que se afogara no Tâmisa. Eu lera sobre homens afogados sendo trazidos de volta à vida pela fricção ou socos no peito, e acreditei que o corpo do bebê ainda continha o fogo primal ou o princípio da vida. Drenei o excesso de líquido por um pequeno orifício no abdômen e depois coloquei a criança sobre uma folha de estanho, servindo de bom condutor. Então a cerquei com garrafas hermeticamente seladas, montando assim o maquinário de Leyden; houve um estrondo, como o de uma trovoada de verão e, para o meu horror, a criança ficou terrivelmente queimada. Mas não havia vida. Creio ter dito ao médico-legista que as queimaduras eram a descoloração resultante do afogamento.

Eu não poderia permanecer em Oxford sem despertar suspeitas, mesmo trabalhando no mais remoto confim de

Headington. Eu subornara os porteiros para ignorar as minhas saídas noturnas, antes que os portões da universidade fossem fechados, e meu retorno para os meus aposentos depois de os portões terem sido abertos. Eles acreditavam que havia uma mulher no caso e eu optei por não os desiludir. Mas eles iriam falar. Quando o diretor convocou-me ao seu escritório, para o que ele chamou de uma conversa, suspeitei do pior. Mas eu já tinha chegado à conclusão de que era hora de partir. Não iria obter meu diploma; mas com o meu pai morto e a fortuna independente que herdara, eu realmente não tinha necessidade das iniciais após o meu nome.

O diretor me cumprimentou com suficiente calor, e entabulamos o que os ingleses chamam de "papo".

— O seu tutor me diz que o senhor está em busca dos princípios da ciência natural, Sr. Frankenstein.

— Essa é a minha meta, senhor.

— E por acaso eles o levam em direção ao místico e transcendental?

— Não estou compreendendo.

— Há um aspecto espiritual?

— Sou um estudante do cérebro e do corpo, não da alma.

— Esta é uma universidade cristã, Sr. Frankenstein. Precisamos sempre considerar a alma.

Ele era um homem alto, com a cabeça calva e suíças avantajadas; ofereceu-me um copo de rum, o qual aceitei.

— Alguma vez o senhor considerou o crescimento dos membros? — perguntei a ele.

— Perdão?

— Há algum poder que os forma no embrião. Há uma semente que eles contêm em seu próprio âmago.

— O que tem isso a ver com a alma?

— É uma pergunta que eu gostaria de fazer ao senhor. O que *tem* a ver com a alma? Se possuímos tal entidade, ela com certeza deve ter sua parte na formação do corpo. Diz-se com frequência que os olhos são a janela da alma. O professor Stokes provou que os olhos são formados no útero.

— Nosso conhecimento é finito, Sr. Frankenstein.

— Ah, mas eu quero estendê-lo. Eu quero ir mais longe em todos os sentidos.

— Não sei se o compreendo.

— Não há outra maneira de lhe dizer isso. Estou decidido a partir de Oxford. Devo agradecer a sua gentileza, e posso dizer com alguma certeza que esta foi a época mais construtiva de minha vida.

Apertamos as mãos. Confesso que nunca estive mais contente em sair da presença de alguém; o diretor representava todo o peso do conhecimento morto do qual eu queria me livrar.

Uma semana depois eu tinha feito as malas, dado uma gorjeta a uma chorosa Florence e contratado uma carruagem para Londres. Parti no mais elevado ânimo, convicto de que estava para criar um novo mundo. Na solidão da carruagem, recitei alguns versos de Lorde Byron quando passávamos pela aldeia de Acton:

É criar, e em criar que vive
Um ser mais intenso, que dotamos
De forma e fantasia, ganhando ao darmos
A vida que imaginamos...

Em minha busca pela vida, eu acreditava que estava prestes a me recriar.

—

Ao chegar à Jermyn Street, contratei um jovem carregador, cujo ponto era na passagem ao lado da igreja, para levar meus pacotes e demais pertences para os meus aposentos no terceiro andar. Ficava no pavimento superior do prédio, mas ele desempenhou a tarefa sem as reclamações e resmungos habituais dos trabalhadores ingleses. Descobri que o nome dele era Frederick, ou Fred, e fiquei tão encantado por sua maneira animada e entusiasta que quis saber a seu respeito. Ele não devia ter mais do que 13 ou 14 anos.

— Bem, Fred, como anda o seu serviço?

— Assim, assim, senhor. Podia ser pior. Podia ser melhor. Difícil dizer. — Ele tinha uma maneira pesarosa de falar, mas então sorriu como se tudo fosse uma grande comédia.

— Como entrou nele?

— Por herança, senhor. Meu pai foi carregador aqui a vida toda. Ele caiu duro quando soltava um asno de seus tirantes. Uma tragédia. — E então ele sorriu de novo.

— Quando foi isso?

— Três meses atrás, senhor. Eu fiquei no posto dele na mesma tarde. Minha mãe me disse que era a minha posição na vida. Ela diz que passa de pai para filho.

— Você tem um irmão que poderia ficar no seu lugar?

— Vários deles, senhor. Todos dispostos.

— Então gostaria de lhe oferecer outro posto.

— Noutra rua, senhor?

— Não, eu quis dizer que gostaria de lhe oferecer outro serviço. Você se interessaria em ser meu criado aqui? — Ele olhou para mim e tirou o boné. — Seus deveres serão leves. Sou sozinho no mundo.

— Onde eu dormiria, senhor?

— Há um pequeno quarto no fim deste corredor. Com vista para a viela.

— A mui amada viela. — Ele pareceu aliviado com a minha resposta. — Eu seria o que se chama de um menino de serviços gerais, senhor?

— Você prepararia minhas refeições. Arrumaria minhas roupas. E assim por diante.

— Eu levaria mensagens, senhor?

— Naturalmente. — Ele sorriu largamente. — Você seria o meu factótum, Fred.

— Não sei se seria capaz disso.

— Você vai ser capaz de tudo. Um guinéu por semana.

Ele sorriu, e pareceu estar a ponto de rir.

— E isso seria todas as semanas, correto?

— Todas as semanas.

— Nessas circunstâncias, senhor, eu ficaria contente em aceitar. Só preciso ir lá dizer para a minha mãe.

A mãe voltou com ele uma hora depois. Era uma mulher de pernas fracas e um tanto desleixada; o xale tinha uns restos de rapé, e havia um distinto cheiro de álcool no seu hálito. Teve dificuldades em se recuperar depois de subir os lances de escada, e ofereci a ela meu frasco de aguardente. A oferta foi aceita imediatamente, e a mulher tragou quase tudo o que continha antes de pôr a mão na cabeça do filho.

— Ele é um bom menino — anunciou. — Vale o guinéu.

— Mãe...

— Ouvi dizer que o senhor é um cavalheiro estrangeiro, senhor.

— Sim. Sou da Suíça.

— É mesmo? É bonito o bastante para ser um inglês, se me permite dizer.

— É muita gentileza da sua parte.

O tempo todo ela estava examinando o apartamento.

— Fred — chamou —, você precisa cuidar daquela lareira. Está podre, no canto. E essas janelas precisam ser limpas.

— A senhora tem razão, Sra...

— ... Shoeberry. — Quando ela sorriu para mim, pude distintamente ver que faltavam alguns dentes. — O senhor ouviu falar do Sr. Shoeberry e o asno?

— De fato.

— Foi um duro golpe na vizinhança, senhor. Mas eu ainda sou lavadeira. Essa é a minha profissão.

Ela pareceu estar esperando que eu falasse.

— Seria muito gentil da sua parte, Sra. Shoeberry, se lavasse as minhas roupas.

— Um xelim pelas roupas. Seis centavos pelos lençóis.

— É bastante razoável.

— Espero que sim, senhor. Tem lavadeiras na Suíça, senhor?

— Não sei. Acredito que sim.

— Elas não devem ser mais baratas do que eu, posso lhe garantir. Agora, Fred, seja esperto e escove o casaco do cavalheiro. Ele chegou de viagem.

E foi assim que Fred Shoeberry e sua mãe se encarregaram de minha vida na Jermyn Street. Fiquei contente que o fizessem, já que nada mais me interessava a não ser o meu trabalho. Eu queria começar de imediato, mas obviamente não havia possibilidade de empreendê-lo num bairro tão chique de Londres. Eu precisava do máximo de sigilo e isolamento que pudesse conseguir, de modo que percorri as áreas menos respeitáveis da cidade em busca de um local adequado. As seções a leste, dando no rio, pareciam as mais promissoras. Inspecionei Wapping e Rotherhite em pleno dia, onde, vestido em roupas comuns, eu passava despercebido em meio à multidão de nacionalidades e negócios. Era notável ver a variedade de trajes e faces, de turcos a chineses, passando pelas estreitas ruelas ao longo do Tâmisa. Nunca tinha visto tanta vida humana congregada antes, e me veio à cabeça o provérbio segundo o qual Londres é uma bebida contendo a borra de todas as nações.

Foi então que encontrei uma estrutura perfeitamente adequada para os meus propósitos. Era uma antiga manufatura de cerâmica em Limehouse, com o seu próprio pátio e cais no rio. Os prédios em volta eram armazéns dos mais variados e, como imaginei, desertos de noite. Investiguei nas tavernas vizinhas e descobri que os empregados tinham partido vários meses antes — depois que o proprietário tinha declarado falência. Mais investigações me levaram a um agente comercial na Baltic Street que tinha um "interesse" na propriedade. Logo descobri que ele era o proprietário que falira, de modo que foi um assunto relativamente fácil comprar a sua fábrica abandonada pelo que considerei uma quantia relativamente modesta. E assim me tornei um proprietário legítimo em Limehouse.

—

Eu escrevera a Daniel Westbrook alguns dias depois de minha chegada, anunciando minha intenção de ficar em Londres e pedindo notícias de sua irmã. Por vários dias nada ouvi dele, mas, ao voltar à Jermyn Street certa noite, depois de uma inspeção em minha propriedade, eu o encontrei numa conversa intensa com Fred, na porta de minha casa.

— Meu caro Daniel — saudei-o —, entre imediatamente.

— Esse moleque ficou latindo para mim como um Cérbero.

— Ele diz que conhece o senhor.

— É claro que ele me conhece, Fred.

— Mas ele não tem cartão de visitas, Sr. Frankenstein.

— Ele não precisa de um cartão. O Sr. Westbrook é um velho amigo. Agora que já o conhece, poderia lhe dar as boas-vindas?

— Ouviu isso, meu velho? — perguntou Daniel a ele.

— Meu latido é pior que a minha mordida, Sr. Westbrook. — Fred tinha uma expressão irresistivelmente tola em seu rosto, que fez nós dois rirmos.

— Bom, eles estão devidamente casados — contou-me Daniel assim que nos instalamos no apartamento. — Harriet me escreveu de Edimburgo. Ela é agora a Sra. Shelley.

— Você não ficou contente?

— Teria preferido circunstâncias melhores. Mas, sim, estou satisfeito por ela. As perspectivas dela na vida são agora incomensuravelmente melhores. Até o meu pai vê a vantagem disso.

— Ela discutiu seus planos com você?

— Eles estão se mudando para Cumberland por alguns meses. O Sr. Shelley tem um interesse pelos poetas do Lake District, creio. O senhor os conhece?

— Eu os li.

— Ele já está se correspondendo com um deles, de acordo com Harriet, e lhe ofereceram o aluguel de um chalé junto a um lago. Ela não lembra qual.

— Parece delicioso.

— Espero que seja. Eles me convidaram a passar um tempo com eles lá.

— Excelente. Harriet falou alguma coisa sobre Bysshe?

— Ele passa o tempo todo lendo livros emprestados de uma biblioteca e compondo cartas para o pai.

Eu suspeitava que muito pouco proveito resultaria de ambas as atividades, mas nada disse. Não queria ofender as expectativas felizes de Daniel quanto ao casamento, embora eu pudesse ver poucas razões para otimismo. Se fosse uma aliança equivocada, como eu julgava, pouco de bom resultaria dela. Falamos de outros assuntos. Ele me deu notícias da Liga da Reforma Popular e de uma reunião recente em Clerkenwell Green em que o exército foi chamado; tinham recebido ordens de reprimir quaisquer distúrbios, mas o encontro fora bastante pacífico. Segundo Daniel, o exército em todo o caso mostrara-se singularmente relutante em intervir.

— Eles são trabalhadores, também — afirmou. — Não vão derramar o nosso sangue.

— Naturalmente eu fiquei contente e aliviado no que dizia respeito a ele, mas o meu entusiasmo pela causa havia diminuído. Eu estava tão interessado em meus próprios estudos que tinha pouca inclinação para outras atividades. O que pode deter um coração determinado e a vontade resoluta de um homem? Eu estava tão decidido quanto o destino.

—

Agora que eu adquirira a manufatura de cerâmica em Limehouse, tinha de instalar nela todos os equipamentos e aparelhos de que precisaria para criar e armazenar o fluido elétrico. Visitei muitas oficinas até me ver, uma tarde, no laboratório do Sr. Francis Hayman, um engenheiro civil que tinha sido contratado pela Convex Lights Company para investigar novos métodos de iluminação. Ele ficava situado em Bermondsey, ao lado de uma companhia de chapéus, não muito longe do outro lado da água da própria Limehouse. Assim que ele soube a natureza de minha missão, ficou contente em me mostrar sua oficina, como ele a chamava, onde havia uma variedade de motores, molas e frascos que imediatamente despertaram o meu interesse.

— O que o senhor realizou até agora? — perguntou-me ele.

Eu contei que estava interessado em reanimar a vida em tecidos animais por meio da eletricidade.

— Comecei a experimentar — expliquei — por pequenos choques.

— Não há dúvida de que o fluido pode ser um composto curativo. Então por que não empregá-lo para animar órgãos dormentes? Por acaso o senhor leu, nos diários de Wesley, que seu aleijamento foi curado quando ele foi eletrificado de manhã e de noite?

— Não sabia disso — respondi. — Mas não me surpreende nem um pouco.

— Mas o senhor notou a diferença entre as duas eletricidades? — Ele era um homem alto que adquirira uma curvatura, sem dúvida por causa das baixas portas inglesas.

— Sei que Franklin as chamou de eletricidade vítrea e resinosa...

— Bem, Sr. Frankenstein, eu prefiro a minha própria terminologia. Há a eletricidade friccional, a eletricidade magnética e a eletricidade térmica. A derivação é óbvia.

— É claro.

— Eis o que é interessante. Eu acredito que o fluido elétrico também é produzido por meio da ação química. Eu a chamei de eletricidade galvânica. É uma grande força da natureza.

— O senhor a criou aqui?

— De fato. Agora a minha tarefa é fazer todos esses vários fluidos se unirem. Observe os meios. — Ele me levou a uma pequena bancada de madeira onde estavam dispostos quatro tubos alongados de vidro, com fios passando entre eles.

— Isso parece a balança elétrica de Coulomb, Sr. Hayman.

— O senhor a conhece? O senhor é mais bem-instruído do que imaginei. — Ele tinha uma maneira brusca, quase ríspida, de falar. — Também fiz experiências com anguiliformes elétricos.

— Perdão?

— A enguia. E também com algumas arraias-elétricas. É notável como o peixe plano emite o fluido.

— Nem tão notável assim — retruquei. — Examinei um espécime desse peixe em meus trabalhos. Sob suas nadadeiras há colunas de discos, firmemente presos juntos, que devem agir como uma forma de bateria natural. Eles possuem órgãos elétricos.

— Precisamente a minha conclusão, senhor.

— Creio — afirmei — que o fluido elétrico está depositado num estado latente em quantidade ilimitada na terra, na água e na atmosfera. Está nos relâmpagos do verão. Está no pingo de chuva.

— No senhor. E em mim. — Ele apertou a minha mão. — Fico feliz em cumprimentar um amigo elétrico. Permita-me que eu lhe mostre algo mais.

Ele me levou para o outro lado do laboratório até uma pequena alcova, separada da sala principal. Dentro dela havia um instrumento cilíndrico, de 1,8 metro de altura, com camadas de vidro e metal.

— Esta é a minha invenção — explicou. — É construída de zinco, pechisbeque e mercúrio. Contém quase um milhar de pequenos discos, junto com placas de cera e resina. — Ele passou a mão pelo lado do aparato. — Eu a chamei de coluna elétrica.

— Qual é o poder dela?

— Imenso. — Ele arregalou muito os olhos. — Quando é usada em conexão com a bateria elétrica na outra sala. Está vendo todas essas garrafas conectadas? Bem...

— É um nervo gigante, Sr. Hayman.

— É uma boa maneira de descrever. Meus empregadores têm ideias fixas nesses assuntos. Eles querem que eu examine novas modalidades de iluminação para as ruas. Mas com engenhos tais como esse, poderíamos ver a nação inteira num estado elétrico!

Soube então que a minha busca obtivera sucesso. Eu encontrara precisamente o equipamento de que iria necessitar para transmitir o fluido elétrico para o corpo humano. Não me foi difícil persuadir o Sr. Hayman a construir uma máquina idêntica para mim, com todos os seus vários complementos; a quantia que ofereci a ele iria mais do que compensar seu trabalho, e lhe daria fundos para prosseguir em suas pesquisas. Ficou acertado que as várias partes da coluna elétrica seriam embrulhadas em lona e então transportadas para o outro lado do Tâmisa em barcaças, de Bermondsey para Limehouse, onde ele me ajudaria a montá-las em minha própria oficina. Fiquei num estado de intensa empolgação. Ter os meios de transmitir a vida em meu poder — ser capaz de criar a centelha vital — me emocionava desmesuradamente.

Com a assistência de dois trabalhadores locais, montei uma série de bancadas e estantes na oficina, suficientes para os materiais que estava reunindo. Eu queria também algum meio de refrigeração, de modo que eles construíram para mim o tipo de câmara de gelo que se encontra nos porões do Billingsgate Market. As mulheres dos trabalhadores limparam tudo impecavelmente. Eu disse a eles que estava estudando o lento desaparecimento dos peixes que antes eram tão abundantes no

Tâmisa, e eles me aplaudiram por desenvolver um trabalho tão útil para a região. Eu disse a eles que queria ser deixado em paz, já que meu trabalho exigia estudos demorados e pacientes, e que eu era obrigado a trabalhar de noite, quando o movimento no rio diminuía. Eu sabia muito bem que minhas palavras iriam ser amplamente distribuídas pela vizinhança.

Em seis ou sete semanas, Hayman começou a entregar o equipamento que ele fabricara para mim. Durante várias noites, dois barqueiros o atravessaram pelo Tâmisa. Eles usaram a minha área de desembarque na margem do rio, bem em frente à oficina, e na noite final, sob o manto da escuridão, carregaram a preciosa coluna elétrica para dentro do prédio. Assim que os barqueiros partiram, Hayman começou a tarefa árdua de montar a sua invenção.

— Estive pensando — comentei. — Gostaria de ter mais uma.

— Outra coluna? É desnecessária, Frankenstein. O poder dessa máquina é incomparável.

— Mas e se... quero dizer, e se... ela parar de funcionar por alguma razão?

— Isso não vai acontecer. Dou-lhe a minha palavra.

— Confio em você inteiramente, Hayman, mas e se por algum erro da minha parte a coluna parar de funcionar? Meu trabalho iria ficar paralisado.

— É algo a considerar. — Ele permaneceu em silêncio por algum tempo, e eu podia ouvir o movimento da maré contra um barco; houve um grito em algum lugar rio abaixo, e uma corrente caiu na água. — Você precisa me prometer uma coisa. Você não deve jamais usar as duas colunas ao mesmo tempo. O efeito seria incalculável. Sabemos tão pouco da natureza do fluido elétrico que ninguém pode predizer o seu curso. Poderia ser fatal.

— Eu lhe prometo, Hayman.

Com isso, o assunto estava resolvido. Ele concordou em construir outra coluna, nas mesmas bases da primeira, e entregá-la dali a algumas semanas. Creio que ele também foi dobrado pela promessa de uma quantia equivalente. Como escrevi antes, os ingleses fazem qualquer coisa pelo lucro. Fiquei exultante. Teria sob meu controle as energias de um vasto poder — talvez um poder maior do que qualquer homem já tenha dominado —, e através desse poder eu iria criar uma nova forma de ciência. Ao restaurar a vida humana, eu estava para começar um empreendimento que iria transformar a própria consciência humana! Eu estava determinado a provar que a natureza podia ser uma força moral, um agente do bem e da transformação benevolente. Obter vida da morte, restaurar os espíritos e as funções perdidas do corpo humano... o que poderia ser mais beneficente?

—

Restava-me encontrar os pacientes. Eu ainda lembrava muito bem a conversa que tivera em Paris com Armitage, o oculista, cujo pai conhecera os ressuscitadores; o pai trabalhara como assistente de John Hunter, um cirurgião muito talentoso que necessitara de um fornecimento de espécimes frescos para treinar suas habilidades. Armitage me dera o seu cartão, mas eu o perdera estupidamente, de modo que chamei Fred.

— Você já ouviu falar, Fred, de algum oculista?

— Não, senhor. Se eu vivesse até os 100 anos, nunca teria ouvido falar dele.

— Um óptico? Oftalmologista?

— É o mesmo cavalheiro?

— Similar.

— Então ele poderia muito bem ser o homem na lua. Não o conheço.

— Diga-me então o seguinte, Fred. Em suas extensas viagens na metrópole...

— Perdão, Sr. Frankenstein, eu sempre viajo a pé.

— ... Você passou por alguma loja com um enorme par de óculos pendurados na frente?

— Ah, sim. Muitas vezes. Eu achei que eram telescópios, senhor. Como o que tem no Strand. Sei de um em Holborn, ao lado da loja de queijos. — Então ele deu um tapa na testa, e fez uma pequena mímica de incredulidade. — Como eu sou estúpido, senhor. Há um aqui em Picadilly. Tocado por um sujeito de nome Wilkinson.

— Você poderia ir a esse Wilkinson, Fred, e perguntar se ele conhece um fabricante de óculos chamado Armitage?

— Posso tentar, senhor. Não sei se o velho doido vai falar comigo.

— E por que não?

— Ele é um bárbaro com meninos como nós.

— Se ele não for ajudá-lo, então vá a Holborn. Onde quer que haja a placa dos óculos, pergunte por um Armitage.

E assim Fred partiu. E voltou menos de uma hora depois, trazendo triunfante um pequeno pedaço de papel.

— Vinho, vidro, vício — anunciou. Devo ter parecido surpreso. — Isso foi Júlio César, senhor. Quando ele venceu. — Ele me entregou o papel, no qual estavam escritos um nome e um endereço: *A. A. Armitage e filho, 14 Friday Street, Cheapside.*

Tais eram a minha impaciência e urgência que fui até lá na mesma tarde. Era uma propriedade de fachada estreita, com uma porta pequena na rua e uma janela afilada que ia até o teto do térreo. Quando entrei um sino tocou sobre mim, e em poucos momentos ouvi o som de passos se arrastando. A janela alta parecia ter sido projetada de forma a deixar entrar o máximo de luz possível da Friday Street, e nas estantes em minha volta eu podia ver todos os tipos possíveis de óculos: verdes, azuis, convexos, côncavos, com vidro na frente, com vidro do lado e por aí afora. Um velho entrou na loja, apoiando-se numa bengala. O topo de sua cabeça estava bem calvo, e sua boca chupada sugeria que ele perdera os dentes, mas eu notei no mesmo instante o brilho de seus olhos.

— Em que posso lhe servir, senhor?

— Estou procurando pelo Sr. Armitage.

— Está vendo-o.

— Eu creio que o senhor tem um filho.

— Tenho.

— Eu tive a boa sorte de conhecê-lo em Paris, e prometi fazer-lhe uma visita ao voltar a Londres.

— Como é o nome do senhor?

— Frankenstein. Victor Frankenstein.

— Alguma coisa... — Ele pôs a mão na testa. — Estou lembrado. — Ele foi até o corredor interno da loja e chamou: — Selwyn!

Então veio o som de passos apressados em degraus sem carpete, e o meu conhecido entrou na sala.

— Bom Deus — exclamou. — Eu tinha esperança de voltar a vê-lo. Este é o Sr. Frankenstein, pai, que está estudando como funciona a vida humana. Eu lhe contei sobre ele.

O pai voltou seus olhos brilhantes para mim, parecendo satisfeito.

— Diga à sua mãe para nos trazer chá verde — pediu. — O senhor toma chá verde, Sr. Frankenstein? É muito bom para os nervos ópticos.

— Terei o maior prazer em provar, senhor.

— Selwyn o bebe de manhã e de noite. Eu testei os olhos dele. Ele pode ver o Monument de Temple Bar, se não há casas no meio. De Millbank, ele consegue ler um letreiro numa loja em Lambeth.

— Impressionante.

A Sra. Armitage entrou na loja, trazendo uma bandeja com um bule de chá e xícaras. Ela parecia consideravelmente mais nova que o marido; usava um vestido de cetim verde que mal ocultava seus seios fartos, e tinha arrumado os cabelos no estilo em cachos da moda.

— O senhor vai aceitar? — perguntou-me.

— Com prazer.

— Vai estar bem quente, senhor. A água precisa estar fervendo para revelar a beleza das folhas.

Enquanto bebíamos o chá, Selwyn Armitage lembrou ao pai os detalhes do nosso encontro na estalagem das diligências em Paris. Expliquei então a eles o curso de meus estudos em Oxford, tomando o cuidado de evitar qualquer referência a experimentos humanos; em vez disso, eu os entretive com descrições da eficácia do fluido elétrico. Quando mencionei um gato morto cujo pelo se eriçara e cuja boca se abrira após uma breve descarga do fluido, a Sra. Armitage pediu licença e voltou para o apartamento no andar de cima. A luz estava começando a diminuir e a noite a se aproximar, quando os dois homens me convidaram a compartilhar uma garrafa de vinho do Porto com eles. Os Armitage pareciam relutantes em dispensar a minha companhia.

Depois do primeiro copo, me aventurei nos assuntos que mais me interessavam.

— Selwyn mencionou — comecei — que o senhor trabalhou com o Sr. John Hunter.

— Abençoada seja a memória dele, senhor. Era o melhor cirurgião da Europa. Ele podia desbloquear uma estrutura em minutos. Não havia ninguém como ele para uma hérnia.

— Conte a ele sobre a sua fístula, pai.

— Ele consentiu em me tratar, senhor, quando tive esse problema. Começou e terminou antes que eu pudesse me dar conta.

— Mas deve ter sentido dor, Sr. Armitage.

— A dor não foi nada para mim, Sr. Frankenstein. Não quando estava nas mãos do mestre.

— O mundo inteiro ficou sabendo dos experimentos dele — comentei.

— Eles eram maravilhosos de se assistir, senhor.

— Ele não tentou congelar criaturas e então revivê-las?

— Ele tentou com ratos silvestres, sem sucesso. Mas me lembro de que uma vez ele congelou a crista de um galo. Elas caem, sabe, em geadas fortes.

— Mas ele acreditava que poderia seguir o mesmo procedimento com humanos, não?

— Agora essa, Sr. Frankenstein, é uma pergunta interessante. — O velho Sr. Armitage foi até a porta interna e chamou sua esposa, que nos trouxe outra garrafa de vinho do Porto. — Ele era da mesma opinião que o senhor, em alguns assuntos. Foi por isso que meu filho me contou sobre o senhor, para começo de conversa. O Sr. Hunter tinha fé no que chamava de princípio vital. Era da opinião de que poderia permanecer no corpo por uma hora ou mais após a morte.

— E poderia então ser revivido.

— Isso mesmo.

— Eu li um relato curioso na *Gentleman's Magazine* sobre a tentativa de restaurar o Dr. Dodd.

— Aquele relato não era preciso, se bem me lembro. Nós não o colocamos num banho quente. Isso teria tido pouco efeito.

— Mas o Sr. Hunter tentou outros meios de restaurá-lo à vida, não?

— Quando foi retirado do cadafalso, ele foi trazido a galope para a casa do Sr. Hunter em Leicester Square. Nós friccionamos o corpo para reavivar seu calor natural, enquanto o Sr. Hunter tentou inflar os pulmões usando um fole. Mas ele tinha sido deixado balançando em Tyburn por tempo demais. Então, Sr. Frankenstein, ele tentou o seu método. Ele deu ao corpo uma série de choques intensos de uma garrafa de Leyden. Mas Dodd ficou inerte.

— Creio, Sr. Armitage, que o nível do poder elétrico que empregaram foi muito baixo. Nenhuma garrafa poderia produzir uma restauração da vida. É necessário força maior para ter resultados.

— O senhor tem esse poder?

Eu fiquei mais cauteloso.

— Um dia espero obtê-lo — respondi.

— Ah. Um sonho. O Sr. Hunter costumava dizer que um experimentador sem um sonho não era um experimentador de verdade.

— E ele nunca desistiu de fazer experiências?

— Não. Ele tirava o dente de uma criança saudável e o plantava na gengiva de alguém que precisava dele. Ele o amarrava com alga marinha.

— Essa deve ter sido uma operação notável.

— Ah, isso não era nada. Ele podia colocar os testículos de um galo na barriga de uma galinha e vê-los crescer.

— Eu ouvi dizer — comentei — que a sala de dissecção dele estava sempre repleta de observadores.

— Lotada, senhor. Ele era uma grande atração para os estudantes. Ele era capaz de abrir um paciente em segundos.

— Devia ser muito gratificante.

— Era um prazer de se ver. Ele era um homem incrível com uma faca.

— O senhor precisa me esclarecer um aspecto, Sr. Armitage. Quantos pacientes ele...

— Havia um fornecimento regular. — Ele tomou outro copo de vinho do Porto e olhou para o filho.

— O senhor pode contar a ele, pai.

— Em Londres sempre há mais gente morrendo do que nascendo. Isso é um fato. Não há lugar para todos eles. Os cemitérios estão abarrotados.

— No entanto, ele devia ter um fornecimento.

— Eu vou lhe contar isso no mais absoluto sigilo, Sr. Frankenstein. O Sr. Hunter era o cirurgião residente no Hospital St. George. Você poderia nos trazer outra garrafa, Selwyn? Ele tinha as chaves do aposento dos mortos lá. Terei dito o bastante?

— Mas ele deve ter dissecado alguns milhares. Imagino que não vieram todos de um só lugar...

— O senhor está inteiramente correto. Não poderiam ser todos de lá. — Eu esperei impacientemente Selwyn Armitage voltar à sala com uma nova garrafa e começar a servir vinho no copo do pai. Declinei a oferta. — O senhor ouviu falar dos Homens do Saco?

— Creio que não. Não.

— Ressuscitadores. Homens do Juízo Final. — Eu sabia precisamente do que ele estava falando, é claro, mas fingi ignorância para poder ter maiores esclarecimentos. — São os homens que roubam as sepulturas dos mortos. Ou entram nas capelas mortuárias e furtam suas vítimas. Não é um ofício delicado, Sr. Frankenstein.

— Ainda assim é necessário, Sr. Armitage. Não tenho dúvidas quanto a isso.

— De que outra maneira poderíamos progredir? Teria o Sr. Hunter algum outro jeito de terminar seu trabalho sobre o cordão espermático?

— Creio que não.

— Eles eram muito caros. — Ele secou seu copo e o ergueu para o filho. — Um guinéu ou mais por um corpo. O preço de uma criança era estabelecido por polegadas. Será que você poderia me servir, Selwyn? No entanto, os melhores eram bastante eficientes. O paciente tinha de ser entregue depois de o rigor cadavérico ter passado, mas antes da decomposição geral. E eles tinham de fugir à atenção da turba.

— A turba — disse Selwyn — era pior, então.

— Eles teriam sido mortos no ato, Sr. Frankenstein. Esquartejados. A turba odiava os ressuscitadores.

— O senhor fala deles no passado, Sr. Armitage. Mas suponho que eles sigam em seu ofício? O mercado deve ser tão próspero como sempre foi.

— Não duvido. As escolas médicas cresceram e são enormes agora.

— Eles frequentam os mesmos lugares?

— Os cemitérios? É claro. Há um cemitério de indigentes em Whitechapel...

— Não. Eu me referi aos seus locais de negócios. Onde encontram seus clientes. Onde são pagos.

— Eles são pagos na porta dos fundos, Sr. Frankenstein. Todo hospital tem uma.

— Contudo, eles devem se encontrar.

— Encontram-se para beber. A bebida é a vida deles. Nenhum deles poderia fazer o trabalho sóbrio. Já vi alguns deles, meu senhor, sentados numa taverna do anoitecer até a aurora.

— Que taverna era essa?

— A mais notória de todas, Sr. Frankenstein. — Ele bebeu lentamente o copo inteiro e o estendeu para mais. — Fica em Smithfield. Bem em frente ao St. Bartholomew's. Isso sim é que é um mercado de carne.

Nove

A TAVERNA EM SMITHFIELD NÃO foi difícil de achar. Eu saí da Jermyn Street ao anoitecer, e a carruagem me deixou em Snow Hill logo depois; caminhei para o St. Bartholomew's bem quando seu relógio anunciava 19 horas, e à esquerda pude ver um pub sórdido com a placa *Fortune of War.* Mostrava o convés da uma fragata naval, com um oficial morrendo nos braços de seus camaradas. Eu podia ouvir os sons de lá também, o barulho de canções, risadas e vozes altas ecoando contra a parede do hospital. Criei coragem, certificando-me de que a minha bolsa de guinéus estava bem oculta sob a minha camisa, e entrei na taverna.

O cheiro era muito forte. Não pude deixar de associá-lo a coisas mortas, embora soubesse que emanava dos vivos; o ar tomado pelo aroma acre de corpos sujos, misturado aos odores do toalete e ao cheiro de bebidas fortes. Eu estava obviamente acostumado a cheiros fétidos em meu trabalho, e não senti nenhum desconforto. Fui até o balcão de madeira e pedi um copo de cerveja preta. Decidi ficar ali e me fazer tão evidente quanto possível; não tinha intenção de ser visto como um espião do governo, então não me recolhi a um canto. Fiquei junto ao balcão e, comentando em alto e bom som sobre o tempo, garanti que meu sotaque fosse ouvido pelos que estavam a minha volta. Mas eles mostraram pouco interesse, estando em sua maioria reduzidos aos últimos estágios da embriaguez, e depois de um tempo eu estava em condições de olhar em volta sem atrair atenção para a minha presença. Havia bebedores solitários, curvados sobre suas garrafas ou canecos; observei que um deles urinara no chão de tábuas de madeira sem provocar qualquer comentário. Em Genebra, temos urinóis nos cantos de nossas tavernas. Minha atenção foi atraída por um grupo de homens, sentados numa alcova; todos fumavam cachimbos compridos e finos que eu achei que já haviam saído de moda. Estavam silenciosos e contemplativos ao extremo. Por um momento julguei que eles eram os ressuscitadores que procurava. Descobri depois que eram, na verdade, os purificadores, cujo ofício era coletar o excremento de cachorros, cavalos e humanos das vias da cidade.

Então um sujeito de aparência rude veio da rua e, avançando até o balcão, pediu numa voz alta uma caneca de conhaque e água de Seltz. Percebi que o estalajadeiro o serviu com uma palavra de reconhecimento; mas o tal homem não lhe deu atenção e, jogando algumas moedas no balcão, retirou-se para um canto. Havia uma janela ali, com vista para o espaço pavimentado na frente do hospital, e ele parecia estar vigiando os portões iluminados por uma única lamparina a óleo. Estava observando alguém, ou algo, muito atentamente; mas, de onde eu estava no balcão, nada podia ver. Alguns minutos depois, dois outros indivíduos cheirando fortemente a álcool e outros itens menos agradáveis juntaram-se a ele perto da janela. Outro homem estava parado perto de mim no balcão. Ele estava olhando direto para a frente, com um copo de gim na mão, quando disse para mim:

— Você não iria querer cair na mão daqueles cachorros, vivo ou morto.

— Não faço ideia do que ou de quem eles sejam — respondi.

— Não precisa saber. — Ele ainda estava olhando diretamente para a frente. — Fique longe deles. Caso contrário, poderá acabar lá dentro. — Ele fez um gesto com a cabeça na direção do hospital.

O estalajadeiro olhou para ele com raiva.

— Você está falando o que não deve, Josh?

— Só estou dizendo o que todo mundo sabe. Esse jovem é novo por aqui. Talvez preste atenção num aviso.

Eu me aprumei, tomando o resto da cerveja preta e pedindo outra. Então fui até a mesa onde os homens estavam e coloquei três guinéus de prata na frente deles. Eles observaram as moedas, e ergueram os olhos para mim.

— Você é generoso com a prata — disse um deles.

— Uma para cada.

— É? — Ele catou o guinéu e o mordeu. — Qual é o seu jogo?

— Preciso de algo.

— Fale com eles. — Apontou o grupo de homens com os cachimbos fora de moda. — Eles catam a sujeira.

— Você é estrangeiro — afirmou outro deles. — É francês?

— Não, senhor. Sou de Genebra.

— Dá no mesmo.

Ele pareceu impressionado por eu ter usado "senhor" com ele, todavia, e eu aproveitei a chance.

— Sou estudante de medicina, cavalheiros. — Eles riram alto, alto demais, de forma que fiquei inseguro, mas ninguém mais na taverna sequer olhou de relance para eles. — Poderia lhes oferecer outro jarro? — Eles concordaram, e quando voltei do balcão, as moedas tinham se ido. Eles haviam mordido a isca.

Os nomes deles, como descobri depois, eram Miller, Boothroyd e Lane. Nunca antes eu encontrara um trio de vilões como aquele. Eram devassos e depravados no mais alto grau, mas confiei que eram bons em seu ofício. Expliquei para eles que, como estudante de anatomia, eu queria um fornecimento contínuo de novos corpos. Como estrangeiro, eu disse, era obrigado a trabalhar fora das escolas dos hospitais.

— Como você nos encontrou? — perguntou-me Lane.

— Ele sentiu o seu fedor — replicou Boothroyd.

— Eu pagarei o dobro do que os hospitais pagam.

— E quanto a pequenos?

— Como?

— Bebês e pirralhos.

— Não. Nada de crianças. Só posso usar adultos. Só homens. Essa é a natureza do meu trabalho. E devem ser bons espécimes. Não quero tumores. Nem deformidades. Pagamento contra entrega.

— Ele os quer bonitos para poder trepar com eles — insinuou Miller.

Boothroyd o silenciou com um olhar de viés.

— Não está pedindo pouco.

— Não estou pagando pouco.

— Sem perguntas?

— Sem necessidade de respostas. Tragam os pacientes para mim e terão o seu dinheiro.

Disse a eles onde poderiam me encontrar; calhou que estavam acostumados a trabalhar de barco, já que tinham um negócio firme com os navios de prisioneiros ancorados no estuário, onde podiam coletar três ou quatro itens por vez. Eles me disseram que tinham de arrastar os corpos pelo rio para limpá-los de toda a sujeira que acumularam nos porões dos navios. Com isso, descrevi detalhadamente a localização de minha oficina e do pequeno cais na frente dela; eles conheciam bem a vizinhança. Prometi que estaria esperando por eles sexta-feira à noite, dando-lhes duas noites para o serviço. Cada um deles cuspiu na mão antes de apertar a minha, um costume que não apreciei nem um pouco.

—

Fred estava me esperando.

— Tem um cheiro estranho na sala — comentou assim que entrei.

— Cheiro?

— De bebida, e tabaco, e mais alguma coisa, e mais outra, tudo misturado.

— Estive numa taverna — expliquei, tirando o sobretudo e o paletó e colocando-os sobre uma cadeira no vestíbulo.

— O Sr. Frankenstein numa taverna. Qual será a próxima?

— O Sr. Frankenstein na cama.

— Fui prevenido quanto a tavernas — falou — quando era menino. Elas são de muito baixo nível. O senhor não foi roubado, foi?

— Não, Fred, não fui roubado. A não ser no preço. A cerveja preta custa três centavos por quartilho. Mas não fui, de fato, roubado.

— A cerveja preta foi a ruína de meu pai, Sr. Frankenstein. Não foi o asno que o matou. Foi a bebida. Ele nunca mais ficou sóbrio depois que a carroça do lixo apareceu.

— O que tem a carroça do lixo a ver com isso?

— Ele bebia com o carroceiro. Era um beberrão, ele era. Nunca sabia de que lado da rua estava.

— Eu cheguei à conclusão, Fred, de que todos os londrinos bebem.

— Eles tendem a ficar muito animados. — Suspirou. — Gostam das coisas fluindo.

— Você é um poeta, Fred.

Ele riu e estava para sair do quarto, quando deu a volta e deu um tapinha na testa.

— Quase ia esquecendo, Sr. Frankenstein. Chegou uma carta para o senhor. Veio na diligência do norte, então dei seis centavos ao mensageiro.

— Ele não a trouxe por todo o caminho, Fred. Mas deixe para lá. Passe-a para mim, por favor.

Ele foi até o vestíbulo e voltou com um pacote que, eu vi, tinha sido carimbado por um oficial em Lancaster. Era de Daniel Westbrook. Eu esperara que tivesse vindo de Bysshe, que, apesar de minha raiva com o comportamento dele, ainda ocupava meus pensamentos frequentemente. Mas a escrita desajeitada do endereço me mostrou que não era o caso. A carta propriamente dita tinha no cabeçalho *Chestnut Cottage, Keswick*.

Meu caro Frankenstein,

Perdoe-me por não ter escrito antes, mas tive uma grande quantidade de assuntos para resolver. Nem o Sr. Shelley (ou, deveria dizer, o meu cunhado) nem Harriet têm cabeça para tais assuntos, de modo que fui obrigado a negociar o aluguel do chalé de um fazendeiro de Cumberland que era mais cabeça-dura que um corretor da bolsa de Londres. Ele insistiu em contar as flores no jardim, para o caso de arrancarmos alguma delas! Harriet parece muito feliz, e fica radiante de deleite sempre que saímos para um de nossos passeios ao longo do lago ou nas montanhas. A vida de casada obviamente lhe cai bem, e ela cuida de seu marido com a maior delicadeza e atenção; garante que ele esteja sempre bem-arrumado e limpo em sua aparência (às vezes para o aborrecimento dele, devo admitir) e tenta pechinchar com os aldeões por nossas necessidades simples. O Sr. Shelley se tranca por parte do dia no quarto de dormir do andar superior, onde Harriet diz que ele está compondo; às vezes posso ouvi-lo recitando versos, que imagino serem dele mesmo. Então ele parte em longas caminhadas pelo campo local, quando prefere estar sozinho. Tenho certeza de que o Sr. Shelley ama e trata Harriet com carinho, mas as maneiras dos aristocratas são novidade para mim! Sentamos juntos de noite, e ele lê para nós algum livro que ultimamente tenha capturado a sua imaginação. Ele esteve estudando o tratado do Sr. Godwin sobre a Necessidade, e ontem à noite recitou para nós a crença do filósofo de que na vida de todo ser há uma cadeia de eventos que precede o seu nascimento e continua numa procissão regular através do período inteiro de sua existência.

É chamada de necessitarianismo, uma palavra comprida para um assunto difícil. Tenho certeza de que não a escrevi corretamente. Em consequência disso, de acordo com o Sr. Godwin, é impossível para nós agir em cada situação de maneira diferente daquela como agimos. Isso é fatalista demais para o meu gosto, mas o Sr. Shelley acredita que seja esse o caso. Harriet concorda com ele.

Na semana passada visitamos o Sr. Southey, que tem uma casa imponente na vizinhança conhecida como Greta Hall. O senhor deve ter ouvido falar do Sr. Southey por meio da conexão dele com o Intelligencer. *Por puro acaso, um dos poetas do Lake District, que o Sr. Shelley reverencia, também estava lá. O nome do Sr. Wordsworth era conhecido até para mim — que não sou, como sabe, grande entendido em poesia —, e ele recebeu o montante adequado de veneração e respeito de nós todos. Eu acredito que ele se deliciou com a oportunidade de conversar com um jovem admirador. O Sr. Shelley recitou alguns de seus próprios versos, e o Sr. Wordsworth os considerou, conforme disse, "bastante aceitáveis". Eles conversaram sobre a questão da poesia e a moral, e Harriet e eu ouvimos fascinados. Nunca antes eu tinha visto tal quantidade de gênio reunida numa só sala! O Sr. Wordsworth quis discordar quando o Sr. Shelley se animou com o assunto de reis e opressão, no qual eu teria muita disposição de me juntar, mas o homem mais velho preservou sua compostura. Eu creio que ele é nativo desta região, mas parece muito mais culto do que qualquer outra pessoa que encontrei por aqui. Seu sotaque não é de forma alguma grosseiro. Ele tem um nariz comprido e inclinado, e uma delicada firmeza de expressão na boca; seus olhos são extremamente luminosos, e ele demonstrou uma grande gentileza em relação a Harriet e à Sra. Southey.*

Eu acredito que até mesmo o Sr. Wordsworth ficou impressionado com o ardor do Sr. Shelley, e viu em seu entusiasmo algum reflexo dele mesmo quando mais jovem. Ele nos confessou que os anos o tinham sepultado numa "montanha de preocupações", conforme disse, mas que quando jovem também tivera sonhos e visões. "Desejo-lhe tudo de bom", ele disse para o Sr. Shelley ao se despedir. "Não sou insensível aos anseios de uma ambição jovem."

Assim terminou nosso encontro com o poeta do Lago. Há muito mais para contar, mas será mais bem-relatado quando eu voltar a Londres. Harriet manda lembranças para o senhor. O Sr. Shelley acaba de gritar lá de cima perguntando se o senhor se lembra dos Antigos Druidas da Poland Street. Eu confesso que não faço ideia do que ele está falando. Devo assinar meu nome agora, ou ficarei escrevendo sem parar.

Cordialmente,
Daniel Westbrook.

Eu dobrei a carta e a coloquei na mesa de canto junto à minha poltrona. Por alguma razão senti-me à beira das lágrimas. Talvez tenha sido para mim uma lembrança da vida que eu costumava levar, antes de minha imersão num experimento perigoso; talvez tenha representado os prazeres da vida de casado e das relações com outras pessoas. Percebi, também, que ainda sentia falta da presença de Bysshe. Era com ele a única relação de companheirismo que eu realmente desenvolvera — meu único amigo e aliado neste mundo, onde há tanto mal e escuridão.

Fred entrou no quarto trazendo um prato fumegante.

— Eu tenho a cura perfeita para a cerveja preta — anunciou.

— Não preciso ser curado.

— *Saloop*, senhor. O vapor acordaria um defunto.

— Grande mérito. — Eu tomei dele a tigela de líquido; era de uma cor leitosa e cinzenta, com uma textura grossa. — Essa é uma de suas especialidades londrinas?

— Tão *cockney* quanto um limpador de chaminés. Leite, açúcar e sassafrás.

— Não faço ideia do que você está falando, Fred.

— O tio Bill vende no Haymarket. Ele possui uma chaleira dessas com torneira.

— Fico contente em saber disso. Suponho que seja para eu beber? — Ele fez que sim, com imensa satisfação. Provei a mistura, que tinha o aroma e o sabor de baunilha. Era curiosamente calmante. — O seu tio Bill deve ser um homem popular.

— Ele é razoavelmente benquisto, Sr. Frankenstein. Os moleques o seguem só pelo cheiro.

A bebida também devia ser um grande soporífero, já que fui para cama após beber e dormi profundamente. Quando acordei, foi com uma sensação de dever iminente e urgente. Eu sabia o que tinha de fazer. Sentei-me na cama e fiquei olhando direto à frente. Eu tinha o hábito desafortunado de roer as unhas quando contemplava um problema, e foi isso que me pus a fazer. Minha conversa com os ressuscitadores na noite anterior e minha barganha com eles tinham efetivamente dado início a uma nova fase em minha existência. Ainda havia umas poucas horas em que eu poderia voltar atrás quanto às consequências de minhas ações — umas poucas breves horas nas quais eu poderia fazer as pazes com os homens e Deus —, mas eu estava tão cego pela perspectiva de sucesso e glória que as usei para fins bem diferentes.

Peguei um coche para Limehouse e comecei a preparar a minha oficina para os seus visitantes. Dentro de duas noites teria em minha posse dois corpos, recentemente falecidos, e poderia começar a carregá-los com a vida. Inspecionei as colunas elétricas que Hayman construíra para mim e não vi nenhuma falha em sua concepção. O puro fluxo de força iria avançar sem empecilhos para meus pacientes. Eu não sabia ainda que resultados esperar, já que nunca antes tinha tido tais recursos. Sabia apenas que estava no limiar de um novo mundo na ciência. De uma maneira ou de outra, iria acontecer. Eu ainda ansiava por minha antiga vida de contemplação e estudo, de visões juvenis no ar alpino? Não tinha certeza disso.

—

NA NOITE DE SEXTA-FEIRA, ESPEREI ansioso pela chegada dos ressuscitadores. Fiquei parado no cais e observei a água enquanto a maré subia; era o começo do outono agora, e uma brisa suave ondulava a superfície. O sol se pondo iluminava as nuvens que vinham do oeste, e a radiância se espalhou como uma auréola. Voltei para dentro, e me ocupei com as preparações finais das colunas elétricas. Eu as colocara no espaço entre duas mesas baixas de madeira lado a lado; havia um estoque suficiente de baterias voltaicas no chão, ao pé e na cabeceira de cada mesa. Calculei que a força seria suficiente para animar dois cadáveres, de modo que concebi um procedimento elaborado para me mover rapidamente de um paciente a outro. De qualquer forma, eu iria preparar os dois ao mesmo tempo, com as correias e molas de metal presas a seus corpos. É claro que não tinha noção do que poderia ocorrer durante a descarga elétrica. Tomei a precaução de ter um bacamarte, preparado e carregado, num canto da oficina.

Quando a noite caiu, peguei um lampião e fui até o desembarcadouro. Podia ouvir a água batendo nos pilares de madeira, e havia outro som em algum lugar no meio do rio. Uma neblina fina se insinuava vinda do leste, e rezei para que ela não ficasse tão densa a ponto de encobrir para meus visitantes a visão de alguém na margem. Levantei o lampião até a altura do meu rosto. Após alguns momentos, ouvi o som de remos e o progresso contínuo de um barco baixo na água; estendi o lampião e o movi de um lado para outro como um sinal. Os remos se aproximaram e, na tênue luz, vi o contorno escuro de um barco vindo. Dois homens remavam, e um terceiro estava na popa de vigia.

Eles não fizeram qualquer som ou gesto de reconhecimento, mantendo-se concentrados em suas tarefas. Em menos de um minuto tinham chegado ao cais. Eu os chamei, mas eles gesticularam para eu me manter em silêncio. O homem na popa, que reconheci como sendo Miller, me jogou uma corda; eu a amarrei a um mourão ao meu lado. Ele pulou então e pôs a mão sobre a minha boca.

— Quieto — sussurrou. Pude sentir o cheiro de álcool em seu hálito. Os dois outros subiram do lado do barco, e então começaram a descarregar dois sacos de cânhamo. Eles os arrastaram pelas docas, e eu os segui para dentro.

Fechei a porta e coloquei o lampião na mesa.

— Preciso vê-los antes de pagar.

— Não confia em nós, Sr. Frankenstein? — Boothroyd tirou uma garrafa do bolso do casaco e tomou um gole.

— Um bom comerciante inspeciona suas mercadorias — respondi.

Ele riu disso, mas então, na luz tênue, percebeu as máquinas elétricas.

— Que coisa infernal é essa?

— É um motor. O motor do meu trabalho.

— O trabalho do diabo, é?

— Não tem nada a ver com o diabo. Posso lhe garantir isso.

— Bom, dá na mesma para mim.

Então Miller pegou uma faca e cortou as cordas que fechavam os sacos. Um braço caiu de um deles, e, segurando-o, ele puxou o resto. Era um homem adulto, como eu solicitara, mas tinha sofrido algum ferimento no peito. Estava afundado, e com as costelas quebradas.

— Este está danificado — aleguei.

— Espécimes perfeitos são difíceis de achar. Mas olhe este. — Boothroyd tirou então o corpo do segundo saco. Era um homem jovem em muito bom estado de aparência e conservação;

parecia ter morrido repentinamente, e havia uma expressão de terror horrível em seu rosto.

— Este é bom — falei. — Excelente. Onde o encontraram?

— Encontramos o corpo onde caiu.

Eu não quis saber mais.

— Poderiam fazer a gentileza de colocar um deles aqui? E o outro aqui. —Indiquei as duas mesas de madeira. — Cuidado com este. As costelas estão soltas.

— Ele é um legitimo saco de ossos — brincou Miller.

Eu lhes paguei imediatamente, ansioso para começar o meu trabalho, e acertei com eles para que retornassem com uma carga similar dali a uma semana. Eles partiram sem demora, e suspeito que a expressão terrível na face do jovem tinha afetado até o ânimo deles.

— Vai precisar dos sacos? — perguntou-me Boothroyd.

— Não tenho outro uso para eles. Mas vocês vão precisar deles de novo, suponho.

Então eles voltaram para o barco, e eu esperei no cais até terem se afastado na água escura. Percebi ao voltar que havia um cheiro curioso na sala, similar ao de guarda-chuvas úmidos ou trapos queimados, e fiquei preocupado que os corpos estivessem para entrar em estado de putrefação. Decidi começar o trabalho pelo espécime danificado, para o caso de algum erro inicial de minha parte. Assim, tratei de prepará-lo imediatamente, primeiro lavando-o com uma solução de cloreto de cal. O cheiro ficou mais fresco, então. Tomei em seguida a precaução de prender o paciente à mesa por meio de uma longa correia de couro. Já tinha decidido fixar as presilhas de metal ao pescoço, pulsos e tornozelos, onde os movimentos vitais do corpo são mais exercidos; a corrente voltaica seria transmitida por meio de finos fios metálicos que não impediriam o movimento. Os aparelhos estavam prontos, com suas grandes tiras de zinco e bronze separadas por papelão embebido em água salgada. Eu tinha preparado as baterias e colocado os condutores nas duas pontas. Estava tudo pronto para a criação da centelha que poderia iluminar um novo mundo.

A máquina zumbiu com o seu próprio movimento interno, e eu notei um leve tremular nos fios; pareceu-me então que as máquinas elétricas tinham se tornado coisas vivas. Seu poder aumentou com cada pilha galvânica que era acionada, e eu estava consciente da recomendação de Hayman de não testar o poder delas em excesso. Mas estava incrivelmente entusiasmado com o espetáculo de tamanha energia libertada perante mim. O corpo começou a tremer violentamente. Na luz tênue da lamparina, ele projetava uma sombra estranha no chão. Dei um passo até ele, e com certa relutância toquei o braço. Parecia estar começando a se aquecer. A cabeça começou a sacudir de um lado para outro, como se o cadáver estivesse lutando para encontrar sua respiração, mas então a luta cessou, e o corpo voltou à imobilidade mortal. Mais uma vez estava bem frio.

Afastei-me por um momento para examinar as máquinas, quando ouvi um movimento súbito atrás de mim. Pensei imediatamente no bacamarte. Virei-me depressa e soltei um grito involuntário de surpresa: as mãos do morto tinham se movido para a reentrância profunda em seu peito. Por algum estranho instinto ele quisera tocar a origem de sua extinção. Esse foi um momento de empolgação, sugerindo-me que havia algum poder da vontade ou instinto que podia sobreviver à morte do corpo. Eu tinha sido tocado pelo relâmpago. Eu triunfara. Mas, mesmo então, tentei conter o avassalador sentimento de excitação. Poderia talvez ter sido algum movimento involuntário dos músculos que o homem não pudera realizar na hora de sua morte? Teria sido aquele o gesto que ele não pudera fazer?

Eu estava relutante em me aproximar do corpo, com receio de algum novo movimento inesperado, mas sabia que o trabalho dependia de rapidez e uma vontade de ferro. Soltei os fios do primeiro paciente e os apliquei no segundo. A descarga de energia elétrica parecia não ter causado ferimento ao corpo, e eu estava bastante otimista quanto aos efeitos no segundo cadáver, mais perfeitamente preservado. Também fiquei intimamente deleitado em ver que nenhum dano ocorrera com o espécime físico, permitindo-me assim a oportunidade de mais experiências.

Carreguei as baterias mais uma vez e produzi a centelha com bem pouca pressão nos condutores. Houve um solavanco no segundo corpo como se, por assim dizer, ele tivesse ficado atento. Então de novo tudo ficou quieto. Tentei uma segunda descarga, e o corpo se moveu de novo — dessa vez com um movimento mais ativo e ansioso. Detectei algum movimento secundário nos dedos das mãos que pareciam tremer com a força da agitação; admito que as minhas próprias mãos também estavam tremendo. Carreguei os fios uma terceira vez, mas não houve distúrbio consequente no corpo. Eu estava prestes a investigar mais, me aproximando do espécime, quando o mais desolado e horrível dos gritos emergiu de sua boca. Era o som de algum demônio amaldiçoado, perdido nas profundezas do inferno, e eu fiquei petrificado com o ruído ecoando em minha volta. Era o bastante para acordar os mortos — exceto que o morto já tinha sido acordado.

Quando olhei para o corpo, temeroso do que veria, observei que a expressão de horror tinha desaparecido e que a face do jovem parecia inteiramente em paz.

Teria aquele grito terrível libertado o sofrimento? Se fosse possível que a agonia e o horror de seus últimos momentos tivessem de algum modo ficado confinados em seu corpo, então era também possível que o fluido elétrico tivesse expulsado o atormentado espírito — ou alma; eu não sabia que palavra usar para uma transformação tão grave. Poderia o cadáver estar literalmente sofrendo sua última agonia até ser libertado pela minha ação? E então me dei conta de outra revelação. As cordas vocais tinham sobrevivido à morte.

Enveredei por outros experimentos elétricos com os dois pacientes, e a princípio não houve mais nenhum movimento.

Pareceu-me que os corpos, tendo realizado suas ações finais adiadas, tinham voltado à imobilidade. No entanto, eu não podia ter certeza de nada. Peguei um bisturi e comecei a remover o osso frontal do crânio do segundo paciente; então, com uma serra, cortei a parte superior do domo até poder observar os lobos anteriores e posteriores do crânio. A mais absurda das imagens me ocorreu então — a de estar removendo a tampa de massa de uma torta —, mas estava tão concentrado em meu trabalho que mal tinha tempo para reflexões. Preparei então uma experiência que tinha esboçado previamente em minhas notas escritas: coloquei tiras de zinco e bronze sobre o cérebro exposto, de modo a tocarem os lobos, e em seguida apliquei a descarga. O efeito no cérebro foi imediato: dos quatro lobos, apenas um deles parecia capaz de receber a delicada impressão da corrente elétrica, e a partir disso o nomeei como lobo elétrico. Teve um efeito imediato nos músculos do corpo que, caso não estivesse preso, poderia tê-lo instigado a se levantar e andar. O corpo inteiro estava invadido por um tremor violento que, fiquei atônito ao descobrir, continuou vários minutos depois de eu ter desligado a corrente.

Para a minha maior surpresa e horror, comecei a observar algumas contorções do rosto. Os olhos giraram e os lábios se abriram; as narinas se expandiram, e a expressão toda pareceu ser um misto de inimizade e desespero. Esses eram obviamente os acasos da fisionomia, mas naquele momento eu poderia ter jurado que o cadáver preso na mesa estava mostrando para mim toda a perversidade do ódio e todo o fardo da desolação melancólica. Por fim, os movimentos cessaram e a face retomou sua forma sem vida. Mas eu estava tão abalado pelo fenômeno que me vi obrigado a caminhar ao longo do rio para me acalmar.

Tantas impressões se acumularam em mim que a noite pareceu se estender ao infinito. Eu nunca previra que os efeitos do fluido elétrico iriam assumir uma forma tão profunda e aterrorizante. Acima de qualquer dúvida, tinha provado que o fluido podia reanimar um cadáver humano, mas de um modo tão inesperado e horrível que eu ficara com medo de minha própria obra. Ficara com medo de mim mesmo, por assim dizer, medo do que poderia realizar e medo do que poderia testemunhar. Que outros segredos se revelariam para mim no decorrer de meu estranho experimento?

Um pouco de reflexão, contudo, devolveu-me a razão. O murmúrio do Tâmisa me acalmou. A neblina se erguera, e os contornos da cidade ficaram aparentes. Estava perto do amanhecer. Eu trabalhara a noite toda. A rotina da existência logo iria recomeçar, e, com a sensação da imensidão de Londres voltando à vida, minha própria força foi retomada e confirmada. Eu tinha muito a fazer.

Dez

EU ESTAVA COCHILANDO JUNTO À lareira, em meu apartamento na Jermyn Street, quando fui acordado por uma súbita batida na porta da rua. Eu mal tivera tempo de me preparar quando Fred entrou no quarto.

— O senhor muito me perdoe, mas há um Bicho querendo vê-lo.

— O que você está dizendo, Fred?

— Foi isso o que eu perguntei a ele, senhor. Mas ele ficou dizendo, "Bicho, Bicho". Eu disse que não queríamos nenhum bicho, não, muito obrigado.

Nesse momento, Bysshe precipitou-se quarto adentro, passando por Fred e me abraçando com todo o fervor e entusiasmo que eu bem lembrava.

— Meu caro amigo — falei. — Achei que estava morando no norte.

— Voltei para climas mais amenos, Victor. Para meus amigos. — Ele recuou um passo e me olhou. — Você está bravo comigo?

— Estava. Sim. Eu admito. Mas agora que estou lhe vendo, não consigo ficar bravo.

— Fico contente em saber. Sabe, Victor, eu posso devolver os cinquenta guinéus. Meu terrível pai pagou a minha mesada.

— Não precisa. Não precisa mesmo.

Ele voltou a me observar por um momento.

— Por que você não me escreveu dizendo que estava doente?

— Doente? Nunca me senti melhor em minha vida. Estou em perfeita saúde. — Ele pareceu perplexo. — Lamento desapontá-lo, Bysshe.

— Há uma mudança em sua aparência, Victor. Não posso estar enganado quanto a isso.

— Bem, a juventude passa, a idade chega. Não pense mais nisso. — Tentei manter-me animado e composto. — Onde você está hospedado em Londres?

— Eu e Harriet encontramos aposentos no Soho. De volta a nossa velha vizinhança, Victor.

— E como está Harriet?

— Ela está bem, prosperando. — Ele riu. — Está inchando da maneira mais peculiar.

— Você quer dizer...? — Ele fez que sim. — Muito bom, Bysshe.

— Não sou eu quem deve receber os parabéns. É a mulher que carrega o fardo. Mas eu devo confessar um certo orgulho em criar a vida.

— Deve ser uma sensação estimulante.

— Tenho recitado poesia para o bebê, Victor, para que ele já no útero se acostume a sons doces. E Harriet canta canções de ninar. Ela jura que acalma a criança.

Fred bateu na porta, e entrou na sala com uma garrafa de conhaque.

— Já bateram as 17 horas — avisou.

Bysshe olhou para a bebida alcoólica com surpresa.

— Você bebe conhaque agora, Victor?

— Acalma a criança. Vai se juntar a mim? Faremos um brinde ao companheirismo.

Bysshe estava ansioso para explicar seus planos para a felicidade futura. Ele queria começar uma pequena comunidade em Gales devotada aos princípios da igualdade e da justiça; tinha a intenção de escrever um poema épico tendo como tema o lendário Arthur; ele gostaria de viajar para a Irlanda para colaborar no projeto pela liberdade. Compreendi que ele tinha descoberto um novo autor favorito, Sr. Godwin, o filósofo. Ele o procurara, e até já o visitara numa casa charmosa em Somers Town. Então mais uma vez ele me espiou de relance, atento.

— E você, Victor, quais são as suas novidades?

— Estou experimentando, ainda. Testando a capacidade do fluido elétrico, medindo a sua força.

— Maravilhoso! Está indo aos limites dele, como costumávamos discutir?

— Lembro que costumávamos falar em pipas e balões elétricos. Não estou mais tão no ar, Bysshe. Estou na terra.

Eu não tinha vontade de explicar o meu trabalho até que tivesse chegado a uma conclusão bem-sucedida, de modo que conversei sobre generalidades da ciência elétrica. Ele continuava tão impetuoso, tão ávido de aprender como sempre fora. Nunca encontrei ninguém que fosse tão cheio de vida, entusiasmo e plenitude de espírito.

— Você virá nos visitar, então? — perguntou-me quando estava para se despedir. — Harriet ficará encantada de vê-lo.

— É claro. Quando vocês quiserem.

Ele me abraçou, e alguns momentos depois ouvi seus passos rápidos e leves na escada. Eu o ouvi falando com Fred, mas não pude entender o que dizia. Fui até a janela e observei a Jermyn Street lá embaixo; ele estava caminhando rápido em meio à multidão, mas então ele olhou para a minha janela. Por alguma razão, eu recuei.

Fred veio para retirar os copos.

— Esse amigo do senhor — comentou — é bastante curioso. Ele me perguntou se o senhor estava gozando de boa saúde. Eu disse que sim. Ele me perguntou se o senhor estava comendo bem. Eu disse que sim. Ele perguntou se o senhor estava bebendo. Eu disse sim e não. Então ele abre a porta por conta própria, embora eu estivesse bem atrás dele, e sai rápido como um busca-pé.

— O que você quis dizer, Fred, com sim e não?

— Sim, ele bebe. E não, ele não bebe daquele jeito. — Ele fingiu cambalear e cair.

— Foi gentil da sua parte dizer isso.

— Obrigado, Sr. Frankenstein. Faço o melhor que posso.

—

Eu não tinha intenção de visitar Bysshe e Harriet enquanto meu trabalho prosseguisse. Não poderia estar mais distante do convívio social, como se tivesse passado os últimos meses na desolação gélida do Ártico. Desde que os ressuscitadores tinham feito a sua primeira visita em Limehouse, o negócio deles seguira movimentado. Precisava mais do que nunca dos serviços deles, pois estava decidido a testar o potencial elétrico de cada fibra e músculo do corpo humano. Eu descobrira que os músculos da perna eram a princípio os mais resistentes ao poder, mas que um ligeiro reposicionar da tira metálica sobre o tarso fazia maravilhas com o movimento e a flexibilidade. Os ossos e ligamentos da mão humana eram altamente sensíveis ao fluido elétrico, e descobri que um leve contato com os vários ossos que compõem o carpo desencadeava um frenesi de tremor e agitação. As artérias carótida e vertebral foram também uma fonte de muita satisfação para mim, sendo altamente delicadas e flexíveis quando carregadas. Assim, pouco a pouco eu tracei um mapa elétrico do corpo humano.

Obtive mais sucesso do que esperava com o transplante de membros. Eu acreditava que todas as emanações do corpo humano possuíam um princípio vivo inato, buscando e também manifestando a vida, obtendo energia e animação de qualquer fonte que estivesse disponível. O falecido John Hunter tinha se destacado no que ele chamava de transplante de dentes, da boca de um saudável limpador de chaminés para a mandíbula decomposta de um comerciante londrino, e não via razão para o princípio não se aplicar aos braços ou pernas. Na oficina em

Limehouse, removi dois braços do corpo de um jovem por meio da amputação cirúrgica, e então rapidamente os costurei ao torso de um espécime mais velho que, segundo Boothroyd me informara, morrera de hidropisia. Quando apliquei a carga elétrica, as mãos e os antebraços funcionaram como se estivessem em perfeita ordem, sem nenhum sinal do tremor da hidropisia; ele continuou a fechar o punho e erguer as palmas para fora por toda a duração do experimento. Quando repeti o procedimento, observei o mesmo movimento executado com um leve aumento de impulso. Fiquei curioso para ver o alcance da mudança, caso alterasse o padrão e a rapidez da descarga, e para a minha surpresa as mãos começaram a estabelecer comunicação uma com a outra — por assim dizer — através do toque da ponta dos dedos. Havia um padrão definido de movimento, tão parecido com uma linguagem de sinais que eu tive a mais estranha das sensações, a de estar recebendo uma mensagem codificada do cadáver à minha frente. Seria possível que o jovem, cujas mãos e braços tinham sido cortados, fosse versado na linguagem de sinais dos surdos?

Minhas principais preocupações eram o cérebro e o estímulo da visão, audição e fala. Eu isolara o lobo elétrico, e numa série de testes procurei traçar os caminhos de sua influência. Para meu grande deleite, logo descobri que ele afetava os nervos óptico e auditivo igualmente, e que as cordas vocais eram estimuladas carregando as cartilagens aritenoides. Eu presumira que a laringe era o agente responsável, mas estava errado. Os experimentos com a audição foram dos mais recompensadores. Quando o lobo estava em estado de alerta, disparei meu bacamarte junto à orelha direita do paciente; a cabeça sacudiu para o lado, afastando-se do ruído. Noutra ocasião, comecei a sussurrar, e a cabeça moveu-se uma fração em minha direção. Com a visão, os efeitos eram menos nítidos. Os olhos sempre se abriam num estado de excitação elétrica, mas às vezes eram tão baços no matiz que eu não conseguia detectar nenhuma evidência do raio visual. Nos pacientes que considerava os mais inteligentes, todavia, havia reações definidas a uma variedade de estímulos. Quando acendi uma vela na frente dos olhos de um cadáver, houve um movimento detectável da pupila; quando soprei a chama, a pupila dilatou-se. Noutro experimento, segurei em frente aos olhos de um espécime jovem, pouco mais do que um menino, um camundongo agitado; seus olhos ficaram fixos na criatura, da mesma maneira que os de um animal carnívoro se fixam em sua presa.

Ao longo dessas experiências notei que, nos cadáveres dos espécimes mais jovens, o falo ficava ereto com o mais ligeiro estímulo e permanecia nesse estado por toda a duração da carga elétrica. Nos corpos mais velhos isso não ocorria. Meu trabalho no falo primeiro limitou-se a um exame das três colunas de tecido erétil, mas então fui adiante numa tentativa de medir o líquido espermático. Por meio da firme pressão de meus dedos, consegui levar um corpo a um estado de ejaculação, momento que resultou em um gemido; mas não houve sinal de espermatozoides ou fluidos, e sim uma aspersão de matéria com a aparência e consistência de poeira. Talvez fosse um princípio da natureza que os mortos não pudessem propiciar nova vida. Eu não tinha certeza, mas estava decidido a continuar o experimento.

Com o passar das semanas, e o outono londrino se tornando um inverno cruel, eu estava ainda mais entusiasmado na execução e mais impaciente com as dificuldades. Estava gastando corpos em grande velocidade; alguns eu mantinha na câmara de gelo que instalara no espaço do porão da velha manufatura, enquanto outros eu descarregava no Tâmisa, com o conhecimento de que a maré cheia os levaria corrente abaixo, onde poderiam se juntar aos tantos outros cadáveres recolhidos pelos xerifes de Blackwall ou Woolwich; havia um promontório em North Woolwich conhecido como Ponta do Homem Morto, onde vários dos corpos dos afogados costumavam acabar. Muitos mais iriam achar seu caminho por etapas até o mar aberto, onde qualquer perspectiva de descoberta era obviamente abandonada. Havia uns poucos espécimes que eu colocava no poço de cal que criara entre a beira do rio e a oficina, onde a ação do solvente logo eliminava todos os vestígios de sua existência.

Se alguém me perguntasse se eu tinha quaisquer reservas quanto à natureza da minha profissão, eu responderia com uma solene negação. Eu não me considerava nas mesmas fileiras do rebanho dos projetistas comuns, nem me julgava maculado, minimamente que fosse, pela minha associação com os corpos dos mortos. Havia ocasiões em que eu sentia as agruras da solidão, é claro, sensação que era agravada por eu estar em meio a uma cidade pujante. A solidão é como o desespero: não tem remédio. A morte de Elizabeth apenas confirmara o que eu acreditava ser a minha sina no mundo. Uma tarde peguei por acaso num café um exemplar da *Monthly Magazine* e deparei-me com um poema de Bysshe. Minha atenção foi imediatamente atraída pelos versos iniciais:

Jovem de alma tumultuada e olhar transtornado!
Sua forma exaurida, seus passos apressados eu vejo
Em sua testa emaciada começa o orvalho letal
E — oh! — a angústia daquele suspiro arrepiado!

Junto havia um comentário, em tipo menor: *Sua compleição contava numa estranha e terrível linguagem de agonias que existiram, existiam e ainda continuariam a existir.* Não pude deixar de lembrar o olhar de preocupação de Bysshe quando veio a meu apartamento, mas é claro que não posso creditar a ele nenhuma habilidade profética.

Foi nesse período que comecei minhas caminhadas noturnas. Eu buscava as vias mais desertas e silenciosas, mas havia momentos em que acreditava que podia ouvir passos atrás de mim ecoando nas pedras do calçamento. Eu me assustava e olhava por sobre o ombro, esperando ver um vulto ou a sombra de um vulto; mas de fato nada via. As noites de Londres são bastante sombrias, com todas as suas vidas miseráveis amontoadas, mas, para um homem melancólico, elas são a emanação ou a reflexão de seus próprios temores. Era assim que ao menos eu as considerava. Na chuva eu via formas estranhas se movendo pelas ruas, soturnas e escuras, como se estivessem carregando fardos. Em noites enluaradas, cada som parecia ser ampliado, e um súbito grito ou risada me arrepiava. Em noites assim, também, as sombras eram mais compridas e intensas. Às vezes, eu me detinha no limiar de um pátio, ou de uma viela, e espiava a escuridão; então uma figura subitamente aparecia, ou passava de um canto a outro, e eu recuava.

Contudo, de forma curiosa, a noite se tornou o meu lar. Na luz do dia eu me descobria zonzo e fatigado; olhando as faces de desconhecidos, sentia hostilidade e ressentimento, e um desprezo só levemente disfarçado. Seria possível que isso ocorresse por eu ter maneiras de estrangeiro? Não sei dizer. Sei apenas que de noite me sentia mais livre. Eu vagava em ruas de aspecto sinistro sem o menor perigo de ser interpelado; sentia o poder da noite, também, quando a selvageria da cidade era manifesta.

Em uma noite escura, me vi na Wellclose Square, olhando a figura emaciada de um jovem vestido apenas com os trapos mais imundos. Não cogitei tocá-lo, mas me debrucei sobre ele nas pedras irregulares. Ele não estava dormindo. Abriu os olhos.

— Você me encontrou — disse ele. — Você me reconheceu pelos sinais.

— Sinais?

— Olhe para mim. — Ele abriu os trapos no peito, e pude ver que seu corpo estava coberto de vergões e pústulas de sangue; o fedor das feridas era insuportável, e eu recuei. — Sou o escolhido — anunciou — e você é o meu discípulo.

Fui embora da Wellclose Square e, com um calafrio, voltei para meu apartamento na Jermyn Street.

—

Eu estava agora com a firme determinação de criar a forma de um homem. Seria possível dizer que um novo tipo de ser poderia assim ser criado, livre das imperfeições dos viventes? Minha imaginação era vívida o bastante, contudo meus poderes de análise e aplicação eram intensos; através da união de suas qualidades eu concebi a ideia e comecei a execução da tarefa. Estava me concentrando no método de criar um ser humano sensível sem o peso da classe ou sociedade ou fé; seria a criança dos sonhos de Bysshe, por assim dizer, livre de todas as tiranias mesquinhas do preconceito que se encontram na sociedade.

Onde uma pessoa assim existia? Claro, não existia em parte alguma. Essa era a razão, e a necessidade, para a minha criação. Eu acreditava que as partes componentes de um ser humano excelente poderiam ser encontradas, reunidas e dotadas do calor vital. Eu já testara o procedimento de forma satisfatória, e tinha logrado descobrir a causa da geração e da vida. Tinha realizado muito, além de minhas expectativas mais fervorosas, quando me tornara capaz de conceder animação à matéria sem vida. O princípio da união ou coerência, para que todos os órgãos e fibras do corpo pudessem trabalhar em uníssono, era o único que faltava ser explorado. Isso eu consegui, depois de muito labor e experimento cansativos, por meio de uma certa operação no cerebelo.

Onde eu iria encontrar a forma perfeita com a qual construir? Havia aqueles na rua que, quando eu os observava, mostravam-se dignos de valor. Todavia, ainda estavam vivos, e assim fora do meu alcance. Então uma noite naquele inverno, quando chegou com a sua carga, Boothroyd anunciou que tinha um "prêmio" para mim.

— Esse vai ser um bom — avisou. — Vai estar fresco como um pêssego.

— Está aqui?

— Não. Ele ainda não morreu. — Com isso ele explodiu numa gargalhada.

Então, incitado por Lane e Miller, ele me contou a história. Havia um estudante no St. Thomas's Hospital em circunstâncias muito ruins; esse desafortunado jovem tinha descoberto em si mesmo os sintomas da consumpção pulmonar. Ele tossira sangue arterial em seu lenço, e tinha todos os sinais de estafa e debilidade que acompanham a doença. Ele sabia que estava em estágio terminal, pois seu treinamento com os médicos do Thomas's e sua prática junto aos mais pobres da região o tinham ensinado a reconhecer o progresso da doença. Ele também tinha cuidado de seu irmão em todos os estágios da tísica. Como esse jovem tinha trabalhado como assistente para os cirurgiões Encliffe e Cato, conhecia de vista os ressuscitadores; era para ele, de fato, que eles entregavam a sua carga nos fundos do hospital. Ele sabia também onde eles se reuniam, e duas semanas antes os abordara no *Fortune of War*.

— Então ele vem até nós — contou Boothroyd —, pálido como gaze. "Ah", eu digo, "lá vem..."

— Eu não quero saber o nome dele — alertei.

— Eu pergunto a ele o que faz por essas bandas, e ele se senta em meio a nós. "Tenho um negócio para vocês", ele diz. "Não um negócio perigoso."

Ele então fez uma proposta para eles. O jovem sabia que estava morrendo, e que poderia ter só mais um breve período de vida. Ele apelou aos instintos profissionais de Boothroyd e dos outros: se eles lhe pagassem vinte guinéus, ele permitiria que levassem o seu corpo no preciso instante da morte. Ele queria o dinheiro para a sua irmã mais nova, uma fabricante de brinquedos que logo ficaria só no mundo. Quanto a ele, não tinha medo de ser anatomizado; testemunhara o procedimento no teatro cirúrgico do Guy's Hospital por vezes demais para temer tal destino. Julgava que a sua carcaça valia vinte guinéus, porque ele era jovem, musculoso e bem-proporcionado, apesar dos estragos da doença. Já tinha abordado o assunto com a própria irmã, que concordara que os ressuscitadores poderiam ocupar a salinha adjacente ao quarto em que ele morreria. No momento da morte, ela iria permitir que eles entrassem e levassem o corpo do irmão. Nenhum dos dois jovens tinha ilusões quanto às piedades cristãs, tendo visto os pais e dois outros irmãos levados pela epidêmica doença nas circunstâncias mais dolorosas. "Nós não levamos Deus em consideração", o jovem dissera.

— Que idade ele tem?

— Razoavelmente jovem. Dezenove.

— E vocês dizem que ele é um belo espécime?

— Não há melhor. Ele é como um boxeador, Sr. Frankenstein. E com todos os dentes.

Naturalmente eu fiquei entusiasmado com a perspectiva de obter tal prêmio — recuperar um corpo momentos após a morte seria de um benefício incalculável, e com certeza iria acelerar a ação do fluido elétrico. Eles me disseram que o jovem morava com a irmã perto do hospital, numa habitação na Carmelite Street, que não ficava a mais do que algumas jardas de Broken Dock e do rio; iria demorar vinte minutos, com a maré favorável, para trazê-lo a Limehouse.

— Eu gostaria de vê-lo — afirmei. — Na hora em que vocês combinaram de lhe entregar o dinheiro, quero estar por perto. Então, se eu concordar, eu lhes darei os guinéus. — Eles consentiram, não sem antes barganhar uma comissão de mais dez guinéus por negociar a transação.

Eu esperei perto do *Fortune of War*. Era uma noite de chuva forte, do tipo que só Londres é capaz. Erguia-se como fumaça à minha volta, e me abriguei sob o ponto dos cocheiros logo depois do portão do St. Bartholomew. Boothroyd, Lane e Miller tinham se instalado num banco perto da janela, com vista para o portão; também tinham tomado a precaução de colocar um lampião à frente deles, para que, apesar da chuva, eu pudesse ver claramente seus rostos e gestos. Então eu percebi um jovem atravessando a praça, fechando o manto contra a chuva; ele andava com rapidez e determinação, sem qualquer sinal de fraqueza, mas se deteve antes de entrar na estalagem. Eu o vi por um momento na luz tremeluzente fora da taverna: tinha cabelos escuros encaracolados, e no instante em que vi seus olhos brilhantes e a sua boca larga percebi que aquele era Jack Keat. Ele tinha trabalhado comigo na sala de dissecção do St. Thomas's Hospital. Então ele entrou no *Fortune of War*. Eu me aproximei mais da janela, e vi com consternação que ele foi até os ressuscitadores e se juntou a eles. Ele me parecia desconfortável na companhia deles — uma circunstância que não me surpreendeu nem um pouco —, mas sorriu e disse algo para Lane. Foi quando Boothroyd olhou para mim através da janela; eu dissera a ele que estaria ali. Assenti e ergui a mão direita. Esse era o sinal combinado entre nós. Ele saiu e, sem dizer uma palavra, eu lhe passei o saco de guinéus. O que mais eu poderia ter feito? A morte iminente de Jack me perturbava e entristecia, mas, como ele mesmo me dissera, precisamos ter coragem para prosseguir em nossas pesquisas. O esclarecimento e a melhora do mundo dependiam da bravura humana. Era isso que ele dissera. Deveria eu agora abandonar as crenças dele, e as minhas, para tranquilizar minha consciência? E, no entanto, havia ainda a possibilidade — a probabilidade — de que meu tratamento elétrico o restaurasse à vida. Poderia ele viver para sorrir e rir, para andar de novo os mesmos passos rápidos? Isso não era do meu conhecimento, ou do de qualquer outro ser no mundo.

Voltei para a Jermyn Street, onde Fred me preparou a mistura de *saloop* que sempre tinha um efeito curiosamente calmante em mim. Perguntei a ele sobre os acontecimentos do dia, e ele me informou que três noivas tinham se casado com três irmãos na igreja de St. James do outro lado da rua, e que o velho que vendia pássaros na esquina caíra duro e morto. Os pássaros não tinham escapado, mas sim ficado quietos em suas pequenas gaiolas de vime.

— Nada mais — falou — aconteceu em Londres.

Fiquei contente em ouvir isso, e preparei-me para a cama num humor equilibrado; inteiramente consciente, lógico, do grande experimento que estava à minha espera. Eu não podia calcular quanto tempo o jovem ainda viveria, mas sua palidez era um sinal do progresso de sua doença.

—

Fui até Limehouse na manhã seguinte numa carruagem. Eu tomava o cuidado de contratar um coche diferente a cada dia, tanto quanto era possível, com o objetivo de evitar que me reconhecessem facilmente. As pessoas de Limehouse eu nunca via; sempre descia num armazém de tijolos vazio, construído entre o rio e uma trilha deserta que atravessava os pântanos do bairro. De lá era um trajeto rápido até a minha oficina através dos entulhos da margem, onde só as gaivotas me observavam com olhos cheios de suspeita. Havia um caminho que ia direto da oficina ao centro de Limehouse, mas, com os meses, eu o tornara intransponível e mesmo perigoso. Tinha colocado vidro quebrado, postes de madeira e variados pedaços de destroços do rio ao longo do caminho, para que nenhum cavalo ou carruagem quisesse se aventurar por ele. As barcaças de Limehouse tinham o seu próprio atracadouro mais adiante rio abaixo, e não tinham razão de abordar esta parte. Eu também pusera avisos dizendo *Propriedade Particular* nas cercas. O único meio efetivo de acesso à oficina, portanto, era pela água.

Apesar do frio do inverno, fiquei parado em meu cais de madeira, envolto em meu sobretudo. Eu adquirira o hábito de fumar cachimbo, à maneira dos londrinos, e esperava ansioso por algum vislumbre ou som dos ressuscitadores. Claro que não tinha esperança de que o trabalho deles tivesse sido tão prontamente executado — o jovem havia andado na minha frente logo na noite anterior —, mas eu estava tão ansioso por começar a minha operação que não conseguia pensar em mais nada. Tinha preparado as colunas elétricas com toda a diligência que Hayman exigira e de acordo com as suas recomendações estritas, mas então, durante minha forçada inatividade, me veio a ideia de experimentar em mim mesmo.

Um momento de reflexão teria me convencido da temeridade de meu plano; mas fui tomado por um súbito desejo de sentir o fluido elétrico da maneira mais íntima possível. Qual era a sensação quando ele atravessava as fibras e músculos do corpo, iluminando e energizando cada caminho? Eu não era tão lunático a ponto de testar todo o meu corpo, de modo que, em vez disso, coloquei uma tira metálica em meu pulso e um pequeno dedal de bronze sobre a ponta de cada um dos dedos. Escolhi um nível de corrente relativamente baixo, mas, mesmo assim, quando liguei a coluna imediatamente fui cercado pelo que só posso chamar de clarão de um relâmpago. Nunca tinha testemunhado isso enquanto observador, de modo que suspeitei que o raio só podia ser visto pelo paciente. Durou não mais do que dois ou três segundos, mas me pareceu ter um padrão de onda. Parecia uma cortina de luz sendo sacudida.

Quando a sensação passou, percebi que minha mão estava tremendo violentamente com algum impulso autônomo; queria fazer algo, e por puro instinto peguei a pena e o papel que sempre mantinha junto a meu equipamento. A mão agarrou a pena e imediatamente começou a escrever numa letra grande e floreada que não reconheci como a minha. Era a comunicação mais estranha que já recebera. *Eu não posso pensar nas coisas externas como tendo uma existência externa,* ela escreveu, *e eu comungo com tudo o que vejo como algo não separado, mas inerente à minha própria natureza. Sentir é existir.* Então minha mão descansou, apenas para logo recomeçar com o mesmo movimento floreado e enérgico. *Eu estou suspenso entre incertezas, mistérios, dúvidas, sem qualquer recurso aos fatos ou à razão.* Nesse ponto, decidi remover, com a mão livre, a tira metálica e os dedais de bronze.

Fiquei absolutamente atônito com o resultado do experimento, e nos minutos seguintes perambulei pela oficina num estado febril de agitação. De quem, ou de onde, tinham brotado aquelas palavras? Claramente elas derivavam de mim de alguma maneira obscura. Mas eu nunca as representei para mim mesmo, ou, tanto quanto soubesse, jamais sonhei em concebê-las. Que voz secreta estava se manifestando através do poder do fluido elétrico? Eu soquei a mesa ao lado de minha cadeira, e ela imediatamente se rachou em pedaços. Eu parecia ter adquirido algum novo acesso à força. Fui até a porta de madeira que separava duas das salas da oficina, e com imensa facilidade atingi e despedacei um de seus painéis. Examinei minha mão com interesse, e vi que estava perfeitamente incólume, apesar de suas ações. Testei-a contra a escada de ferro fundido que levava para o porão e percebi, no mesmo instante, que tinha um poder imenso. O fluido elétrico tinha aumentado incomensuravelmente a sua força, de um modo tal que eu era capaz de dobrar em meu punho um pedaço do ferro. A minha outra mão mantivera a sua força normal.

— Eu preciso me assegurar — falei em voz alta — de que não aperte a mão de ninguém.

Esse era um novo poder de consequências inexprimíveis. Se eu tivesse eletrificado todo o meu corpo, eu teria sido ressuscitado como um ser de vasta força. E o que aconteceria com o jovem que logo entraria na oficina? Ficaria ele também dotado de uma força sobrenatural?

Foi com algum alívio, admito, que minha mão gradualmente reverteu a seu estado de força normal; mas não sem uma sensação dolorosa de cãibra que durou vários minutos e me causou um sofrimento agoniado. Eu não podia nem dobrá-la nem esticá-la, mas apoiei-a sobre a mesa até acabar a transição. Por fim, a dor passou. Testei meus dedos e a palma da mão, e os descobri receptivos aos estímulos comuns sem aumento de força. Eu não queria infligir dor nenhuma a meu paciente, é claro, mas me reconfortei com o conhecimento de que ela não seria de longa duração. E, com certeza, os mortos reagiriam de maneira diferente do que os vivos, não?

Uma semana depois desse experimento, eu tinha saído ao cais para contemplar os efeitos de uma tempestade em Londres; era um conto de inverno, de fato, com grandes trovoadas ecoando pelos desfiladeiros e cavernas das ruas, enquanto os relâmpagos fulguravam nos campanários das igrejas e no domo da St. Paul's. O espetáculo do terrível e majestoso na natureza sempre teve o efeito de tornar solene a minha mente, especialmente quando ocorria como ali, tão misturado às habitações dos homens. Tudo então torna-se uma só vida. Meu devaneio foi interrompido pelo aparecimento de um barco pequeno se aproximando do cais; as ondas fortes e a maré que baixava pareciam jogá-lo de um lado para o outro na água, e eu temi pela segurança de seu solitário ocupante. Mas ele parecia ser um barqueiro habilidoso, e, quando chegou mais perto da margem, vi que era Lane.

— Você veio numa noite horrível — comentei enquanto o ajudava a amarrar a corda no mourão.

— Nunca vi uma noite como esta. Boothroyd me enviou.
— Fiquei com a impressão de que as ordens de Boothroyd deviam ser respeitadas.

— O que aconteceu?

— Nada aconteceu. O menino está indo rápido. Será amanhã ou amanhã à noite. Esteja preparado para o seu corpo.

Ele me pediu um frasco de conhaque, o que eu lhe dei sem hesitar, e ele bebeu metade dele antes de se aventurar mais uma vez pelo Tâmisa. O fulgor do raio pareceu acompanhá-lo na água, e seu vulto logo se perdeu de vista no véu de chuva.

Fiquei profundamente interessado na notícia do declínio de Jack. Ele chegaria a mim uma hora depois da morte, tão fresco como se tivesse adormecido, e eu seria capaz de restaurar seu calor e movimento natural. Eu iria despertá-lo. Eu não tinha pensado além do primeiro momento da ressurreição, mas então minha imaginação começou a conjurar visões de seu contentamento e gratidão por ter sido restaurado à vida. Eu me ocupei na oficina, preparando tudo para o momento solene da descarga elétrica. Devo ter saído para o cais mil vezes, enfrentando o vento e a chuva, para procurar os ressuscitadores e a sua carga. Esperei a noite toda — dormir estava fora de cogitação para mim —, e, quando veio a aurora, a chuva passara. Tudo estava calmo e quieto. Mais uma vez eu podia ouvir o Tâmisa lambendo os pilares de madeira de meu cais. Então ouvi outro som — o som de remos na água. Eu pulei de minha cadeira e corri para fora, onde vi Boothroyd e Miller remando velozmente para a margem. Lane estava na proa com a corda de atracação nas mãos, e havia outra pessoa deitada no barco. Era ele. Eles não o tinham colocado num saco, mas o deitado cuidadosamente na popa; um dos braços estava pendurado do lado, sua mão na água.

Eu não conseguia tirar os olhos daquele corpo enquanto Lane amarrava o barco. Boothroyd e Miller saltaram, e então se ajoelharam para trazê-lo para o cais.

— Tomem cuidado — murmurei. — Pelo bem dele.

— Morto faz apenas uma hora — anunciou Boothroyd. — Está sendo servido bem fresquinho.

Eles carregaram o corpo para a oficina e o deitaram sobre a longa mesa de madeira que eu preparara. Boothroyd olhou para ele com certa satisfação, como se ele mesmo o tivesse despachado.

— É o serviço mais perfeito que já fiz — gabou-se.

Paguei a eles dez guinéus, como tinham solicitado, e eles voltaram para o barco. Pude ouvi-los rindo quando partiram remando pela água.

Onze

Era o cadáver mais belo que eu já vira. Parecia que a cor não abandonara as maçãs do rosto, e a boca estava curvada, dando a impressão de um sorriso. Não havia expressão de tristeza ou horror na face, mas, ao contrário, uma de sublime resignação. O corpo em si era musculoso e firmemente construído; a tísica tinha removido qualquer traço de gordura desnecessária, e o peito, abdômen e coxas eram perfeitamente formados. As pernas eram belas e musculosas; os braços, dos mais elegantemente proporcionados. O cabelo era cheio e grosso, encaracolando-se atrás e dos lados, e percebi que havia uma pequena cicatriz sobre a sobrancelha esquerda. Foi o único defeito que pude encontrar.

Não havia tempo a perder; talvez eu pudesse ainda capturar o espírito esvoaçante, muito atônito ou confuso para já ter deixado o corpo. Coloquei as faixas de metal em volta da cabeça e uma tira na testa antes de começar o procedimento de cobrir os maiores nervos e órgãos com os pontos elétricos. Os pulsos, tornozelos e o pescoço também foram envoltos em pulseiras de bronze, porque eu julgava que o fluido elétrico nesses pontos impulsionaria a circulação do sangue. O corpo estava macio ao toque, e apressei o meu trabalho para garantir que a rigidez da morte não interviesse. Tive até mesmo certo prazer arrumando-o sobre a mesa, como se eu fosse um escultor ou pintor completando a minha obra. Eu pretendia usar as duas colunas elétricas, para assegurar que a maior carga possível estivesse disponível, mas tomei a precaução de alimentá-las com várias baterias, de modo que fosse possível baixar a força num momento de perigo.

Com as mãos trêmulas, acionei as duas colunas e fiquei observando, com fascínio e empolgação, o fluido elétrico invadir o jovem corpo. Houve uma leve agitação, e, para o meu alarme, sangue vermelho-escuro escorreu de seu nariz e orelhas; no entanto, eu garanti a mim mesmo que aquele era um excelente sinal de movimento arterial. Se o sangue estivesse circulando pelo corpo, então um primeiro estágio teria sido cumprido. Eis que o coração começou a bater muito rápido e, quando coloquei a mão no peito dele, havia uma clara sensação de calor. Para o meu horror, senti o cheiro de algo queimando. Havia fumaça vindo de seus membros inferiores, e eu vi no mesmo instante que as solas dos pés estavam ficando horrivelmente cobertas de bolhas. Fiquei tentado a baixar a corrente imediatamente, mas então a crise passou; a fumaça desapareceu, junto com o cheiro de queimado. Julguei que esse súbito calor era o efeito do relâmpago que observara em volta de mim mesmo, no experimento anterior e que tinha passado em alguns segundos. Os dentes começaram a bater com tal violência que fiquei com medo de que ele mordesse a língua; coloquei uma espátula de madeira entre os lábios abertos. Nesse momento, percebi que seu pênis tinha ficado ereto, com uma pequena gota de líquido seminal na ponta; então, *mirabile dictu*, lágrimas começaram a correr em sua face. Eu não podia acreditar que ele chorara. Só podia suspeitar que era alguma reação orgânica ou instintiva às mudanças ocorrendo em seu corpo. Os dutos lacrimais são notoriamente suscetíveis.

O que ocorreu nos minutos seguintes deixou uma imagem tão profunda e aterrorizante em minha imaginação que nunca consegui esquecer, noite e dia; assombra o meu sono, bem como as minhas horas acordado, com um horror que mal é possível suportar. Eu notei primeiro a alteração em seu cabelo; de preto brilhante ele mudou, aos poucos, para um amarelo pavoroso, e de seu estado encaracolado passou para uma forma escorrida e sem vida.

Há um medo dos mortos voltando à vida, mas isso foi mais assustador; num só momento o corpo à minha frente tinha passado por todos os estágios de decomposição antes de ser resgatado e restaurado à vida. Sua pele pareceu se arrepiar, com um movimento como o de ondas. Mas então ele ficou imóvel. Agora, sua aparência era muito similar à do vime. Seus olhos tinham se aberto, mas onde antes tinham sido de um matiz azul-esverdeado, eram agora cinzentos. O corpo propriamente dito não tinha sido deformado de forma alguma; estava tão compacto e musculoso quanto antes, mas com uma textura diferente. Parecia ter sido assado. Seu rosto ainda tinha os vestígios da beleza, mas agora mudara completamente de cor, com o curioso padrão de vime trabalhado que eu já notara. Isso tudo foi obra de um instante.

Dei um passo para trás com horror, e os olhos dele me seguiram.

Não pude resistir à estranheza do olhar dele, e ficamos um encarando o outro. Eu estava observando alguém que tinha ido além da morte e então retornado, mas o que ele imaginava que eu era? Eu não podia ver nada nos olhos dele a não ser a escuridão de onde viera. Seus lábios se abriram, e então veio dele a mais estranha sequência de sons que eu já ouvira: era como uma cascata de tons e notas, mas extremamente discordantes e repulsivos. Eram os sons das profundezas, sons que deviam estar abafados ou sufocados, mas para o meu aturdimento me dei conta de que ele estava tentando cantar. Ele estava cantando para mim, enquanto continuava a me encarar, e eu estava tão assombrado com ele que não conseguia me mexer. Aquilo não era mais Jack. Aquilo era alguma outra coisa.

Não sei quanto tempo fiquei ali parado, mas, por fim, ele foi tomado por alguma espécie de convulsão ou inquietude e começou a se levantar da mesa. Com um esforço não maior do que o necessário para quebrar um graveto, ele arrancou as faixas que prendiam seu pescoço, pulsos e tornozelos, sentando-se enfim.

Olhou a oficina em volta como um animal examinaria a sua jaula, e então, mais uma vez, voltou-se para mim. Ele sorriu, se é que se poderia chamar aquilo de sorriso; os lábios enegrecidos se abriram numa expressão assustadora, indo de uma orelha a outra. Pude ver um conjunto de dentes muito brancos brilhando, ainda mais espantosos em sua boca descolorida.

Recuei alguns passos e me vi contra a parede da oficina onde mantinha meus frascos e retortas de vidro para uso experimental. Por um momento ele pareceu perder interesse em mim. Percebeu o seu pênis ainda ereto e, com um gemido, começou a se estimular na minha frente. Eu continuei olhando em total assombro enquanto ele se esforçava para produzir o líquido seminal. Que produto monstruoso poderia emergir de alguém que morrera e então renascera? Os seus esforços mais dedicados foram inúteis, todavia, e ele voltou-se para mim com um olhar curiosamente submisso ou mesmo embaraçado. Será que ele me considerava o seu protetor, seu guardião ou criador? Teria ele pecado como Adão no Jardim?

Ele deu alguns passos, e notei que seus movimentos eram leves e vigorosos. Vi que ele estava prestes a vir em minha direção, e, em meu temor, estendi as duas mãos em súplica.

— Não! — gritei. — Não chegue mais perto, por favor! — Ele hesitou. Eu não tinha certeza se ele ainda compreendia a fala humana, ou se foram minha voz e gestos estridentes que o detiveram.

Ele ficou parado no meio da sala, um tanto incerto, e moveu a cabeça de um lado para outro, como que testando os músculos do pescoço. Pôs as mãos no rosto, e pareceu perplexo com a textura de sua pele; examinou as mãos muito cuidadosamente, e parecia não reconhecê-las como sendo suas. De novo ele olhou para mim, agora com um ar astuto, quase ardiloso; de novo eu estendi as mãos para dissuadi-lo.

Para meu enorme alívio, ele se virou e começou a andar para a porta que levava ao atracadouro, erguendo o rosto como se sentisse o rio ali perto. Ele não abriu a porta; arrombou-a, derrubando-a com um golpe do braço direito. Pareceu se deliciar com os cheiros da noite e do rio, o alcatrão, a fumaça e a sujeira que se acumulam nas margens. Observou a paisagem dos dois lados do rio, e então pareceu olhar avidamente corrente abaixo, na direção do mar. Ergueu os braços sobre a cabeça, num gesto de celebração ou súplica, e mergulhou na água. Ele era capaz de nadar com uma velocidade extraordinária, e em alguns momentos ficava fora do alcance de minha visão.

Minha primeira sensação foi de alívio, de que a minha obra odiosa me deixara, mas logo foi seguida por um medo e um horror tão intensos que mal pude me manter de pé. Eu não conseguia me forçar a permanecer em minha oficina, o local daquele terrível renascimento, e cambaleei pela margem até chegar em Limehouse Stairs. Não era um lugar para se visitar de noite, mas eu perdera toda a noção de perigo físico. Qualquer ameaça humana não seria mais atemorizante do que o horror pelo qual eu estava tomado. Sentei nos degraus molhados, cabeça baixa, vendo nada à minha frente a não ser trevas. Alimentei a esperança de que o ser abominável desapareceria para sempre — poderia até ter se perdido no mar, se esse era de fato o seu destino. Talvez fosse possível que ele não tivesse memória de sua origem, e nunca mais voltasse para Limehouse ou Londres em busca do mistério de sua existência. Mesmo assim, eu criara um ser que poderia se tornar um terror para o mundo, grosseiro e dotado de força sobrenatural. Um rato passou correndo ao meu lado e pulou na água. Ou talvez fosse possível que ele rapidamente perdesse a sua força, como acontecera com a minha mão, voltando a uma situação de incapacidade e fraqueza? Nesse caso, ele iria ser de fato uma criatura miserável, mas nada que instilasse medo ou pânico. No entanto, que tipo de ser ele era? Teria ele noção de que possuía uma existência humana? Teria ele até mesmo alguma consciência?

Eu me levantei, e fui da escadaria para a igreja de St. Laurence pela Causeway. Nunca antes sentira uma necessidade tão grande de consolo e conforto, de qualquer fonte que viesse, e subi os degraus desgastados até a grande porta. Não consegui me forçar a transpor a soleira. Eu me tornara uma coisa amaldiçoada, assumira uma posição fora do alcance da criação de Deus. Eu usurpara o próprio Criador. Aquele não era um lugar para mim. Foi então, creio, que a febre se apossou de mim. Não me lembro para onde vagueei, mas estava em meio a uma névoa de medos e alucinações. Tenho a lembrança de ter entrado num pub, e de me servirem gim e outras bebidas até eu perder a consciência. Devo ter sido roubado e largado na rua, porque acordei num beco fedorento. Mas, ainda assim, continuei a errar. Por alguns momentos devo ter achado que voltara a minha Genebra natal, pois falei algumas palavras em francês e alemão. Fui fustigado então pela multidão ao longo da via principal, e lembro que meu corpo estava ensopado de suor e ardendo em febre. Começou a chover, e eu me esgueirei para uma travessa onde os beirais dos telhados podiam me proteger. Nunca antes estivera tão infeliz — eu, que sonhara com o renome, era agora não mais do que um vagabundo nas ruas dos homens. Ouvi um som repentino atrás de mim, e um gato miou. Voltei-me, horrorizado, tomado pelo terror de que *ele* poderia estar me perseguindo; fugi para a avenida e, juntando-me ao fluxo contínuo de gente sem pensar ou escolher direção, acabei chegando aos bairros centrais de Londres. Eu estivera chorando — por quanto tempo, não sabia —, e uma vendedora de pães de mel me deu um pano vermelho quando me apoiei na parede atrás da banca dela.

— Você sabe o que está fazendo? — perguntou.

— Eu preciso continuar.

Eu queria perguntar a ela o caminho para a minha casa, mas naquele momento não conseguia lembrar o nome da rua. Não conseguia lembrar de nada. Ela me deu um dos seus bolos; minha boca estava muito seca e inflamada para que eu pudesse engoli-lo, e o cuspi antes de continuar. Algum instinto, comum a todo ser vivo, me levou para casa. Descobri-me em Piccadilly, e cambaleei e caí contra um poste, mas então quem me ajudou a levantar se não Fred?

— O que aconteceu, Sr. Frankenstein?

— Eu não sei. Eu não sei o que aconteceu comigo.

— O senhor levou uma surra, levou sim.

— Levei?

— O senhor sabe quem foi?

— Fui eu.

Ele me levou por Piccadilly até dobrarmos a esquina na Jermyn Street. Eu reconheci a vizinhança, mas então entrei em delírio de novo, e Fred me explicou depois que fiquei murmurando palavras e frases para mim mesmo que ele não conseguiu entender. Ele me lavou, me pôs na cama e chamou sua mãe. A Sra. Shoeberry cuidou de mim durante todo o tempo de minha febre; descobri depois que ela empilhou lençóis e cobertores sobre mim "para forçá-la a sair", conforme explicou. Todas as janelas e portas de meu quarto foram fechadas, e o fogo ficou perpetuamente aceso na lareira. Ainda me pergunto como ela não me sufocou até a morte. Minha primeira recordação é ela sentada ao meu lado, com um bordado no colo.

— Ah, aí está o senhor de volta, Sr. Frankenstein. Fico mesmo muito contente de vê-lo.

— Obrigado.

— Suponho que o senhor vá querer uma cervejinha, não?

— Minha garganta.

— Deve estar seca, senhor. Esteve um calor sufocante aqui dentro. Foi uma coisa feroz. Fred, traga uma cerveja.

— *Saloop* — eu disse debilmente. Mal reconhecia onde estava, e tinha uma vaga noção da velha como alguém que conhecera no passado.

— Fred vai prepará-lo forte — falou. — Ele é um bom menino.

Então eu vi Fred parado ao pé da cama, sorrindo para mim e pulando de um pé para outro em sua emoção. Repentinamente, a memória de minha situação voltou a mim.

— Eu sabia que o senhor estava melhorando — comemorou — quando aceitou beber um pouco da água que lhe dei. — Eu não tinha lembrança disso. — Antes disso, o senhor estava delirando.

— Delirando? O que eu estava dizendo?

— Não se preocupe nem um pouco com isso — respondeu a Sra. Shoeberry no lugar dele. — Era um monte de bobagens, Sr. Frankenstein. Fred, traga logo esse *saloop*.

— Mas que tipo de bobagens?

— Diabos, demônios e coisas assim. Eu não prestei atenção. — Esperei não ter dito mais do que devia, e cuidei de manter em mente que deveria questionar Fred quanto ao assunto depois. Ele me trouxe uma tigela de *saloop*, e eu a bebi avidamente.

— Quanto tempo faz que estou de cama?

— Um pouco mais de uma semana — respondeu ela. — As crianças têm lavado as roupas. O senhor gostaria de torradas, Sr. Frankenstein? — Eu balancei a cabeça. Sentia-me muito fraco para comer. Todavia, durante aquele dia e a semana seguinte, recuperei as minhas forças. Quando a Sra. Shoeberry partiu, bastante satisfeita com o seu pagamento de sete guinéus, eu questionei Fred quanto a meus delírios.

— Havia uma música que o senhor cantou — disse ele.

— Uma canção montanhesca?

— Não saberia dizer, Sr. Frankenstein. Mas não tinha montanhas nela. — E então ele ficou de pé bem imóvel, os braços ao longo do corpo, e recitou:

Como quem, numa estrada erma,
Tem de andar com medo e pesar,
E tendo uma vez se voltado, segue
Adiante sem mais a cabeça virar:
Porque ele sabe, um inimigo terrível
Há de no seu encalço perseverar.

Soou ainda mais horrível vindo da boca de um menino inocente. Reconheci os versos no mesmo instante, já que vinham de um dos poemas do Sr. Coleridge, mas eu não lembrava de ter ficado particularmente impressionado com eles quando os li. Eles deviam ter estado no ar à minha volta, enquanto eu jazia com febre.

Pude enfim me banhar e me vestir por conta própria na manhã seguinte. Um único assunto, é claro, me oprimia e assombrava como um desespero gigantesco. Meu repouso forçado tinha me deixado inquieto e agitado; não conseguia ficar parado. Chamei um coche na Jermyn Street, e fui levado para Limehouse, onde saltei dele e praticamente corri pelo caminho até a minha oficina. Assim que me aproximei, soube que ele retornara: a porta que dava para o rio tinha sido despedaçada pelo enorme golpe que ele desferira quando, pela primeira vez, obteve sua liberdade; mas agora parte da parede de tijolos ao lado dela tinha sido demolida, e havia pedaços de vidro quebrado no caminho enlameado que levava até o atracadouro. Diminuí o passo, e meu impulso imediato foi fugir ou, ao menos, me esconder. Mas alguma sensação mais grave — de responsabilidade, de submissão, não sei discernir — se apossou de mim. Prossegui até a oficina e entrei pelo buraco que ele abrira. O lugar estava destroçado na mais completa desordem: as grandes colunas elétricas tinham sido derrubadas e jaziam despedaçadas no chão, e meu maquinário experimental tinha sido sistematicamente destruído. Minhas notas e meus papéis, bem como algumas notas fiscais do equipamento elétrico, tinham sido removidas de minha escrivaninha; o manto e o chapéu que eu deixara para trás naquela noite terrível também tinham desaparecido. Ele tinha cometido alguma espécie de ato de vingança, e então abandonara a cena de seu renascimento.

Eu me vi num estado de indecisão temerosa. Os registros de todas as minhas experiências tinham sido levados por ele, e o equipamento tinha sido destruído pelas suas mãos, mas que possível uso poderia aquilo tudo ainda ter agora? Meu trabalho tinha chegado ao fim — ou, mais que isso, tinha sido usurpado pela emergência de um ser vivo. Não havia mais nada a fazer. Decidi então partir da oficina, para jamais voltar. Fiquei satisfeito ao imaginá-la tornando-se uma ruína, o lar de animais e pássaros marinhos, em vez da possibilidade de quaisquer novas habitações sendo construídas naquele local amaldiçoado. Seria para mim um lugar de pesarosa e eterna lembrança.

Voltei a pé pelas ruas, as mais e menos familiares, com a apreensão de que ele de fato "em meu encalço perseverava"; houve momentos em que me assustei com a minha própria sombra, e olhei para trás com pavor em várias ocasiões. Com frequência havia o eco de um passo nos becos e ao longo das ruas mais silenciosas, e de novo eu olharia em volta com medo. Por fim, cheguei à Jermyn Street, e a expressão na face de Fred foi o suficiente para me dizer que eu tinha passado por uma ansiedade enorme.

— O senhor parece que foi tocado pelo demo — comentou.

— Não. Tocado não.

— O cavalheiro veio ver o senhor.

— Cavalheiro? Que cavalheiro? — Por um momento eu julguei que ele estava se referindo à criatura.

Fred pareceu genuinamente alarmado com a minha resposta.

— Não precisa se transtornar, senhor. Foi só ele.

Ele me entregou um cartão em que Bysshe rabiscara um recado dizendo que ele e Harriet pretendiam me visitar cedo naquela noite: *Temos algo, ou alguém, para lhe mostrar.*

Eu me preparei para a visita deles o melhor que pude. Tomei uma colher de láudano para me acalmar, tomando ciência dos méritos desse preparo graças à Sra. Shoeberry, que, ao que parecia, o administrara generosamente a mim durante a minha convalescença.

— Não há nada como ele — afirmara ela, pouco antes de ir embora. — É mais seguro que a bebida, e acalma mais a alma.

De fato, percebi que era um paliativo para os nervos transtornados, e tinha recuperado certo grau de compostura quando Fred me anunciou a chegada de Bysshe e Harriet. Eu não via Harriet desde os dias antes da fuga para os Lagos, e ela parecia muito beneficiada pelo casamento. Demonstrava maior vitalidade e segurança do que eu lembrava, auxiliada sem dúvida pelo bebê que carregava nos braços.

— Esta é Eliza — anunciou. — Eliza Ianthe.

— Não a primeira de minhas produções, Victor, mas a melhor delas.

Havia uma diferença tão vasta entre a criação de Bysshe e a minha que fiquei com vontade de chorar. Uma jovem mulher os seguiu pela escada, à qual não fui apresentado; imaginei que fosse a ama de leite, e de fato Harriet lhe entregou o bebê depois de alguns momentos de carinho.

— Você está diferente — comentou Harriet depois que os levei à sala de estar. — Ficou mais sério. Não é mais um jovem.

— Passei por muita coisa desde a última vez que nos vimos.

— É?

— Mas nada de grande consequência. Conte-me, Bysshe, quais são as novidades?

— O registro de sempre de crimes e misérias. Você não lê o que sai na imprensa? — Eu balancei a cabeça. — Então você nada sabe dos ultrajes.

— Vivo uma existência isolada.

— Estamos anunciando uma coleta de fundos para as famílias dos luditas. — Devo ter parecido perplexo. — Você precisa começar a viver no mundo, Victor. Quatorze luditas foram executados em York na semana passada. Pelo crime de querer um emprego.

Ele prosseguiu então em investidas contra o respeito indevido que os homens dão à propriedade, e começou a usar a história da Grécia em defesa de seu argumento. Harriet e a ama de leite sentaram-se trocando comentários sobre o bebê. O solilóquio dele lembrou-me de nossas noites em Oxford, e fiquei curiosamente reconfortado com isso.

— De modo que Harriet não é minha propriedade — continuou a me informar. — Eliza não é minha propriedade. O amor é livre. A sua própria essência é a liberdade, em nada compatível com obediência, ciúme ou medo.

— Tenho certeza de que a sua esposa ficará satisfeita em saber disso.

— Harriet me compreende perfeitamente bem. Estamos em unidade. Não. Somos uma trindade agora. O bebê é o nosso salvador.

Ele prosseguiu na mesma veia fantasiosa um pouco mais, mas os eventos do dia logo começaram a me deixar cansado. Com sua empatia imediata, ele percebeu que eu não estava mais num estado de ânimo adequado para desfrutar de sua companhia, e levantou-se para partir de bom grado.

— Victor precisa descansar — disse ele a Harriet. — Seu espírito precisa de repouso.

— Vocês não vão ficar para jantar?

— Não. A sua necessidade é maior. A sua aparência é a de que todas as preocupações do mundo desabaram sobre você.

— Eu não dormi. É só isso.

— Então durma. O sono é um bálsamo para o infortúnio.

Eles se despediram, com muitas declarações de amizade, e eu os observei saindo da Jermyn Street em busca de uma carruagem. A multidão logo os cercou, e, naquele fim de tarde luminoso, senti uma curiosa ansiedade, ou medo, quanto a eles. Foi uma sensação momentânea, mas me deixou ainda mais miserável do que antes. Pelo resto do fim da tarde, e da noite, fiquei andando pela cidade. Não sei como passei os dias que se seguiram.

Doze

Era uma manhã em novembro. A luz da aurora infiltrava-se por uma abertura nas venezianas, e eu podia discernir a silhueta de minha camisa e paletó que Fred dobrara. Na meia-luz, pareciam curiosamente vivos, como se estivessem esperando ansiosamente que eu acordasse. Cochilei de novo por alguns minutos, num prazeroso estado de inconsciência, antes de ser despertado pelo som de cavalos lá fora na rua. Levantei-me da cama e abri as cortinas. Foi quando o vi, parado na esquina e olhando fixamente para a minha janela. Todavia, a princípio eu não o vira. Ele parecia ser parte da fachada de madeira ali, madeira sobre madeira, até dar um passo à frente. Estava usando o meu manto e o meu chapéu de abas largas, mas não duvidei de quem era nem por um momento; a face era branca, parecendo amassada e enrugada como uma folha de papel, com os mesmos olhos ausentes com que ele me encarara da mesa em minha oficina. Ele devia ter achado o meu endereço nas notas fiscais que furtara, e agora tinha me localizado. Manteve-se bastante imóvel, e não fez nenhuma tentativa de chamar a minha atenção; simplesmente olhava para cima sem expressão. E então, bem repentinamente, virou-se e foi embora.

Fiquei num estado de assombro e temor inexprimíveis. Corri para a cozinha, onde Fred estava fritando uma costeleta de vitela para o meu café da manhã.

— Pare imediatamente o que está fazendo — ordenei — e vá embora.

Ele me olhou com incredulidade.

— Você não fez nada de errado, Fred. Tome esse dinheiro para você se manter. Eu preciso partir. Eu preciso partir imediatamente.

— O senhor ainda está sonhando, Sr. Frankenstein.

— Não se trata de sonho, Fred. Trata-se da realidade. Tenho que sair desta casa o quanto antes. Um destino terrível a ameaça.

A minha impaciência e ansiedade pareceram contagiá-lo. Ele correu para o quarto de dormir e começou a fazer as minhas malas, mesmo eu não tendo a menor noção de para onde ia.

Em pouquíssimo tempo eu estava pronto para partir. Dei a Fred um molho de chaves, com instruções estritas para trancar todas as portas e janela.

— Se não estiver aqui como um cão de guarda, é porque estou com a minha mãe — avisou. — Em Short's Rents.

— Eu lhe dei dinheiro suficiente para você se sustentar?

— O senhor foi muito generoso. Quando pretende estar de volta?

— Não tenho certeza. Eu não sei.

Quando saí para a rua, olhei com medo de um lado para outro, para o caso de ele ter retornado; mas não havia nenhum sinal dele. Ainda não tinha noção de para onde iria, mas então a viagem recente de Bysshe me veio à cabeça. Ele me dissera que a diligência para o norte partia do Angel em Islington, e num instinto súbito e peremptório foi para lá que me dirigi. Por uma sorte extrema a diligência tinha sido atrasada por uma colisão que bloqueara a Essex Road, e consegui comprar uma passagem que me levaria — se eu quisesse — até Carlisle. Fiquei satisfeito de colocar tantos quilômetros quanto pudesse entre mim e Londres.

Devo ter sido uma estranha companhia de viagem, pois permaneci em silêncio numa espécie de estupor por toda a jornada; nós descansamos e trocamos de cavalos em Matlock, e tentei dormir numa poltrona na sala da estalagem lá. Mas não conseguia descansar. Na minha mente estava sempre a imagem dele, envolto em meu manto escuro, seus olhos ausentes observando fixamente a minha janela. Desembarquei em Kendal e peguei uma diligência local para Keswick, a que Bysshe uma vez se referira; durante o caminho a paisagem pareceu de fato bela, embora eu dificilmente estivesse num estado de ânimo para contemplar as suas belezas. O grande lago lembrou-me o de Genebra, e as montanhas eram como um pequeno suvenir daquelas em torno de minha cidade natal. Eu estava quase que esperando o sino da grande catedral soar do outro lado da água. Percebi tudo isso num vislumbre, enquanto meus pensamentos ansiosos mantinham-se noutra parte. Como poderia algum dia me livrar desse demônio, desse íncubo que me assombrava?

Fui encaminhado a uma pequena estalagem que acomodava viajantes, onde passei a noite. Dormi apenas irregularmente, acordado por uma tempestade que descera das montanhas e pela agitação de minha própria mente inquieta, mas passei o meu primeiro dia tentando me cansar, caminhando nas trilhas mais íngremes. Estar livre — viver entre as montanhas — agora me parecia o auge de qualquer esforço meu. Considerei retornar a minha terra natal e lá levar uma vida de prazeroso abandono do mundo.

Voltei à estalagem naquela noite, cansado e precisando dormir. Comi a refeição que a esposa do estalajadeiro pôs na minha frente, e bebi quantidades copiosas de cerveja de Cumberland temperada com vinho do Porto e pimenta. Mas ainda assim eu não conseguia descansar. Cochilava de leve, meu sono interrompido por clarões de relâmpagos nos quais vislumbrava a forma e o vulto da criatura. Acordei de madrugada, e caminhei até a beira do lago; o jardim da estalagem descia até chegar à margem, onde parei para contemplar uma cena de tranquilidade e silêncio. Havia uma ilha quase no meio do lago, já em parte iluminada pelos raios do sol nascendo, enquanto a paisagem de colinas e montanhas atrás dela ainda estava à sombra. Névoa levantava-se da água e dançava sobre a sua superfície; curiosamente, também havia congregações de vapores delicados que pareciam pairar sobre a água no padrão de um vórtice ou redemoinho.

Um pequeno barco emergiu do outro lado da ilha, um pontinho na névoa que me cercava, mas ele foi continuamente ficando maior. Os pescadores acordavam cedo ali. Quando a embarcação chegou mais perto da margem, pude discernir um homem de pé na proa, uma figura escura em silhueta contra a água e a névoa. Quando ele chegou ainda mais perto, pude ver que seus braços estavam erguidos sobre a cabeça, e que ele parecia estar acenando para mim. Era possível que ele estivesse com problemas, e acenei de volta para tranquilizá-lo. Então, para o meu extremo horror e espanto, percebi quem estava no barco e me saudava. A criatura continuou a aproximar-se, e pude ver os lúridos cabelos amarelos e os ausentes olhos cinzentos. Foi quando ele estendeu os braços: suas mãos estavam cobertas de sangue.

Virei-me e saí correndo em direção à estalagem, tropeçando na raiz de uma árvore em minha pressa; ao me levantar, olhei para atrás amedrontado. O barco e seu ocupante tinham partido. Deviam ter sido encobertos pela névoa que agora avançava pela margem. Ainda assim, apressei-me a voltar para a estalagem, e, embora soubesse que nada poderia mantê-lo fora, tranquei a porta de meu quarto. Essa visita era a prova de algum evento terrível, eu tinha certeza disso. Suas mãos ensanguentadas eram a evidência de algum crime perpetrado em vingança. Fui até a minha janela, com vista para o jardim e o lago, mas ele não estava mais à vista. Meu primeiro impulso foi fugir, mas então reconsiderei. Não podia passar o resto da vida numa fuga eterna de meu perseguidor; até a sina de Caim era menos terrível do que essa.

Decidi voltar a Londres, e lá verificar que crime ele poderia ter cometido. Eu estava de certa forma curioso quanto à natureza dos feitos dele, já que assim ele poderia ter demonstrado algo de seu temperamento vil; eu teria como descobrir em primeira mão a natureza daquilo que criara. Mas esses eram pensamentos fugidios, que não deviam ser expressos nem a mim mesmo de uma forma definida. Ainda estava muito imerso no redemoinho do temor e maus presságios.

Descobri que a próxima carruagem para Londres partia de Kendal na manhã seguinte; assim, passei o resto do dia em meu quarto, vigiando continuamente o lago para ver se ele faria outra aparição. Não houve nada. Eu suspeitava — sabia — que ele iria me seguir de volta a Londres, do mesmo modo que me localizara neste lugar isolado. Como ele viajara, eu não fazia a menor ideia, mas achava que ele ainda possuía algo de sua força sobrenatural. Minha apreensão aumentou quando, na manhã seguinte, embarquei na diligência e comecei a jornada para o sul.

—

QUANDO ENFIM COMECEI A SENTIR o cheiro de Londres, entre os campos e as hortas de sua periferia, meu medo chegou a um grau alarmante. Era como se estivesse sentindo o cheiro *dele*. Chegamos via Highgate e, da colina, pude ver a grande imensidão fervendo e soltando fumaça à minha frente. Se eu descesse mais uma vez em suas ruas, suas entranhas, algum dia ficaria livre de novo? O ruído abusivo era como o de um vasto rebanho de animais; entre eles, também, eu sabia que logo ele se abrigaria.

Do Angel peguei uma carruagem para a Jermyn Street. Aproximei-me da casa com algum receio, já que em minha imaginação eu o vira incendiando-a ou infligindo algum dano nela. Mas lá estava, tão casta quanto antes, fechada e trancada na rua tranquila. Peguei minhas chaves e entrei. Enquanto subia as escadas, ouvi um som débil. Então, ao subir mais, me dei conta de que havia alguém sussurrando em meus aposentos lá em cima. Eu podia ouvir uma voz, baixa, pausada. Então houve um movimento súbito, assustando-me por um instante, e no alto da escada apareceram Bysshe e Fred.

— Graças a Deus que você está aqui, Victor! — A voz perturbada de Bysshe despertou todos os meus próprios medos.

— O que foi? O que foi que aconteceu?

— Harriet foi assassinada.

Eu oscilei na escada, e agarrei o corrimão para me segurar.

— Eu não...

— Ela foi achada no Serpentine. Brutalmente estrangulada.

— Eu o encontrei na rua, Sr. Frankenstein — contou-me Fred. — Ele implorou por um local onde pudesse ter privacidade.

Eu mal o ouvi.

— Quando isso aconteceu?

— Quatro noites atrás. — O que significava que eu vira a criatura, parada na esquina, na manhã seguinte ao seu crime. — E há coisa pior.

— O que poderia ser pior?

— O colar dela, o instrumento que a matou, foi encontrado no bolso de Daniel Westbrook.

— Daniel, o irmão? Não, isso não é possível. Está fora de qualquer cogitação. Ele a adorava. Ele a protegia. — Eu subi lentamente a escada, com a mão sobre os olhos; naquele momento, eu não queria ver nada do mundo.

— Ele foi encarcerado em Clerkenwell — disse Fred.

— Não pode ser.

Eu tive uma súbita visão da criatura, acenando para mim do lago com suas mãos ensanguentadas; corri escada acima, e me precipitei para a bacia em meu quarto de dormir, onde vomitei violentamente.

Bysshe me seguiu.

— Ianthe está na casa das irmãs de Harriet. É o melhor lar possível para ela. Depois do funeral, não sei como vai ser.

— E você?

— Fred gentilmente concordou que eu poderia ficar aqui. Até a sua volta, é claro.

— Não. Aqui não é seguro para você, Bysshe.

— Não é seguro?

— Eu acho, Bysshe, que você deveria ficar longe de Londres. Até a sua dor amainar. Há lembranças demais para você aqui. O que fez com as roupas de Harriet?

— As roupas dela? Ainda estão penduradas em nossa casa.

— Fred irá buscá-las. Ele as doará nas ruas. É o único caminho, Bysshe.

Eu devia estar falando febrilmente, porque ele pôs a mão em meu braço.

— Isso não vai diminuir a minha dor, Victor. Como poderia? Ela está ausente em cada momento em que estou desperto. Eu vi o corpo dela na margem da água.

— É um começo. Eu o acompanharei até o escritório das diligências. Comprarei uma passagem. Ouvi você falar de Marlow, à beira do Tâmisa. Você não passou umas férias lá para andar de barco?

— Sim. Nos meus tempos de escola.

— É para lá que você deve ir. Tem dinheiro para a viagem?

Ele balançou a cabeça.

— Já exauri a minha mesada.

Peguei a minha bolsa de soberanos e a entreguei para ele.

— Isso bastará.

Antes que ele tivesse tempo para refletir ou argumentar, eu o acompanhei para o escritório em Snow Hill e o convenci a embarcar numa diligência. Sabia que ele tinha de partir da cidade. Como meu amigo e companheiro, ele não estava a salvo da vingança que se abatera sobre Harriet.

Eu não queria voltar para a Jermyn Street. Ainda não. Em vez disso, me dirigi ao Serpentine no Hyde Park; é uma extensão modesta de água, mais longa do que larga, com uma população de aves de todos os tipos. Caminhei ao longo de seu comprimento, com a esperança de localizar onde Harriet tinha sido estrangulada e jogada dentro da água; queria ver se conseguia encontrar algum indício da criatura. Não tinha dúvida de que seguira Harriet e a assassinara; eu sabia disso tão sóbria e exatamente quanto se tivesse testemunhado o crime. Ele era o assassino. Não podia duvidar disso. Ainda que nesse sentido eu também fosse o assassino. Criara o instrumento que matara Harriet, tão líquida e certamente quanto se eu tivesse posto minhas próprias mãos em volta de seu pescoço. O que eu deveria fazer? Poderia declarar a minha culpa, mas seria considerado um louco subjugado por todos os delírios da insanidade. Eu não salvaria Daniel Westbrook.

Havia uma parte escura na margem, sob um túnel para pedestres, para a qual me dirigi. Houve um movimento leve entre as árvores e arbustos que cercavam a água ali, e um quase imperceptível som que sugeria que algo andava lá em passos lentos e constantes. Alguma coisa estava me acompanhando. Então eu o vi, com chapéu e manto, seu rosto branco enrugado voltado para mim, por um momento, antes que ele se afastasse. Nenhuma outra prova era necessária. Ele queria ver as minhas lágrimas, e talvez exultar com elas. Todavia, também tinha certa facilidade em antecipar meus pensamentos. Por que outra razão esperava que eu viesse à cena do crime?

Mais uma vez a total impossibilidade de revelar isso para qualquer ser humano fez com que eu me sentisse desnorteado e degradado. Eu seria internado no Bedlam, onde, no fim, poderia buscar até mesmo na loucura um alívio para os meus sofrimentos. Em minha miséria, todavia, comecei a sentir dentro de mim uma determinação inesperada e uma coragem renovada. Eu retornaria à oficina à beira do rio e esperaria que ele viesse. Eu o interrogaria. Poderia até implorar-lhe que abandonasse para sempre a cena de seu desesperado crime. Nem por um instante achei que ele fosse capaz de argumentar, mas poderia ser suscetível ao comando. Se eu era o seu criador, ele poderia aprender a obedecer.

—

No entanto, antes o meu dever era visitar Daniel Westbrook em sua cela na prisão e lhe oferecer o consolo que pudesse. Na manhã seguinte, fui até a New Prison em Clerkenwell, provido de pagamento para seus carcereiros, bem como de livros e comida saudável para o próprio Daniel. Ele tinha sido posto numa cela subterrânea, e fui levado a ela por um corredor lúgubre, que era iluminado por tochas, e cheirava a urina e ar fétido.

— Pior do que Newgate — sussurrou para mim o carcereiro.

Daniel estava numa cela pequena no fim do corredor; ele pulou de seu catre quando entrei, e me abraçou.

— É tão bondoso da sua parte, Victor, tão bondoso.

— Não é bondade. Não sou bom. — Eu mal sabia o que estava dizendo ao enfrentar a vítima involuntária e inocente de meu próprio crime.

— Você sabe do que estão me acusando?

— Acalme-se. Eu acredito fervorosamente em sua inocência, e farei tudo o que estiver em meu poder para libertá-lo.

— Eles dizem que eu matei Harriet, Victor!

— Conte-me o que aconteceu.

— Eu tinha ido ao Serpentine para me encontrar com ela. Nós com frequência caminhávamos juntos no fim da tarde. Ela não estava em nosso local de encontro usual. Eu estava cansado depois de meu dia de trabalho; dormi sob uma árvore, ninado pelo som da água, mas então fui bruscamente sacudido para acordar. Era um grupo de guardas. Para o meu horror, vi que minhas mãos estavam manchadas de sangue. Quando me revistaram no gabinete deles, encontraram um colar em meu bolso. Era o colar dela, Victor. Como poderia ter ido parar em meu bolso? A princípio, me consideraram não mais que um ladrão ou vagabundo. Mas então o corpo dela foi encontrado na água. Ela tinha sido estrangulada com o colar, e seu nariz sangrara copiosamente. Quem poderia pensar numa coisa dessas, Victor? Quem poderia me acusar de assassiná-la?

— Deve ter havido algum erro terrível aqui, Daniel. Alguma distorção perversa dos fatos. Você tem um advogado?

— Não tenho recursos...

— Deixe isso comigo. Como são as suas circunstâncias aqui?

— Olhe em volta. Meu único consolo é que a prisão é usada para democratas e revolucionários. Mas eles não têm nenhuma solidariedade comigo. Olham-me com horror, como o assassino de minha irmã.

Ali parado na cela miserável, com seu chão de terra batida, decidi usar todo e qualquer meio à minha disposição para salvar Daniel do carrasco. Eu julgava que compreendia a sequência dos eventos. A criatura, tendo cometido o crime, decidira em sua malevolência lançar a suspeita sobre algum outro. Ou talvez, de algum modo primitivo, ele acreditasse que poderia evitar a culpa jogando-a em outra pessoa. Quem poderia sondar as suas razões? Teria ele sabido que Daniel era o irmão de Harriet, ou teria encontrado por acaso aquela figura adormecida?

Depois de me despedir de Daniel, olhei de relance para trás, para a sua cela tenuamente iluminada, onde ele parecia o ser mais isolado e miserável da Terra. E eu o colocara ali! Era pelo meu crime que ele seria julgado, e minha a condenação que ele receberia. Se pudesse ter trocado de lugar com ele, o teria feito sem a menor hesitação.

—

Assim que saí de Clerkenwell, fui para Bartholomew Close, onde o meu advogado mantinha seu escritório. O Sr. Garnett me assistira na compra da oficina em Lambeth, mas eu sabia por ele próprio que também lidava com assuntos criminais. Ele era um homem de uma compleição sanguínea, cheio de gracejos, e ouviu com atenção enquanto eu expunha os fatos da questão.

— O seu amigo — comentou — está em má situação. Eu li sobre o caso, Sr. Frankenstein, no *Chronicle*.

— A opinião pública está contra ele?

— Decididamente. Mas isso não é obstáculo à justiça.

Ele tinha uma maneira reconfortante, a que eu recorri com avidez.

— Daniel pode ser salvo, então?

— Se estiver dentro dos limites do possível, então será feito. Onde estão o marido e a filha da desafortunada senhora?

— A filha está com as irmãs de Harriet em Whitechapel. O marido... refugiou-se no campo para algum descanso.

— Ele é filho de um baronete, não é? De acordo com o *Chronicle*.

— De fato.

— A situação de seu amigo fica então mais difícil. Gostaria de me acompanhar num copo de xerez? Tempo frio, não? — Ele levantou-se de sua mesa e, depois de servir dois copos, foi até a janela. — Eu tenho uma vista muito boa do cemitério da igreja, Sr. Frankenstein. É uma especulação interessante quantos jazem enterrados lá. Ao longo dos séculos, resulta num número considerável. Se todos se levantassem de novo, tenho certeza de que o bairro iria ficar populoso.

Não era uma especulação que me atraía.

— Há alguma chance de Daniel ser libertado antes de seu julgamento?

Ele riu da maneira mais polida.

— Nem a mais remota possibilidade, receio. Impensável. Se ele é inocente, é claro, então o assassino ainda está à solta nas ruas de Londres. A esperança é que ele mate de novo, exatamente nas mesmas circunstâncias.

— E assim Daniel seria inocentado?

— Uma defesa poderia ser construída. Você não tem nenhuma dúvida quanto à inocência de seu amigo?

— Não. Nenhuma.

— O que o deixa tão certo?

Hesitei por um momento.

— Eu o conheço muito bem. A violência é totalmente estranha à sua natureza. Especialmente contra a sua amada irmã.

— Mas as pessoas nem sempre são o que parecem, Sr. Frankenstein. Elas abrigam segredos. Agem na escuridão.

— Não Daniel.

— Muito bem. Visitarei a delegacia de polícia esta tarde e me inteirarei das provas nesse caso. Não tente ver o prisioneiro, por favor. O senhor não deve se envolver nesse assunto. Eu serei o seu mensageiro. As autoridades me conhecem bem. Enquanto isso, sugiro que o senhor saia de Londres atrás de um ar mais limpo. A névoa está para chegar.

— Mas Daniel...

— Nada pode ser feito antes do julgamento. Deixe um endereço onde eu possa encontrar o senhor.

—

Minhas experiências daquele dia e o meu encontro com Daniel em sua cela de prisão tinham me deixado exausto. Voltei para a Jermyn Street, onde Fred me preparara um prato de ovos com manteiga.

— O senhor viu o demônio em forma humana? — perguntou ele.

— O quê? O que você está me dizendo?

Devo ter olhado ameaçadoramente para ele, pois ele recuou com o meu olhar.

— O irmão, senhor.

— O irmão? — Eu me detive por um instante para ordenar meus pensamentos. — Sim. Eu o vi. Ele não é um demônio. Ele é tão inocente desse crime quanto você, Fred. — Nesse momento, afundei a cabeça nos braços e chorei.

Fred ficou agitado, pulando de um pé para o outro.

— O senhor gostaria de mais manteiga?

Ele precipitou-se para fora do quarto e voltou com um lenço, que colocou delicadamente ao lado da minha cadeira. Chorei por mim mesmo, chorei por Daniel, chorei por Harriet, uma completa tempestade de lágrimas ainda mais sombria pela ausência de qualquer alívio possível. O Sr. Garnett me aconselhara a sair de Londres, e por um instante pensei em viajar para Marlow para ficar com Bysshe, mas um momento de reflexão me dissuadiu. Eu ainda queria encontrar a criatura: se não pudesse aplacá-la, ou convencer que se retirasse para algum lugar solitário, teria de algum modo de terminar com a vida que criara. Não havia outra possibilidade. Ele tinha derrubado minhas máquinas elétricas na oficina em Limehouse, mas não haveria alguma maneira de utilizar as baterias e destruí-lo?

—

Em minha ansiedade para ter notícias de Daniel, voltei ao Bartholomew Close no dia seguinte, onde o Sr. Garnett me recebeu com uma expressão grave.

— É bem pouca a esperança que posso oferecer — falou. — As provas são muito robustas. Parece que o seu amigo, o tal do Sr. Westbrook, praticamente confessou o crime.

— Como ele poderia confessar um crime que não cometeu?

— Quando foi preso no Serpentine, ele estava confuso e quase incompreensível.

— Ele simplesmente foi acordado abruptamente de seu sono.

— Ele murmurou que alguma coisa horrível acontecera com a irmã dele.

— Uma premonição. Uma visão.

— A lei não se fia em visões, Sr. Frankenstein. — Ele foi até a janela, e mais uma vez olhou para o cemitério da igreja de St. Bartholomew. — O senhor vai ficar em Londres, afinal?

— Preciso ficar, por alguns dias.

— Claro. O funeral da Sra. Shelley está marcado para sexta-feira. O senhor gostaria que eu o acompanhasse?

— Não. É gentil da sua parte. Mas irei com Bysshe.

— Será na igreja de St. Barnabas. Em Whitechapel. — Ele escreveu o local e o horário num cartão. — Por favor, mande minhas condolências ao Sr. Shelley.

—

ASSIM QUE CHEGUEI NA JERMYN Street, convoquei Fred e pedi a ele para viajar com a máxima velocidade possível para Marlow.

— Troque de diligências se necessário — alertei. — Voe como o vento. Leve este bilhete com você. — Escrevi um recado implorando a ele para abandonar o seu isolamento e voltar para o funeral de Harriet. — Sem paradas — recomendei, ao colocar o bilhete na sua mão.

— Estou aqui — falou. — Mas já parti.

— Não vai ser difícil encontrar o Sr. Shelley.

— Camarada estranho, eu diria. Vestido de azul. Gravata afrouxada.

Aguardei o retorno deles com ansiedade. O Sr. Garnett era bom em previsões: as brumas de fato chegaram no começo daquela tarde, e eu não conseguia ver nada de minha janela a não ser os vapores cinza e verdes movidos por um vento intermitente. Só conseguia divisar vagamente as figuras na rua, como vultos escuros contra o cambiante miasma. Houve ocasiões em que uma figura mais alta, ou mais rápida que as outras, atraiu a minha atenção. Poderia ser a criatura, indo e voltando em frente à minha porta? Em meu estado de espírito inquieto, eu quase acolhia o confronto; estava determinado em minha intenção de domá-lo.

Na tarde seguinte ouvi os passos de Fred na escada. Ele entrou na sala sozinho.

— Onde está o Sr. Shelley?

— Ele lamenta, Sr. Frankenstein. Ele estava tão choroso.

Fred me entregou uma carta, endereçada a mim na letra caracteristicamente grande e espalhada de Bysshe. Ele pedia desculpas por permanecer em Marlow, mas culpava seu estado enfraquecido e devastado; ele não tinha forças para comparecer ao funeral de Harriet, que iria apenas acrescentar outro fardo de miséria à tristeza que ele já sentia. Embora se recriminasse amargamente por sua incapacidade, ele sabia que seria um golpe que o abalaria:

Eu ainda não consigo compreender a morte de Harriet, e vê-la sendo baixada alguns palmos abaixo da terra do cemitério, e ouvir as bobagens do clérigo, iria diminuir o significado de sua perda para mim.

Ele então prosseguia informando-me que os Godwin tinham alugado uma casa em Marlow para ficarem perto dele.

Eu falei antes sobre o Sr. Godwin, o filósofo social. Ele é um grande expoente do Progresso, e me oferece muito consolo. Ele veio acompanhado de sua filha, Mary, cuja mãe é a reverenciada Mary Wollstonecraft. O Sr. Godwin me disse que ela tem todo o fogo e inteligência da mãe. Eu realmente posso crer nisso. Por favor, beije as irmãs Westbrook por mim. Eu escreverei a elas.

Seu sempre devotado Bysshe.

Fiquei surpreso com a brevidade da carta, e com a relutância de Bysshe em comparecer ao funeral, mas atribuí ambas ao seu luto avassalador.

Compareci ao funeral na sexta-feira pela manhã, na pequena igreja de St. Barnabas, atrás da Whitechapel White Road. As irmãs de Harriet estavam pálidas com o pesar. Emily estava carregando o bebê, Ianthe, que permaneceu bem quieta durante a cerimônia. Uma vez eu olhara para Emily com afeição, mas os tênues movimentos dessa emoção tinham há muito me deixado. O pai delas parecia mais robusto e, se posso dizer isso, mais animado do que na ocasião que o encontrara antes. Estava nevando forte quando entramos no cemitério da igreja, e a cova aberta já estava coberta de branco quando o caixão da pobre Harriet foi baixado ao solo. Bem quando ele alcançou o fundo, houve um súbito farfalhar nas árvores atrás de nós, como se alguém ou alguma coisa estivesse movendo os galhos. Estou convencido de que todos nós naquele momento sentimos um súbito horror — para mim era indício da criatura, conforme julguei, mas para os outros era apenas o objeto de algum medo desconhecido.

— Uma raposa — disse o Sr. Westbrook em voz bem alta. — As pequenas raposas que estragam as vinhas.

Emily veio ter comigo depois, ainda segurando Ianthe no colo.

— O julgamento de Daniel está marcado para segunda-feira de manhã — avisou. — O senhor irá?

— É claro.

— Há esperança?

— Não posso fingir para você, Emily, que alimento alguma.

— Eu achei que não. Mas o senhor vai estar lá? — Prometi mais uma vez que iria. — O Sr. Shelley nos escreveu sobre Ianthe.

— Ele me contou.

— Ele deseja ardentemente que continuemos a ser as guardiãs dela. É o que queremos fazer.

— Ela não poderia ficar em melhores mãos.

— Ensinaremos a ela a respeitar o pai e venerar a mãe. — Fiquei impressionado, como da primeira vez que a encontrara, com a firmeza da determinação de Emily.

—

Fui ao tribunal de justiça em Old Bailey na manhã de segunda-feira; a Sessions House, onde deveria ocorrer o julgamento, parecia para mim mais um teatro de marionetes de papelão do que um lugar de justiça. O juiz estava enfeitado em escarlate e branco, e segurava um lenço de linho no nariz para afastar a putrefação remanescente da febre das galés. Os jurados sentavam-se em duas filas de bancos no lado esquerdo da corte; eram pagadores de impostos de Londres, é claro, com toda a presunção e autossuficiência desse tipo de gente. Havia uma vasta multidão no tribunal, composta de artesões e aprendizes, de meninos vagabundos e cantores de baladas, de qualquer um que não tinha outro passatempo ou ocupação naquela tarde. Havia repórteres e desenhistas lá, também, e todos causando uma movimentação e ruído incessantes. Era muito parecido com observar o movimento de uma rua de Londres. No lado direito da corte encontrava-se o banco das testemunhas, para onde Daniel estava sendo agora levado, causando entusiasmo entre os espectadores. Seus pulsos estavam presos com algemas, e ele estava usando as mesmas roupas com que eu o vira na cela em Clerkenwell. O juiz então exigiu o silêncio de todos os presentes, enquanto uma oração era entoada pelo meirinho da corte ao Juiz Divino que — era de se presumir — iria zelar por aqueles procedimentos. Daniel não se juntou à oração, mas ficou de pé calmamente, olhando suas mãos algemadas. Então, numa voz cheia e portentosa, um dos advogados sentado à mesa imediatamente sob o juiz começou a ler as acusações. Daniel quase ficou em posição de sentido, sem qualquer movimento perceptível; ele estava atento a cada palavra, como se fosse a história de um crime de alguma outra pessoa. Quando o advogado terminou o seu relato, Daniel olhou o tribunal em volta com uma expressão de impaciência.

Perguntaram a ele se queria declarar sua defesa, e ele respondeu com um decidido "inocente!". Os oficiais da guarda foram então chamados ao local das testemunhas, diretamente em frente ao local em que Daniel estava. O primeiro deles, Stephen Martin, explicou as circunstâncias do encontro do "acusado" dormindo debaixo de uma árvore perto do Serpentine.

— Trata-se de um lago — explicou o juiz aos jurados — que se encontra no Hyde Park.

Os jurados, que já deviam saber disso muito bem, receberam essa informação com grande seriedade. Martin então prosseguiu explicando como as mãos e o rosto do réu estavam ensanguentados. Quando o acusado foi, em seguida levado preso para o posto dos vigias na esquina do Queen's Gate, um colar foi encontrado no bolso de sua calça. Martin falava rapidamente, para grande desgosto dos repórteres sensacionalistas, e numa voz aguda que foi fonte de diversão para os espectadores mais vulgares.

Parece que na lei inglesa o acusado pode questionar e desafiar as testemunhas, de um modo que seria considerado impróprio no continente, e Daniel imediatamente perguntou a Martin se ele, Daniel, parecera surpreso pela descoberta do colar.

— Sim. Ah sim — respondeu em seu modo rápido. — O senhor parecia muito surpreso. Mas isso era porque estava representando. Fingindo.

— O senhor me encontrou dormindo debaixo de uma árvore?

— Claro que encontrei.

— Por que um assassino e ladrão iria dormir na cena de seu próprio crime?

— Por que razão? Pela razão de que a pessoa acusada, sendo o senhor, não bate bem. — Martin deu um tapinha na testa, para o deleite dos espectadores.

— Bom, Sr. Martin, sou um lunático ou um ator? Eu realmente não acho que eu possa ser ambos.

— O que o senhor preferir, Sr. Westbrook, não tenho preferências. — Martin riu muito alegre.

O segundo e o terceiro membro da guarda descreveram, em termos idênticos, a descoberta do corpo de Harriet. Ela tinha sido encontrada por duas crianças, na sombra de uma ponte que cruza o Serpentine no meio. Daniel ouviu o depoimento das testemunhas com grande atenção, suas mãos algemadas estendidas para a frente, e no fim meramente inclinou a cabeça. Ele não quis questioná-los. O relato da descoberta de sua irmã pareceu deixá-lo momentaneamente sem o dom da palavra.

Mas então, quando perguntado pelo juiz se queria dar algum declaração final, ele ergueu a cabeça e olhou com firmeza para os jurados.

— Eu não espero justiça neste lugar — respondeu. — Faz muito tempo que concluí que o sistema judicial de nosso país é uma teia de corrupção.

Nesse ponto o juiz o interrompeu.

— O senhor está aqui para se defender, não para dar a sua opinião sobre a lei inglesa.

— Mas é essa a questão, não é? Não se encontra justiça no interior de um tribunal inglês.

— Essa não é a questão. O senhor não tem questão alguma. — O juiz estava ficando irritado. — A questão não tem valor. Eu a indefiro.

— Eu me defenderei então com uma frase simples. Eu sou inocente. Eu não tive parte na morte de minha irmã. Eu abomino a ideia da violência. Mas dirigi-la a um membro de minha própria família é impensável. Com certeza vocês não podem acusar um irmão de um crime assim, podem? Um irmão que a amava e que ajudou a criá-la desde que era bebê? Não, não. Isso não pode ser. — Ele fez uma pausa, para controlar suas emoções. — Eu não faço ideia de como ela encontrou o seu fim. Eu não sei por que o meu rosto e mãos estavam ensanguentados. Não sei como o colar dela foi encontrado em meu bolso. Só posso imaginar que se trata de alguma conspiração maligna. De algum mal infernal. No entanto, eu sei de uma coisa. Eu não sou o homem. — Suas palavras de uma sinceridade evidente receberam o apoio murmurado de muitos espectadores, que foram então rapidamente silenciados pelo juiz. Daniel foi levado embora, e os jurados se retiraram para outra sala.

Permaneci no tribunal, não confiando em mim mesmo sozinho. Sabia que Daniel não tinha culpa nenhuma, e no entanto ali estava ele, obrigado a defender sua vida enquanto eu ficava assistindo inutilmente. Eu sabia, também, qual seria o veredicto. A lei é uma rede, uma armadilha, que amarra suas vítimas mesmo quando elas lutam para se libertar. Depois de não mais do que uma hora os jurados voltaram, e Daniel de novo foi trazido algemado. Seu rosto estava afogueado, e ele tropeçou nos degraus do banco das testemunhas. Alguém gritou: "inocente!" e houve aplausos esparsos pelo tribunal. Daniel balançou a cabeça, franzindo o cenho de leve, e se inclinou para ouvir o veredicto dos jurados. Veio sem cerimônias. Culpado de assassinato. Houve um silêncio depois disso, um silêncio em que as trevas de seu destino foram absorvidas.

Então, com uma quase imperceptível expressão de inquietude, Daniel voltou-se para o juiz, que fez uma grande cerimônia do ato de colocar um pano preto sobre sua peruca. Ele recitou as circunstâncias do suposto assassinato por Daniel de sua irmã, demorando-se com evidente deleite nos detalhes da descoberta do corpo, antes de pronunciar a sentença para o que chamou de "assassinato hediondo" e a "maldade quase inconcebível" do crime. Concordei com ele quanto a isso, embora soubesse que o perpetrador estava em outra parte. Daniel recebeu, indubitavelmente, a sentença de morte com grande calma; eu não podia vê-lo, já que suas costas estavam voltadas para a sala enquanto olhava para o juiz. Ele manteve uma postura ereta, ao sair do tribunal, e não olhou em minha direção.

Treze

Na manhã da execução, acordei antes do amanhecer. Como conseguiria dormir? O Sr. Garnett me informara que Daniel seria levado para Newgate, onde a cerimônia era realizada fora dos muros, e eu passara a noite imaginando todas as torturas do homem condenado. Vesti-me e saí para a rua, para arejar a cabeça, mas então algum impulso involuntário e imperioso me fez sair caminhando para Newgate. Eu estava igual a qualquer homem na multidão, apressando-se para o espetáculo. Se fosse possível ser duas pessoas, então essa era a minha condição: queria estar refugiado, lamentando o destino de Daniel no isolamento de um algum lugar trancado, mas ao mesmo tempo andava para a prisão com olhos ferozes para ver o seu fim. Eu parecia possuído por aquele espírito que paira sobre Londres num dia de enforcamento, um desejo por sangue e punição que está além da compreensão racional. Uma consideração adicional me ocorreu depois. Eu dera vida à criatura, mas poderia a presença da criatura estar me transformando?

Cheguei a Newgate muito cedo, mas a aglomeração de pessoas era tamanha que só consegui chegar até o pátio da igreja de St. Sepulcre. Uma multidão de crianças já estava instalada nos lugares mais elevados, soltando uma cacofonia de gritos e uivos que teria envergonhado uma tribo de macacos nas selvas do Níger. Seus gritos eram repetidos por outros na multidão, alguns deles começando a dançar e cantar obscenidades. Tal divertimento grotesco em face da morte, para mim, não tinha paralelos. A turba inglesa, gritando, rindo e berrando, é uma visão de horror naquilo que ousamos chamar de mundo civilizado. O espaço aberto em frente à prisão tinha sido tomado por homens e mulheres que mais pareciam ladrões e prostitutas, bem como outros trapaceiros e rufiões de todos os tipos. O cheiro era insuportável. Eles assobiavam e agiam como se estivessem em um teatro de fantoches; bebiam direto do gargalo, e brigavam entre si. Alguns deles urinavam despreocupadamente contra os muros da prisão, gritando, de acordo com a tradição londrina, "apertado!"

Houve uma calmaria quando Daniel foi trazido por uma porta pequena que se abria na Newgate Street; então, depois de um instante de reconhecimento, houve um grande clamor de execração e triunfo. Era como se a cerimônia torpe representasse algum ritual de sacrifício humano pelo qual a comunidade seria purificada. O sol saíra detrás das nuvens quando Daniel subiu os degraus para o cadafalso, recebido por tamanho coro de imprecações e obscenidades que fiquei surpreso de que ele pudesse suportá-lo. Mas ele parecia não ouvir nada da execração. Diante da confusão geral, estava bastante calmo; na verdade, sua postura expressava resolução e até resignação. No entanto, isso não deteve o clamor da turba. Eu olhei para os rostos da multidão voltados para cima, tão maravilhados e empolgados com a cena que se seguiria que pareciam as próprias imagens do mal. Quem pode acreditar que a humanidade é criada à imagem de Deus, ao observar uma aglomeração tão desesperada e dissoluta? A forma humana não é divina.

A corda foi colocada em volta do pescoço de Daniel, e um saco grosseiro enfiado em sua cabeça; se isso era alguma cortesia em relação aos sentimentos dele, eu não sabia. Quem poderia suportar ver o riso da morte em sua face? A multidão poderia. O carrasco posicionou-o então cuidadosamente sobre o alçapão. Os gritos e berros ficaram mais fortes, com o carrasco sendo pressionado a puxar a alavanca. Então com um movimento súbito a plataforma se abriu sob Daniel. Ele mergulhou como se fosse uma pedra caindo pelo ar. A multidão então clamava por sua morte enquanto o corpo dele se contorcia e lutava nas últimas palpitações de vida. O carrasco segurou suas pernas e as puxou com força para baixo. Então Daniel ficou imóvel. A vida o deixara.

Eu tinha visto o momento em que uma vida nova fora instilada; agora eu via o instante da partida, quando o fogo e a energia se desvaneciam tão rapidamente como tinham outrora vindo.

Houve uma correria generalizada em direção ao corpo, para provas ou suvenires, mas a fileira de guardas, de algum modo, conseguiu manter a multidão afastada. De novo houve tamanho clamor de imprecações, palavrões e canções obscenas que me senti enojado e envergonhado por meus semelhantes. O corpo foi tirado da corda e colocado numa tábua de madeira. De acordo com o costume, Daniel seria agora entregue aos anatomistas, que começariam suas atividades imediatamente numa sala por perto. Eu conhecia bem o trabalho deles, portanto não me demorei em Newgate.

Com dificuldade, libertei-me da multidão e caminhei apressadamente na direção da Fleet Street e do rio. Peguei um barco para Limehouse e, enquanto o barqueiro remava contra o vento gélido, exultei com o frio. Domava o meu sangue. Firmava os meus nervos agitados. Desembarquei um pouco rio acima da oficina, e segui para ela lentamente ao longo da margem deserta. Era uma paisagem bastante desolada, com os pequenos cais de madeira e as estreitas escadas de pedra descendo para o rio.

Cheguei à oficina, onde não discerni nenhum sinal de vida. Estava como eu a deixara três meses antes, arruinada e vazia, com o vidro quebrado e detritos cobrindo o chão. Devia ter havido marés mais altas do que o habitual, porque poças de água do rio eram visíveis em meio à confusão. Qualquer esperança de restaurar ou reformar o equipamento quebrado era claramente equívoca; meu empreendimento todo seria abandonado à ruína. Peguei uma cadeira caída no chão e, colocando-a no meio da oficina, me sentei. Dali eu podia ver o rio, por uma abertura na porta quebrada, e fiquei esperando. Minha determinação era tão intensa, e minha atenção tão alerta, que eu mal sentia o frio. Eu sabia que ele viria para aquele lugar — que iria querer encontrar comigo e, se tivesse o uso da linguagem, conversar. Ele tinha feito tudo aquilo com o simples intuito de se vingar de mim, e não perderia a oportunidade de confrontar seu criador no lugar em que se levantara dos mortos.

Esperei o dia todo. Eu estava abrigado da chuva e do vento, e com um fósforo consegui acender um fogo com a madeira das estantes quebradas que estavam no chão. Pouco antes do pôr do sol, eu saí para o cais. Havia um cheiro de óleo e alcatrão vindo da água, e eu podia ouvir o quieto murmúrio da maré contra as paredes de madeira da margem. Distingui um tronco, talvez caído de um navio mercante, subindo na corrente — mas não era um tronco. Era um nadador, bem reto na água; vi os braços dele se movendo com uma força quase mecânica, e ele não deixava rastro atrás de si. A figura se aproximou e ergueu a cabeça da água; um lampião de um beco na margem norte o iluminou por um momento. Era a criatura, nadando com constância em direção à oficina. Deve ter me visto, mas não houve sinal de saudação ou reconhecimento. Ele mergulhou mais uma vez na água, e eu o perdi de vista.

Voltei para a oficina e me sentei. Estava bastante calmo.

Ouvi o som de algo se erguendo no cais, com um movimento pesado e trabalhoso, e então dois passos. Num instante ele estava de pé à minha frente, com vapor saindo de suas roupas; percebi que, bastante curiosamente, elas estavam secando rapidamente diante de meus olhos. Ele era possuído por um extraordinário calor interno.

Suprimi um súbito e avassalador desejo de fugir de sua presença, e permaneci sentado.

— Você me procurou — comecei.

Ele olhou para mim com uma expressão de extrema curiosidade. Seus olhos brilhavam, como se uma vela ou lampião tivesse sido aceso atrás deles. Eu soube, nesse momento, que eram os olhos de uma inteligência das mais aguçadas. Então ele inclinou a cabeça.

— Não há substância — respondeu — sem uma sombra.

Eu fiquei aturdido — não, perdido em espanto — com a pureza e o refinamento de sua dicção. Eu poderia estar falando com um anjo em vez de um demônio.

— O que você fez? — perguntei a ele.

— Eu? Eu não fiz nada. O que você fez? Você consegue olhar para mim e não chorar?

Como que sob o peso de uma emoção acachapante, ele se virou e caminhou até o cais; todavia um momento depois ele voltou, e mais uma vez parou na minha frente. Eu agora o observei atentamente. De algum modo, ele adquirira calça e camisa, e robustas botas de couro que iam até o meio da perna. Ele ainda possuía o meu manto preto que levara no dia de sua criação, mas perdera ou esquecera o chapéu. Seus longos cabelos amarelos, repartidos no meio, chegavam aos ombros e, de alguma forma, davam-lhe uma aparência sobrenatural de idade; e sua pele ainda tinha a aparência de ter sido estriada e dobrada.

— Por que você a matou? — confrontei-o.

— Eu queria que você me notasse.

— O quê?

— Eu queria que você pensasse em mim. Que considerasse o meu apuro.

— Matando Harriet?

— Eu sabia que então você não seria capaz de me descartar. De me desdenhar.

— Você não tem consciência?

— Eu ouvi essa palavra. — Sorriu, ou o que eu tomei por um sorriso passou por sua face. — Ouvi muitas palavras para as quais não tenho sentimento aqui. — Ele bateu no peito. — Mas você compreende isso, não é, senhor?

— Não posso compreender algo tão despido de princípios, tão absolutamente malicioso.

— Ah, com certeza alguma noção há de ter, não? Dificilmente se diria que sou um desconhecido para você. — Eu me dei conta então de que a voz dele era a voz da juventude, do jovem que fora uma vez, e que a disparidade entre a expressão melíflua e a aparência desfigurada da criatura era motivo de horror. — Você não perdeu a memória, perdeu?

— Quisera Deus que tivesse perdido.

— Deus? Essa é outra palavra que ouvi. Você é o meu Deus?

Eu devo ter feito uma expressão de desdém, ou desgosto, porque ele deu um uivo de angústia num tom muito diferente de como ele vinha falando. Com um movimento súbito, ele catou a grande mesa de tábuas de carvalho, caída e danificada no chão, e a colocou de pé.

— Você vai lembrar disso. Este foi o meu berço, não foi? Aqui eu fui ninado. Ou você vai fingir que o rio me deu à luz? — Ele deu um passo em minha direção. — Você foi a primeira coisa que vi nesta terra. Há alguma surpresa em que sua forma seja mais real para mim do que a de qualquer criatura viva?

Eu me voltei, desgostoso por ter criado aquele ser. Mas ele entendeu errado o meu movimento. Pulou na minha frente, com uma agilidade sem precedentes.

— Você não pode me deixar. Você não pode ignorar minhas palavras, por mais desagradáveis que sejam para você. Estivesse coberto por oceanos, ou enterrado em montanhas, ainda assim me ouviria. — Ele fez uma pausa. — Não sou destituído de inteligência. Talvez isso tenha sido obra sua?

— Eu tive a esperança — respondi com a mais extrema tristeza e exaustão do ânimo — de que você fosse um homem natural.

— Aí está. Eu o peguei. Você confirmou o que descobri faz tempo. Você é de fato o responsável pela minha existência. — Inclinei a cabeça, mas o meu silêncio foi suficientemente confirmativo para ele. — Eu pedi a você para me moldar? Eu solicitei a você para me tirar das trevas? — Eu não conseguia me forçar a olhar para ele. — Está ouvindo o furor do vento gélido? Para mim é um doce sussurro que me nina o sono. — Quando olhei para ele, vi que estava ajoelhado no chão, num estado de desolação abjeta; se alguma vez senti pena dele, foi naquele momento. Mais uma vez ele demonstrou uma percepção sobrenatural dos meus pensamentos, pois se voltou e me encarou. — Então você tem pena de mim — anunciou. — Como eu terei pena de você.

— Não preciso da sua pena.

— Não precisa de pena? Você é o agente culpado de meus infortúnios. Eu não busquei a vida, nem eu me fiz. Você é o homem! — Com essa frase ele apontou para mim, e seu dedo trêmulo parecia ter como alvo o meu coração. Sob a força poderosa de seu olhar, baixei a cabeça e uma vez mais chorei. — Você pode chorar agora — falou. — Você irá chorar de novo.

Não sei quanto tempo ficamos sentados em silêncio juntos, apenas com o ruído do vento e o murmúrio do rio como companhia. Por fim, ele se levantou e caminhou até a porta que dava para o Tâmisa.

— Veja — disse ele. — Até os ratos fogem de mim quando chego perto. O medo que inspiro nessas criaturas foi a primeira prova de minha existência quando deixei este lugar na noite fria e uivante de meu nascimento. Vou lhe contar a história. Você precisa saber o que você mesmo fez.

Quatorze

— Eu tive a sensação de que saíra das trevas, mas não compreendi a natureza dessa escuridão. Então fizeram-se luz e calor, um conforto e deleite infinitos quando me vi suspenso num meio voluptuoso. Acredito que foi então que emiti os meus primeiros sons.

— Você cantou.

— Aquilo foi cantar? Os sons emergiram de dentro de meu âmago, como se todas as fibras do meu ser estivessem se exprimindo em harmonia pela primeira vez. Eu estava num estado de extrema excitação. Aqui. — Ele tocou seus genitais sem qualquer evidência de vergonha ou embaraço. — E então eu o vi. Creio que soube no mesmo instante que você era o meu autor, que você transmitira a vida para meu próprio corpo. Não experimentei nenhuma sensação de gratidão, todavia, mas sim de curiosidade. O que eram essa respiração e movimento dos quais eu fora dotado? Naquele instante, o mundo não poderia me mostrar maravilha maior do que a minha própria existência; e no entanto eu não sabia o que era existir! Creio que você disse algo para mim, alguma imprecação, alguma recusa, contudo para mim a sua voz estranha parecia vir da escuridão da qual eu acabara de escapar. Era tão escura e oca quanto um eco. Afastei-me de você. Não foi medo. Creia-me, eu mal sei o que é o medo. Foi contentamento. Eu vi além dos limites deste espaço um grande rio, e um mundo. Eu intuí um oceano. Eu intuí a vida.

"Lembro de então mergulhar na água, na qual eu me movia como se fosse o meu elemento natural. Eu sabia — de que maneira, não tenho como dizer — que estava indo na direção do mar aberto, e exultei com a minha velocidade e agilidade. Eu não sentia frio; ou melhor, não sabia o significado do frio. A água parecia estar viva, também, e acolher a minha presença; fluía ao longo de meus membros, e me levava em frente. Assim, em pouco tempo, cheguei ao mar. Então mergulhei e pulei em suas ondas na pura alegria de minha natureza. Mas um veleiro se aproximou de mim. Quando eu saí à superfície da água, os homens no barco mostraram tais sinais de terror e horror que um deles se jogou ao mar num esforço para escapar de mim, e dos outros vieram gritos e imprecações que me convenceram de que eu não era da mesma espécie deles. Você poderia me perguntar como eu tinha consciência de coisas assim, tendo só recentemente sido impelido ao mundo; eu acredito agora que a mente é um poder criativo que dá tanto quanto recebe. Como o poder da fala, me veio espontaneamente.

"Fiquei cansado da monótona extensão do oceano, e fiz minha jornada de volta a terra. Por algum instinto, achei o caminho para cá, retornando ao lugar de minha origem. Você tinha partido, eu descobri, mas todos os instrumentos da sua arte estavam à minha volta. Você pode achar que eu os destruí pela fúria e pelo ressentimento por ter sido criado. Não é o caso. Eu os derrubei, e os despedacei, pelo medo de que através deles eu seria mandado de volta — que eu poderia ser devolvido ao estado de não existência do qual viera. Eu peguei o seu chapéu e manto então, para cobrir minha nudez e desolação dos olhos dos outros, e tentei achar algum lugar longe da habitação humana. Achei uma trilha deserta ao longo da beira do rio e não encontrei ninguém por alguns quilômetros até que, pouco antes do amanhecer, vi um viajante solitário andando à minha frente. Eu me movia muito rapidamente ao longo do caminho, dotado, como pareço ser, de grande força e agilidade. Levou só alguns momentos para ele perceber a minha presença. Eu parei e fui até a beira da água, para que não o alarmasse mais. Com o seu chapéu e manto consegui não ser detectado, mas num passo apressado ele saiu da trilha para um campo vizinho. Algum instinto o afastou. Caminhei até chegar a uma região que agora sei que é o estuário, um lugar de pântanos e pastos que pareceu ser selvagem. Mas, a distância, vislumbrei uma luz. Aproximei-me devagar e vi que chegara a uma habitação solitária. Havia um celeiro com cobertura de sapé ao lado, uma construção tosca de pedra com uma entrada; ao chegar até ele, tendo facilmente atravessado o riacho, senti a necessidade de abrigo e repouso. Sim, mesmo eu tenho de descansar. Tinha ficado fatigado depois de minha jornada, e para meu alívio encontrei o lugar vazio. Havia uma escada que dava acesso a um pequeno sótão ou alcova no qual tinha sido colocada palha; ali deitei e dormi.

"Fui acordado pelo som de vozes. Mas você gostaria que eu contasse os meus sonhos antes de continuar a minha história? Isso é fácil de fazer. Eu não sonhei. Eu nunca sonhei desde que vim à vida nesta sala. Quando ouvi as vozes do lado de fora do celeiro, imediatamente me levantei. Ainda lembro das palavras. 'Há uma lebre no campo, pai. Veja-a lá correndo rapidamente entre os cavalos.' Essas são as primeiras palavras que lembro de ter compreendido — compreendido não como meros sons, mas como palpitações e movimentos da mente. Conhecia essas palavras em algum lugar em meu interior. Eu as reconheci, e no mesmo instante uma hoste de analogias e associações transbordou através de mim. O mundo à minha frente tinha mudado muito. O camponês e sua filha, como descobri que eram, pareceram aos meus olhos monarcas e anjos: tinham me levado a um reino de luz, onde as palavras abriam os verdadeiros portais da luz. Eu permaneci naquele lugar de descanso a maior parte do dia, ouvindo as conversas deles. Eles não entraram no celeiro — eles nunca entraram nele —, e aos poucos comecei a considerá-lo a minha habitação. Você gostaria de perguntar como eu vivo? Minhas necessidades são mais simples que as suas. Posso sobreviver com uma dieta mais escassa do que os homens que subsistem no luxo; descobri que podia comer as folhas das árvores e beber as águas do riacho, sem o menor desconforto. Mas havia comida melhor. O camponês e sua filha tinham um depósito de rabanetes num pequeno barracão atrás da casa deles, e bem tarde na noite eu os catava e me banqueteava com eles como se fossem a comida mais deliciosa do mundo. Não demorei a ouvir o quanto estavam perplexos com o desaparecimento da colheita deles, mas eles atribuíram a ratos ou raposas. Eu lhe falei do poder das palavras deles, abrindo o mundo para mim pouco a pouco. Eu percebi que, ao ouvi-los, novas palavras vinham espontâneas aos meus lábios — formando sequências e associações que se tornavam sentenças. O poder da linguagem deve ser profundamente inato, pois, após o meu despertar, todos os detalhes de sua constituição e estrutura surgiram em algum lugar dentro de mim.

"Eu posso suportar a intensidade do calor e a extremidade do frio sem o menor desconforto ou perigo, mas mesmo assim sentia a falta de roupas. Eu me enrolava no seu manto quando deitava para dormir, contudo sabia que para estar entre desconhecidos precisaria estar mais completa e decentemente vestido. Uma noite, portanto, aventurei-me nos pântanos do estuário à procura de uma aldeia ou vila onde tais itens poderiam ser encontrados. Para a minha sorte, e por ter seguido a margem, cheguei à cidade de Gravesend. As ruas estavam silenciosas e desertas naquela hora da noite, e numa viela estreita eu vi o cartaz de um alfaiate de trajes para cavalheiros. Forcei a porta sem dificuldade e lá, no escuro, equipei-me com todos os trajes de que iria precisar, incluindo as finas roupas brancas com as quais você me vê. Sou um cavalheiro, não sou?

"Voltei para o meu celeiro e deitei para dormir. Passara a antecipar e desfrutar do levantar cedo do camponês e sua filha; a tagarelice infantil dela era a minha música, e eu ouvia ávido as conversas mais leves e inconsequentes deles. Sentia-me encorajado pelos meus novos trajes, também, e quando os vi trabalhando nos campos distantes, entrei na casinha deles e inspecionei o cenário de suas vidas. Era bastante humilde, com uma mesa e cadeiras simples, e duas poltronas em frente a uma lareira de pedra; mas era arrumado e limpo, com um indescritível ar de conforto. Imaginei como seria compartilhar da vida deles; mas isso ainda estava fora de meu poder. Então notei a prateleira de livros. Por curiosidade, peguei um deles na estante e saí da casa.

"Eu me deparara com um tesouro em *Aventuras de Robinson Crusoé*. A princípio, via as palavras através de um véu; eram todas familiares para mim, mas pareciam estar escritas numa linguagem desconhecida. Ainda assim, como o som e a fala, eu senti um mundo se formando por si só ao meu redor; o poder das palavras parecia surgir em meu âmago, de forma tal que eu me reconhecia no mesmo momento em que reconhecia frases e sentenças. Falei as palavras em voz alta, e uma parecia seguir a outra em perfeita harmonia; cada uma parecia complementar à seguinte, e todas se juntavam na grande música do significado. No meu estado anterior, creio que devo ter sido um leitor ardente, tamanha a avidez com que me dediquei a percorrer as páginas em minhas mãos. Fiquei tão absorto nas aventuras do náufrago na ilha deserta que não percebi o pôr do sol ou o nascimento da lua. Eu lia como se disso dependesse a vida. E era vida para mim — entrar no estado de outra existência, olhar com olhos recém-despertos para uma paisagem desconhecida, era uma forma de êxtase. Entoei as palavras do livro de novo, e notei que uma melodia havia se criado em minha voz. Eu lhe disse que a mente é um poder criativo, e acreditei, em minha inocência, que podia agora aprender a expressão instintiva da paixão humana. Se eu era um homem natural, então devia ser naturalmente benevolente.

"Das observações que o camponês e sua filha trocavam quando estavam envolvidos em seu trabalho, eu fiquei sabendo que a mãe da menina morrera de febre, uma doença comum naquela região, e que ela estava enterrada no cemitério da pequena igreja a 2 quilômetros dali na baixada, como eles chamavam os campos. Eles trabalhavam duro pela sua simples subsistência, mas aprendi como ajudá-los. Na calada da noite eu colhia rabanetes e outros bulbos para eles, deixando-os no barracão de onde antes tirara a comida deles. Com a minha grande força, também, eu era capaz de lhes fornecer lenha e troncos secos, que deixava atrás da pequena horta. Eles ficavam atônitos com esses presentes, mas ouvi o pai louvar os 'bons espíritos' e 'fadas' da vizinhança como a possível causa da prodigalidade.

"A menina obviamente não podia ter uma escolaridade adequada, mas o pai tentava instruí-la com os materiais básicos do conhecimento. De noite, ele devia ensiná-la a ler e escrever, pois de manhã ela recitava para ele em sua voz límpida os trechos que aprendera. Através dela, de fato, foi que eu primeiro tomei consciência do poder da poesia para aplacar o espírito perturbado e elevar a mente em direção a pensamentos de eternidade:

"...esse abençoado alento
Em que o fardo do mistério
Em que o duro e cansativo peso
Deste mundo ininteligível
É aliviado — esse sereno e abençoado alento...

"Confesso que não lembro o resto. O pai dela costumava instruí-la também na história do país deles — todos os grandes eventos que tinham ocorrido nessas terras do estuário sem perturbar a sua tranquilidade. Fiquei sabendo de batalhas de muito tempo atrás, de ruínas de antigas civilizações, dos romanos, dos saxões e dos normandos que velejavam ao longo do grande rio. Eu compartilhava o contentamento da menina, também, com as histórias da criação, de Adão e Eva, do anjo com a espada flamejante. Era a intenção do pai dela ler capítulos da Bíblia para que ela se familiarizasse completamente com o que ele descrevia como o livro mais sagrado do mundo. Admito que o tinha na mesma reverência, após ouvir as primeiras sentenças que recitou para ela, e eu esperava ansiosamente a lição do dia seguinte.

"Teria ficado contente, creio, em ter passado o meu tempo assim; eu perambulava de noite pelas terras planas do estuário, cantando para o vento e me pondo em comunhão com a terra. Deitava no chão e sussurrava as palavras e percepções, que aprendera. Eu era tão livre quanto o sol, e tão solitário quanto ele. Onde subiam a maré e as águas encapeladas do rio, lá era o meu lar; onde habitavam as corujas e as raposas, lá estavam meus amigos e vagabundos da noite. Há um prazer nos campos sem caminhos e desertos; há um encanto na costa solitária. Eu sentava totalmente imóvel e observava os céus se revolvendo sobre a minha cabeça, e me perguntava se eles eram a origem da minha existência. Ou teria eu vindo das vagarosas águas do rio? Ou da terra macia que alimentava todas as plantas e flores do mundo? Quando com a primeira luz da aurora o pombo aparecia à minha frente, eu partilhava de sua existência e ciscava o chão; quando uma gaivota voava sobre a minha cabeça, eu compartilhava seu pairar no ar; quando observava uma marmota na margem, conseguia sentir a agilidade de seus membros. Em todas as criaturas eu agora sentia a força de uma única vida, uma vida que eu compartilhava, cujos princípios eram energia e alegria.

"Poderia ter continuado nesse estado abençoado, se não tivesse tomado consciência da verdade sobre mim. Você desvia os olhos, não desvia? Eu não tinha memória do que eu fora, embora meu instinto para a fala e minha compreensão das palavras me asseguravam que eu tinha existido aqui em alguma forma alterada. Então lembrei dos papéis que catara em sua mesa e enfiara de qualquer jeito nos bolsos espaçosos de seu manto. Eu não tivera uso para eles antes. Mas agora que descobrira dentro de mim o dom da compreensão, eu poderia olhar para eles com olhos diferentes. Você sabe muito bem que encontrei os diários das semanas que precederam a minha criação, e as odiosas circunstâncias em que fui encontrado e entregue a você. Aqui está, a prova de sua obra. Você me salvou da ausência da morte sem eu saber que tinha morrido; você me ergueu da sepultura e me trouxe uma vez mais à luz e ao ar onde novas correntes de pensamentos e sentimentos emergiram em mim. Você acha que lhe sou grato? Eu agora sei que era um jovem com as marcas da consumpção em mim; creio que você menciona que eu tinha sido um estudante de medicina num hospital de Londres. Eu tinha uma irmã, não tinha, que cuidou de mim até a minha morte? Ah, quisera eu que a minha morte tivesse durado para sempre! Pois logo descobri que viver de novo é tornar-se aterrador para todos aqueles que me veem. Minha forma renovada é um tipo mais odioso da sua, mais detestável ainda pela própria semelhança. Eu logo descobri, também, que teria de me esconder e cobrir o meu rosto de todos os olhos vivos — ficar alerta se ouvisse um passo humano, e procurar algum canto escuro e silencioso. Como você acha que aprendi essas lições?

"Fui ensinado da maneira mais dilacerante e vergonhosa. Tinha ficado tão acostumado com as vozes do pai e da filha que quase acreditei que era parte de sua pequena sociedade; eu realmente imaginei um tempo em que seria aceito por eles, e poderia até mesmo ser bem-recebido na casa deles como um amigo e convidado. Então, uma manhã, eu ouvi o pai falando sobre o efeito da lua nas marés e sobre uma maré alta alguns anos antes que tinha coberto completamente os campos da vizinhança.

"'Ah, a lua é uma grande feiticeira', eu disse em voz alta.

"Eu mal percebi que tinha falado tão abertamente, e fui recebido com um silêncio.

"'Quem está aí?' gritou o pai, com algo como medo em sua voz. 'Apareça'.

"'Ele tem uma voz bonita', comentou a filha. 'Por favor, apareça, senhor'.

"'Eu receio que a minha pessoa não será agradável para vocês', respondi.

"'Não vemos muitos desconhecidos', retrucou ela. 'Mas não temos medo'.

"Eu ouvi os passos dela se aproximando do celeiro, e instintivamente me encolhi num canto. Então eu vi a silhueta dela na entrada.

"Demorou um instante para os olhos dela se acostumarem à penumbra; mas então ela me viu. Nunca vira tal expressão de horror e medo em outra face. Ela emitiu um som confuso, e então caiu no chão do celeiro. O pai chamou-a pelo nome — era Jane — e se precipitou em direção a ela. Ele me viu imediatamente.

"'Deus todo-poderoso! O que você é?' A expressão de angústia e terror em seu rosto é uma que nunca esquecerei.

"Ele ergueu a filha nos braços e, com a força gerada pelo medo, saiu correndo a toda velocidade pelos campos. Eles fugiram de mim como de uma coisa abominável. Eu, que me julgara digno de companhia humana, era para eles uma criatura de horror e pesadelo. Fui até o lugar onde ela caíra e pisoteei violentamente a terra; então caí de joelhos, e esmurrei o chão com os punhos. Eu posso ter uivado, ou berrado, não lembro. Mas os meus pensamentos eram de raiva e vingança — contra o pai e a filha, contra a espécie humana, e contra você, o meu criador!

"Não sei quanto tempo permaneci em minha condição de desespero total. Compreendi então que nunca poderia esperar empatia humana, mas eu não prejudicara a menor criatura na Terra. Que ofensa eu cometera? Fiquei ali em minha desolação, até ser alertado pelo som de cavalos e vozes. Tenho um sentido de audição fora do comum — você deve saber disso —, e eles ainda estavam longe. Mas estavam se aproximando.

"Percebi que os cavalos estavam irrequietos ao se aproximarem de mim, e fugi do celeiro como se tivesse cometido algum imenso e hediondo crime. Escapei pela terra, para trás da casa, de modo que eles não pudessem me ver ao se aproximar; e me escondi num pequeno curso de água que secara. Naquele momento desprezei todas as coisas que viviam — todas as coisas que morriam —, mas permaneci ali, trêmulo em meu esconderijo. Eu poderia tê-los confrontado todos, homens e cavalos, mas não conseguiria mais uma vez suportar as sensações de horror que estimulava nos outros. Eu os vi aproximando-se da casa; havia oito deles, três com mosquetes, junto com o camponês. Ele apontou para o celeiro onde eu me abrigara. Um deles gritou alguma coisa, como advertência ou desafio, e eles muito lentamente avançaram com suas armas prontas. É claro que não me encontraram. Então voltaram e foram na direção da casa; eles a cercaram, e o camponês entrou só para sair alguns momentos depois. Ficou claro que discutiram entre si, e depois de alguns minutos foram em pares pelo campo em torno. Me abaixei mais no leito seco, de modo a ficar abaixo do nível da paisagem plana. Dois deles chegaram perto de mim. Ouvi-os falando, um deles exclamou sobre um 'demônio' ou 'monstro'. Houve alguma referência a antigas lendas locais e à presença de uma coisa que conheciam como Moldark. Era claro que o conhecimento deles era parco e impreciso. Eles passaram por meu esconderijo e se juntaram aos outros atrás da casa. Houve uma discussão entre eles, e então todos partiram.

"Esperei até ficar escuro, e então voltei. Minha vergonha e perplexidade uma vez mais deram lugar à raiva. Como eu podia ser descrito como um 'demônio' ou 'monstro'? Eu me movo, eu existo, eu me agito dentro de minha prisão.

"Peguei troncos e galhos, empilhando-os no alto do interior da pequena casa; um vento feroz veio do mar e levou embora as nuvens que encobriam as estrelas. Ele me encheu de determinação, de modo que acendi os galhos secos de uma árvore; em minha raiva implacável, comecei a dançar em volta da casa, olhando o tempo todo a grande orbe da lua no horizonte oeste. Então, com um forte brado de triunfo, incendiei a habitação. As labaredas logo foram erguidas pelo vento até tomarem tudo, e em pouco tempo a casa tinha sido reduzida a uma ruína fumegante. Eu atingira o meu objetivo.

"Voltei para o interior da ruína, deitei no chão enegrecido e dormi. Acordei com um novo ímpeto de energia — sim, essa é a sensação que devo expressar. O efeito do calor, em qualquer forma, é me restaurar e reviver. Aprendi a como prever tempestades e relâmpagos. Sei que estão próximos pelo cheiro em minhas narinas, e todo o meu ser fica agitado com a sua aproximação. Sou fortificado pelos relâmpagos e, quando estudei as suas notas sobre o processo de minha criação, compreendi a razão. Você descobriu os princípios elétricos do corpo humano, eu posso testemunhar o poder deles. Eu cortejava o relâmpago e o trovão, e exultava com as tempestades que se abatiam sobre o estuário. Algum vasto princípio de poder anima a infinidade.

"Quando li as suas notas, também fiquei muito envolvido pela narrativa de minha própria descoberta. Havia alguma menção dos homens que me levaram até você, e que me trocaram por dinheiro. Fiquei interessado neles. Você se referia a um pub chamado *Fortune of War* em Smithfield, que eu julguei que seria capaz de encontrar no grande labirinto desta cidade. Dei-me conta então de que, antes de me aventurar do estuário, precisava me cobrir o mais completamente que conseguisse. Assim me vesti; cobrindo meu corpo com o seu grande manto, e então desenrolando meu cachecol e o pondo em volta do rosto, eu garantia que apenas meus olhos e testa ficassem visíveis. Desse modo, esperava evitar ser descoberto. Para a minha sorte, essa era uma época de bruma gélida, e a maioria dos cidadãos cobria suas bocas e narinas com cachecóis ou lenços para se protegerem dos vapores. Dessa maneira, eu podia andar sem ser notado pela multidão, exceto pela apreensão sutil daqueles mais próximos a mim de que eu não era exatamente — como posso dizer — do tipo habitual.

"Assim trajado, fui certa noite em direção a Smithfield e perguntei onde ficava o hospital lá. Você conhece a área bem, não? O pub ficava a poucos metros da entrada, e ao me aproximar pude ouvir o tumulto de vozes e imprecações vindo de seu interior. Então esperei num canto, um pouco além da entrada. Eu estava esperando três homens. Chovia naquela noite, mas os pingos frios mal chegavam em mim. Sou uma poderosa fonte de calor, e a água é dispersada. Havia muitos que passavam apressados por mim, mas nenhum deles me olhou. Um desconhecido sombrio, numa noite sombria, é algo a se evitar.

"Muitas pessoas entraram e saíram da estalagem, mas vinham sozinhas ou em pares; algumas delas vomitavam na noite, outras se arrastavam na chuva, outras corriam pelas pedras do pavimento de Smithfield. Eu estava tão decidido quanto ao meu objetivo que não cansava de esperar. Por fim, três homens saíram na noite. Um deles deu um violento chute em seu companheiro, como se fosse o seu cachorro. Soube então que aqueles eram os homens que procurava. Eu os segui por uma pequena viela, mantendo distância; eles viraram em uma esquina, onde pararam e entraram numa discussão feroz sobre a divisão de algum dinheiro. Sem dúvida deviam ser os lucros de um de seus furtos de sepultura. Encostei na parede, do outro lado, e então falei muito suavemente.

"'Cavalheiros, onde está a minha irmã?'

"'Quem é você?'

"'Um de seus amigos. Eu vou perguntar de novo. Onde está a minha irmã?'

"Então dobrei a esquina e fiquei na frente deles.

"Acho que um deles deve ter tido um vislumbre de reconhecimento.

"'Quem diabos é você?'

"'Vocês sabem muito bem.' Eu desenrolei o cachecol, e mostrei a eles o meu rosto.

"Um deles berrou, e quis correr freneticamente pela viela. Antes que ele pudesse se mover, eu o peguei pelo braço e segurei firme.

"'Como veem, os mortos podem se mover bem rápido. Agora, onde está a minha irmã?'

"Um deles, o mais velho, estava num estado de medo tão espantoso que não conseguia falar. O outro me olhava fixamente com uma expressão singular de alarme. Eu o sacudi bruscamente, e suponho que fraturei um osso em seu braço; ele deu um grito de dor.

"'Esse é o menor ferimento que farei em vocês', ameacei, 'se não me derem a localização de minha irmã. Vocês devem lembrar. Vocês pegaram meu corpo lá e o levaram pela água até o Sr. Frankenstein. Venderam-me por guinéus. Onde ela está?'

"'Perto do Broken Dock. Em Bermondsey.' Ele pareceu muito confuso, ou alarmado, para continuar; de modo que o sacudi de novo. 'Ela mora no último cômodo à esquerda quando se vai na direção do rio. No terceiro andar. Uma fabricante de brinquedos.'

"'Qual é o nome dela?'

"'Annie. Annie Keat.'

"Apertei o braço dele com mais força, de maneira que mais uma vez ele gritou de dor.

"'E o meu?'

"'Jack.'

"Eu o soltei. Assim que seus companheiros se deram conta de que estavam livres, saíram correndo pela viela. Eu envolvi meu rosto no cachecol e voltei para Smithfield.

"Como um eco distante, eu lembrava do nome de Jack Keat; poderia ter sido revelado para mim no grave ribombar do trovão, ou no instante do clarão do relâmpago, tão discreto e repentino que mal o percebi. Então esse era meu nome do passado.

"Já era muito tarde para visitar minha irmã, então voltei ao estuário, pelo rio, e me deitei na ruína enegrecida da casa. Ninguém voltara àquele lugar, e creio que ninguém jamais voltará. Ficara assinalado nas vizinhanças como um local de escuridão.

"Passei alguns dias em repouso e silenciosa reflexão. Às vezes eu ficava sentado com os olhos fixos no chão; nessas ocasiões, sentia que preferia ser uma pedra a ser o que sou. Não é melhor morrer do que viver e não ser amado? Eu ansiava por extinção. Pode algum ser morrer duas vezes? Eu ia pois ao encontro de tempestades sem esperança de que elas me fulminassem. A luz me revivia. O sol me revivia. Queria e orava pelo total aniquilamento, mas meu desespero era mais forte do que minhas orações. Não posso morrer. Tenho de aguentar. É o meu destino. O que eu sou, eu sou. Não sou mais Jack Keat, mas algo mais profundo e sombrio do que qualquer condenação individual.

"Depois que alguns dias e noites se passaram, decidi visitar minha irmã. De novo tomei a precaução de me cobrir bem, e nadei uma noite do estuário para Bermondsey e Broken Dock. Só podia evitar ser descoberto viajando de noite, quando uma forma escura no rio não desperta nenhum interesse. Quando subi os degraus, a água escorria de mim; eu peguei o chapéu — o seu chapéu — do bolso do manto e o coloquei na cabeça. Então, mais uma vez, enrolei o cachecol em meu rosto. O vilão me dera a localização do cômodo: era um prédio arruinado perto da doca de madeira, e compartilhava seu ar de dilapidação. Havia alguns tocos de vela em um ou dois dos quartos, e alguns farrapos de pano tinham sido pendurados nas janelas. Olhei para a janela do terceiro andar onde havia uma tênue iluminação intermitente, como se uma lamparina tivesse sido colocada num canto longe dela. Aquele quarto tinha sido o cenário de minha morte. Tive um vislumbre do vulto de minha irmã, e fiquei olhando-a indo e voltando pelo quarto; ela parecia irrequieta, como se a minha presença a tivesse deixado nervosa. Quando ela foi até a janela e olhou para fora, escondi-me nas sombras. Eu podia ver apenas seu vulto na meia-luz, mas ela me pareceu a criatura mais bonita do mundo; havia algo de indefinidamente familiar em sua aparência, como se eu pudesse lembrar dela se debruçando sobre mim em minha doença final. Não tenho memórias reais dessa época, mas é *como se tivesse*. Após alguns momentos, aparentemente perdida em pensamentos, ela se afastou da janela, e a luz foi apagada.

"Atravessei a soleira e entrei num corredor escuro que parecia o fantasma de uma memória perdida. Para os mortos, será que o mundo real parece ser distorcido, habitado por fantasmas? Havia duas portas no terceiro andar, e foi por uma questão de instinto que me voltei para a da esquerda. Parecia que meu corpo físico tinha alguma memória do passado gravada nele. Eu hesitei em frente a porta; como poderia me apresentar para a minha irmã sem aterrorizá-la, talvez além da razão? Eu tinha um desejo sincero de falar com ela, mas ela dificilmente poderia considerar com tranquilidade a aparição de seu irmão morto. Coloquei o ouvido na porta, e consegui ouvir sons de movimentos. Num instinto repentino, bati e sussurrei:

"'Annie!'

"'Quem está aí?'

"'Annie?'

"'Eu conheço essa voz. Quem é você?'

"Meu medo de apavorá-la retornou, e eu precipitei-me escada abaixo até a rua. Escondi-me quando a janela foi aberta, e ela se debruçou.

"'Annie!', chamei de novo.

"Ela fechou a janela. Então, alguns momentos depois, saiu na rua com um xale, mas sem chapéu; seus cabelos compridos caíam em seus ombros, e ela parecia num estado de agitação ou transtorno. Ainda não podia me ver, pois eu recuara no mesmo instante para a soleira de uma porta que me mantinha fora da vista dela; quando espiei de onde estava, a vi correndo para a margem do rio, olhando em volta. Eu a segui, a alguma distância, mas não consegui mais conter o meu desejo de falar com ela. Avancei lentamente na sua direção.

"'Annie, não tenha medo. Nada de mal vai acontecer com você. Não. Não olhe para trás.'

"'Essa voz...'

"'Você me conhece?'

"'Se eu estivesse sonhando, eu o conheceria.'

"'Isto não é um sonho. Você se lembra do seu irmão?'

"'Oh, meu Deus. O que você é?' Ela se virou e, ao me ver, gritou. 'Deus meu! Saído da sepultura!'

"Num frenesi de medo ela correu até a margem do rio; não parou ou nem mesmo hesitou, e, em seu terror, se atirou na água. Eu fiquei parado um instante, extremamente horrorizado e desamparado com a reação dela comigo. Então mergulhei no rio e nadei em direção a ela. O Tâmisa é fundo naquele ponto, e a corrente da maré vazante já a levara um pouco adiante. Num momento eu estava ao lado dela e a tirei da água; mas ela não deu nenhum sinal de movimento. Eu a levei de volta à margem, e a deitei nas pedras do calçamento. Não havia vida nela. Ela morrera — de pânico, ou da imersão, eu não sabia dizer. Eu sabia apenas que era o responsável por sua morte. Eu, que a procurara como um companheiro ou amigo, me tornara o seu assassino. Gritei de dor na margem, prostrado sobre o corpo dela num estado de luto abjeto. Mas então ouvi o som de passos correndo, e gritos. Em meu estado extremo, ainda retinha o instinto de autopreservação, e mergulhei na água.

"Julguei que não tinha sido visto sob o manto da escuridão, e voltei para o estuário.

"Tinha lido em algum lugar que o sofrimento compartilha a natureza do infinito; que é permanente, obscuro e sombrio.

Assim tinha sido a minha experiência. Eu era um ser tão repugnante que a minha própria irmã perdera a vida num esforço de escapar de mim. Eu tivera a esperança de que, perdoando minha aparência externa, ela acabaria me estimando pelas excelentes virtudes que eu seria capaz de revelar. Era uma grande esperança. Ela correra de mim gritando de terror. Não consigo chorar. Você tem uma explicação para isso? Não tenho lágrimas. Presumo que o calor de meu nascimento me ressecou. Mas se eu não podia chorar, lamentar ainda podia. Amaldiçoei o dia em que voltei à vida, e o amaldiçoei com uma amargura para a qual não há expressão. Mas a expressei de uma maneira diferente. Eu o procurei. Descobri onde você morava. A principio, considerei ser eu mesmo o seu carrasco, mas há um elo entre nós que nenhuma força humana pode romper; eu contive a minha mão. Em vez disso, fiquei observando quem lhe era caro, e escolhi uma que, como minha irmã, era jovem e inocente de qualquer mal. O resto você sabe."

Quinze

Ele terminara de falar, e se voltou de novo para o Tâmisa. Eu podia ver que ele estava tomado por alguma emoção poderosa, e eu quase conseguia sentir pena por seu estado miserável. Ele estava condenado a vagar pela Terra, em busca de algo que o mundo não poderia lhe dar — amor, amizade, compaixão, tudo isso lhe seria negado. Se fosse verdade que ele não podia morrer, que os terríveis termos de sua existência seriam sempre renovados, ele teria ter de suportar essa desolação.

— O que você quer que eu faça? — perguntei.

— Que você faça? Uma vez que você criou a vida, você tem de assumir responsabilidade por ela. Você *é* o responsável!

— Eu não vou mais criar vida. Isso eu lhe juro.

— Uma resposta frouxa. Você não percebe o elo entre nós? Há um pacto de fogo que nunca poderá ser revogado. Eu estou tão intimamente ligado a você que poderíamos ser a mesma pessoa. Eu fui concebido e formado em suas mãos. — Ele se virou naquele momento, e me encarou. — Eu não tenho ninguém a não ser você. Você vai me abandonar? Você é a minha última esperança. Meu último refúgio. — Eu baixei a cabeça e chorei. — Você chora por você mesmo, não por mim.

— Eu tenho pena de você.

— Poupe sua pena para si mesmo.

— Eu daria tudo o que tenho para libertá-lo de seu sofrimento. Se eu pudesse de novo reduzi-lo a matéria inanimada, o faria de bom grado. Você desejaria isso?

Ambos ficamos em silêncio por um longo tempo. Eu ainda estava sentado, enquanto ele ia para lá e para cá na oficina, numa agoniada reflexão. Por fim, ele parou junto à minha cadeira.

— Eu posso ser seu filho. Ou seu criado. Eu posso cuidar de você, e protegê-lo de qualquer mal.

— Isso está fora de questão.

— Fora de questão? Não conheço tal expressão. Nós temos um elo inquebrantável. O que "está fora de questão"?

— Esse elo é algo medonho. Você se tornou o agente sombrio da desolação.

— Através da sua vontade.

— O meu propósito era benigno. Eu tinha a esperança de criar um ser de infinita benevolência. Um em que as forças da natureza teriam cooperado para despertar um novo ser espiritual. Eu acreditava na perfectibilidade da humanidade...

— Ah, não me venha com isso. Desde que você me despertou, conforme diz, eu nada testemunhei além de medo, infortúnio e violência.

— Você os causou.

— Mas você é a causa primeira.

— Ouça-me. Eu compartilhei com meus amigos um novo credo de liberdade e altruísmo. Eu tinha a esperança de fazê-lo prosperar.

— Seu novo credo provou-se uma ilusão, então. A humanidade não tem como ser melhorada.

— Você está enganado quanto a isso. Haverá, terá de haver, progresso nas ciências.

— Contemple o seu progresso. Aqui estou.

Quando eu o vi tripudiando de mim, minha pena tornou-se raiva.

— Eu o abjuro. Eu lhe imploro que se mude para algum lugar distante e não mais incomode os homens.

— Você quer que eu viaje para algum vasto deserto ou ilha distante. Ou talvez um precipício de gelo entre as montanhas mais altas?

— Qualquer lugar longe deste mundo.

— De modo que o meu sofrimento é menos importante que o seu sossego.

— O sossego de todos.

— É uma proposição interessante. Nesse caso, então, eu pediria a você que formasse uma companhia para mim nessa vida isolada.

— O quê?

— Crie para mim outro ser que possa se tornar minha noiva, da mesma natureza e com as mesmas características que eu.

— Isso é uma insanidade.

— Onde está a insanidade? Nós estaremos alienados de todo o mundo, mas nunca nos separaremos um do outro. Eu não digo que viveremos em êxtase, mas ao menos ficaremos livres do sofrimento. Com quem eu posso falar? Não há ninguém. Estou sozinho no mundo. Você sabe o que é essa aflição? Acho que não. Você não experimentou a sensação de ser totalmente expulso, de estar à deriva na margem da vida sem ser visto ou ouvido. Se eu choro, não há ninguém para cuidar de mim. Se estou em agonia de espírito, não há ninguém para me consolar. Está em seu poder dar uma solução à minha solidão. Não me negue esse pedido.

— Como posso realizar tarefa tão monstruosa? Meus instrumentos foram todos destruídos por você.

— É uma questão de gastos. Só isso. Você sabe como conjurar o poder elétrico. Você pode construir as máquinas.

— Você seriamente pretende que eu tire uma mulher da sepultura e a anime?

— Se você consentir, nem você nem nenhum outro homem verão esta face de novo. Minha companheira e eu levaremos uma vida harmoniosa e simples. Encontraremos nossa paz na terra gentil, e nos contentaremos com o isolamento de uma ilha oculta; beberemos a água das nascentes e comeremos sementes. Seremos suficientes um para o outro.

Eu fiquei numa confusão de perplexidade e apreensão. Visualizei todas as cenas desse processo; a montagem das máquinas elétricas, o corpo ou as partes de uma mulher retiradas da sepultura e trazidas para Limehouse, a luz e o calor da terrível criação. E então mais outro ser erguendo-se da mesa, com todos os poderes que eu sabia que possuiria! Eles poderiam copular e ter descendência? Não. Os mortos não podem criar vida nova. Disso eu tinha certeza.

— Ela tem de ser jovem e bonita — disse ele.

— Não posso consentir.

— Nós deixaremos o mundo para aqueles que são felizes nele. Libertado do ódio de meus semelhantes, eu expressarei toda a benevolência que uma vez você teve a esperança de encontrar em mim. Eu não mais o amaldiçoarei e me enraivecerei com você. Juro pela luz do sol. Juro que o deixarei para sempre.

Eu considerei esse argumento apenas por um momento, já que permanecia firme em minha objeção e rejeição de uma proposta que poderia ter consequências intoleráveis.

— Está fora de consideração.

— Você destruiria a minha única chance de felicidade? De salvação?

— Eu negaria a você a chance de infligir mais destruição e tristeza ao mundo, com uma companheira igual a você em força e propósitos.

— Muito bem. Eu sou destemido e, portanto, poderoso. Eu digo isso claramente a você, mesmo estando tomado pela raiva e pela vontade de vingança. Seus dias irão se passar em pavor e horror, e logo você irá se arrepender de todas as injúrias que me infligiu. Um dia você irá amaldiçoar o sol que brilha sobre o seu infortúnio.

— Eu lhe ordeno algo. Não me siga!

— Ah, é essa a soma de todos os seus medos? Deixe que eu lhe diga agora que você nunca conseguirá escapar de mim. Se você não vai me criar uma companheira, então eu o escolho para ser o meu consorte. Nós seremos inseparáveis, duas coisas vivas unidas. Você se encanta com a perspectiva tanto quanto eu?

— Eu posso viajar para os mais remotos confins do mundo...

— Nem pense em fugir para alguma região remota. A fúria em mim é maior. Eu o encontrarei.

— Não posso tentar fazer com que você veja a razão?

— Razão? O que tem a razão a ver com isso? O pacto entre nós é de fogo e sangue.

— De modo que você vai ser a minha sombra, certo? Então será uma criatura subordinada, o escravo de meus desejos.

— Não. Não vou estar com você sempre. Não vou estar com você com frequência. Mas quando você menos esperar, então eu estarei lá. E se eu aparecesse na noite de seu casamento?

— Como poderá haver tal coisa, quando sei que você estará em algum lugar à minha volta?

— Precisamente. Não sou um escravo. Sou o seu amo. E lembre-se disso. Pode ter certeza de que o assombrarei. — Ele foi até a porta e pareceu exultar com o poder da noite e do rio. — E agora, para o estuário — anunciou. — Eu me empenharei num eterno tormento!

—

Eu FIQUEI SENTADO, OU MELHOR, encolhido, em meio ao detrito que era tudo que sobrara de meu trabalho, enquanto as horas passavam. Dizem que os males chegam a um fim, mas o medo dura para sempre. Eu tinha entrado num estado da existência que só poderia ser encerrado com a minha morte. E como eu quis, nessas primeiras horas, que a morte viesse! Fiquei na oficina até amanhecer, mas então, por algum instinto bruto ou animal, voltei para casa pelas ruas de Londres. Caía uma chuva forte, com a qual pouco me importei: não parecia ser mais que o acompanhamento de minha sina, despejando visões de névoa e lama em cada rua.

Quando por fim cheguei à minha porta na Jermyn Street, Fred me recebeu com a mais perplexa das expressões.

— O senhor está uma água só, Sr. Frankenstein. Vai escorrer pela sarjeta.

— Leve-me para dentro, Fred. Mal consigo ficar de pé.

Ele me ajudou a entrar, e imediatamente começou a tirar as minhas botas.

— Há água o bastante aqui — falou — para abastecer uma frota. — Ele começou a torcer as minhas meias de lã. Então foi ao armário e me trouxe várias toalhas; com elas eu me retirei para o meu quarto, onde me despi e deitei na cama.

Quantas horas dormi, não sei. Fui despertado pela entrada de Fred, trazendo um prato de costeletas e tomates. Ele o colocou cuidadosamente ao meu lado na cama, e de um bolso tirou uma carta selada com um sinete.

— Isto veio de um cavalheiro — explicou. — O senhor sabe qual.

Era uma carta de Bysshe, convidando-me a viajar para Marlow, para juntar-me ao que ele chamava de *meu paraíso ribeirinho*. Eu me dei conta, no instante de reflexão sobre sua proposta, de que eu contraíra a mais curiosa fraqueza. Tinha perdido toda a minha energia mental, meu entusiasmo com os assuntos da vida. De fato, eu perdera toda a motivação e noção de vontade. Era a sensação mais singular do mundo. Do pavor e horror, vieram a humildade e submissão. O medo não me abandonara. Longe disso. Mas tinha se tornado o meu parceiro perpétuo, meu duplo, minha sombra, sem o qual eu não podia existir. De modo que me vi singularmente incapaz ou sem ânimo de tomar qualquer decisão por mim mesmo, em qualquer assunto concernente ao meu destino. Comi as costeletas e tomates que Fred preparara para mim, e disse a ele que fizesse as malas para Marlow. Ele me perguntou se podia me acompanhar nela — como meu "valete" como ele disse, na linguagem das ruas —, e eu concordei sem nem sequer pensar no assunto.

PARTIMOS DA JERMYN STREET LOGO depois, e contratamos uma diligência de Catherine Street para Marlow; Fred manteve um fluxo ininterrupto de conversa o tempo todo, o que me agradou muitíssimo. Livrava-me de qualquer necessidade de falar, ou pensar, enquanto saíamos da capital e seguíamos pelos campos e cercas vivas de Buckinghamshire. Ele apontou os marcos no caminho, o número de poços de cascalho em Kensington, os gansos em Chiswick e as estradas ruins de Brentford; disse que ele e seu irmão costumavam nadar no Tâmisa, até a sujeira no rio ficar insuportável; contou que 12 mil pessoas atravessavam a London Bridge a cada dia, e que havia elfos nas florestas de Highgate; admitiu que Marlow era uma cidade "confortável", e explicou-me em detalhes como encontrara a casa de Bysshe através do expediente de inquirir francamente os comerciantes. Depois de um breve silêncio, ele ofereceu a informação de que também testemunhara a execução de Daniel Westbrook.

— O quê? — indaguei. — Você foi até Newgate depois que eu saí de casa?

— Sim, senhor. Espero não ter feito nada de errado. Não havia nada para fazer na casa, veja só. Estava tudo na mais perfeita ordem.

— Seu patife. Você me fez acreditar que mantinha a guarda perpetuamente.

— Ninguém pode ser perpétuo, Sr. Frankenstein. Eu precisava tomar ar.

— Um ar torpe em Newgate.

— Assim foi, Sr. Frankenstein. Eu nunca tinha estado num enforcamento antes. Eu queria ver a coisa.

— E você viu. — Debrucei-me na direção dele. — E eu também.

Repentinamente comecei a chorar. Curvei-me na carruagem e solucei, as lágrimas incontidas e inesperadas. Fred me passou um lenço, e olhou fixamente pela janela até eu me recompor. Por fim recostei-me e apoiei a cabeça no descanso de couro. Estávamos viajando por um trecho de estrada ao lado do Tâmisa, e percebi que a corrente do rio estava turva e irregular. Havia algo na água, impedindo o seu progresso.

— Eis a pedra da fronteira — anunciou. — Logo estaremos lá.

Chegamos ao anoitecer. O ar perto do rio estava frio e pesado de umidade, mas Fred conduziu-me rapidamente pela rua principal da cidade. Era larga o bastante para duas carruagens, e estava enlameada após a recente chuva, mas nós a atravessamos sem nenhuma dificuldade. Viramos à esquerda numa via menor, em que se sucediam lojas e casas de bom nível.

— Chegamos, Sr. Frankenstein. Esta é a casa.

Era uma mansão de dois andares, de construção recente, com uma varanda de treliça despojada e grandes janelas no andar térreo.

— Você poderia bater, Fred? — Eu não tinha a menor energia.

A porta foi aberta pelo próprio Bysshe, que pareceu atônito ao ver-me tão pronto após ter enviado o convite.

— Meu caro Frankenstein — exclamou —, você é como uma aparição. Acabei de falar de você! E aqui está o menino, parecendo tão lustroso como uma maçã de Tenterden. Entrem.

Passamos a um corredor estreito, onde havia um suprimento abundante de livros e guarda-chuvas. Eu havia esquecido que Bysshe tinha uma estranha inclinação por guarda-chuvas, de qualquer tipo, e uma propensão igualmente forte para perdê-los. Ele nos levou a uma sala de estar brilhantemente iluminada, com compridas cortinas adamascadas e confortável mobília no estilo provincial. Sentados junto à lareira estavam um cavalheiro de meia-idade e uma jovem dama, evidentemente entretidos numa conversa.

— Este é o homem — anunciou Bysshe — que eu estava descrevendo. É uma coincidência das mais estranhas e singulares. Este é o Sr. Godwin, Victor, e a sua filha Mary.

O homem levantou-se de sua poltrona e me cumprimentou com grande cordialidade; sua filha me deu a mão e desejou as boas-vindas a Albion House, como se fosse a senhora dela.

— Estivemos discutindo o nome Albion, Sr. Frankenstein — explicou o pai dela. — Bysshe acredita que seja derivado de "Alba", a palavra celta para a Bretanha. Mas eu acredito que seja algo mais clássico. Considero que provenha de *albus*, significando branco. Ou seja, dos rochedos brancos. Qual é a sua opinião? — Ele estava usando um par de óculos que pareciam realçar seus olhos claros e quase sem rugas. Seus modos eram cordiais, como eu disse, mas um pouco intensos e professorais demais; parecia uma cordialidade forçada.

— Eu não faço a menor ideia, senhor. Sinto muito.

Bysshe trouxe uma cadeira para mim e me ofereceu um copo de Madeira, que aceitei de bom grado.

— Você está cansado da viagem, Victor. — Ele tinha percebido minha inquietude e fadiga. — Isso irá reanimá-lo.

O pai e a filha olharam para mim com um plácido interesse, aguardando que eu falasse.

— Tem sido uma época difícil — comentei.

— É claro. William e Mary estão a par de todos os tristes fatos. Você pode falar livremente.

— Não sei se consigo sequer falar.

— Você foi ao funeral de Harriet?

— Sim.

— E estava presente na execução de Daniel?

Eu olhei em volta procurando Fred, mas ele silenciosamente deixara a sala, sem dúvida em busca da companhia dos criados de Bysshe.

— Sim. Ele morreu corajosamente. Ele era inocente.

— Como o senhor sabe disso? — O Sr. Godwin me fez a pergunta num tom de desafio.

— Eu sei disso. Eu conheço — digo, conheci — Daniel Westbrook. Eu o vi em sua cela na prisão. Não havia ser mais gentil na Terra. Ele nada teve a ver com o crime. Absolutamente nada.

— Não havia nenhum outro suspeito — o Sr. Godwin disse. — Nós lemos o que sai na imprensa, mesmo aqui em Marlow.

— O assassino está à solta.

— O senhor tem informações confidenciais, Sr. Frankenstein? — A Srta. Godwin me fez essa pergunta com a mais leve insinuação de um sorriso.

— Não. Não tenho outras informações sobre o caso exceto aquelas que o instinto e a intuição me deram. Tenho certeza de que, como uma dama, a senhorita irá me conceder esse direito.

Ela então me deu um olhar afiado.

— O instinto é algo bastante certo e justo. Meu pai adota princípios mais racionais, mas eu sempre acreditei nos poderes divinatórios da imaginação.

— Ela leu Coleridge — disse o pai. — Uma entusiasta do sopro divino.

— Sem a imaginação, pai, a forma humana é só pó e cinzas.

— Você não pode ir longe assim, Mary.

— Eu posso entrar no mundo do ideal, não posso?

Bysshe estava ouvindo em silêncio a conversa, e eu não pude deixar de notar a profunda admiração que demonstrava por Mary. Pareceu-me estranho que, após a morte recente de Harriet, ele pudesse estar tão impressionado por outra mulher. Contudo, eu não estava de todo surpreso com o seu interesse. Tinha ouvido falar da mãe de Mary, Mary Wollstonecraft Godwin. Ela era a autora de *Uma defesa dos direitos da mulher*, e eu, quando estudante na Suíça, lera o livro com grande fervor. Sim. Fervor é a palavra. Ela me instilara um amor pela liberdade em todas as suas formas, e eu acreditava que a felicidade humana devia ser uma prerrogativa de todos, independentemente do sexo. Eu esperara ver na Srta. Godwin algum sinal ou evidência do gênio de sua mãe, e logo me inteirei que ela tinha virtudes mais discretas, porém não menos interessantes.

Bysshe pareceu adivinhar o meu interesse porque, um momento depois, me conduziu ao outro lado da sala sob pretexto de que desejava ter comigo um "simpósio privado".

— Eu não teria conseguido suportar o funeral, Victor — confidenciou. — O horror da coisa. A sua falta de sentido. Eu ainda penso nela como uma boa e querida, menina. Nunca perderei essa lembrança.

— E quanto à filha de vocês?

— Ianthe ficará melhor com os Westbrook. Eu providenciei que uma renda anual seja paga a eles através do meu banco. — Ele me olhou com certa súplica, como que querendo a minha aprovação.

— Você fez o que era necessário, Bysshe.

— E o que é certo?

— É claro. — Eu fiquei quieto por um instante. — Você me havia mencionado o Sr. Godwin antes.

— Eu lhe contei que o visitei em Somers Town? Eu sempre o admirei, desde que li seu *Investigação relativa à justiça política*. Compartilho a crença dele de que o homem pode ser melhorado, e até aperfeiçoado.

— De fato? Como ele chegou a essa conclusão?

— Você não costumava ser tão cético, Victor.

— Eu apenas fiz uma pergunta.

— O Sr. Godwin é propelido por uma noção nítida do homem natural. Os primeiros homens não eram selvagens ou cruéis. Em seu estado natural, eles eram pacíficos e benevolentes. Foi apenas a tirania da lei e dos costumes que nos tornaram o que somos. Mas é possível a perfectibilidade do homem. Uma vez que tenhamos removido os seus grilhões, ele será capaz de um aperfeiçoamento contínuo.

— E você também acredita nisso?

— É um artigo de fé. Houve um tempo, Victor, em que também você teria aderido a ele.

— Eu não tenho mais todo o meu velho entusiasmo, Bysshe.

— Você tem certeza de que realmente está bem? Você parece ter perdido a sua primavera.

— O inverno chegou, receio. — Eu ansiava por me abrir com ele, por explicar tudo o que havia ocorrido da maneira mais exata e metódica, mas eu sabia claramente que até Bysshe teria me tomado por um louco.

— As mortes de Harriet e Daniel — observou — foram um golpe monstruoso para nós. Você sucumbiu, caro Victor, a uma melancolia da qual eu prometo salvá-lo. Você vai ficar conosco aqui em Marlow até estar recuperado. Passaremos longos dias tranquilos inteiramente à vontade. Vamos passear ao longo do Tâmisa. Você verá. Já agora está retornando à vida. Venha. Vamos nos juntar aos Godwin.

Ficou claro, ao longo da conversa, que o pai e a filha tinham decidido se instalar em Marlow para consolar Bysshe após a morte de Harriet. Eles tinham alugado uma casa por perto, mas, com o empenho urgente de Bysshe, concordaram em se acomodar na própria Albion House. Havia lugar para todos, ele disse, em Albion. Eu fiquei com a impressão de que o Sr. Godwin estava passando dificuldades e, por conta disso, acolhera de bom grado a oferta. Eu me perguntei, também, se ele estaria recebendo contribuições do bolso de Bysshe, que não dava a menor importância ao dinheiro.

— Eu me pergunto, Sr. Shelley — questionou a Srta. Godwin —, por que mantém um barco nesse tempo horrível.

— Eu pedi que você me chamasse de Bysshe.

— Eu sei. Preciso aprender a esquecer minhas boas maneiras.

Ela era uma jovem atraente, com uma massa de cabelos pretos caindo em cachos e caracóis; tinha uma bela testa, sugerindo ideais altamente desenvolvidos, e expressivos olhos escuros. Sempre tinha a aparência de quem acabara de acordar, e em repouso tinha uma expressão sonhadora, até mesmo passiva. Ela me olhava com atenção quando falava comigo, mas então voltava para algum mundo de reflexão privada.

— Você viria comigo, Mary, pela água? — perguntou Bysshe. — Vou lhe mostrar as delícias do rio mesmo com o tempo horrível, como você disse. Há um consolo inexprimível em ver a chuva se dissolvendo na água, e podemos nos abrigar sob os galhos de um salgueiro. Há com frequência uma névoa onde o rio e a chuva se reúnem.

— Não vai estar muito frio? — retrucou ela.

— Não se você estiver com o seu xale e chapéu.

— O ciclo hidrológico — disse o Sr. Godwin. — Não há uma só gota de água, a mais ou a menos, do que havia na criação do mundo.

— Não é um pensamento encantador, Victor? — Bysshe tinha me servido outro copo de vinho Madeira. — Como era no começo, é agora, e sempre será.

— Você está citando uma velha oração de libertação — falei.

— Uma oração de celebração, eu acho.

— A eternidade me enche de temor — repliquei. — Não se pode imaginá-la.

— Pois nisso — disse o Sr. Godwin — o senhor está aludindo a uma grande verdade. A eternidade é incompreensível. Nem mesmo os anjos, se tais seres existem, conseguem contemplá-la. Toda criatura que existe é imbuída de uma noção de término.

A conversa continuou nesse teor por mais algum tempo, até eu alegar cansaço e ser conduzido por uma criada para o meu quarto. Ela me disse que seu nome era Martha.

— Onde está Fred? — perguntei.

— Ele está na cozinha, senhor, servindo-se de presunto.

— Então não quer ser incomodado.

— O senhor precisa dele?

— Não. Não mesmo. Deixe-o com o seu presunto. Posso cuidar de mim mesmo.

Eu me despi e me deitei na cama. Era uma noite tempestuosa, e a chuva batia nas janelas; eu senti que o som me reconfortava, e muito depressa adormeci.

—

Fui repentinamente despertado por um grito prolongado vindo de alguma parte da casa perto de mim. Era um grito de terror extremo. Peguei o meu robe e me precipitei pelo corredor, com muitos pensamentos sombrios me assolando. De repente, Bysshe apareceu em seu camisolão, do outro lado do corredor, e fez um sinal para que eu fosse até ele.

— Você ouviu isso? — perguntou.

— Quem não teria ouvido?

— Acho que veio do quarto de Mary. Aqui. — Ele bateu de leve na porta, sussurrando o nome dela.

A porta se abriu alguns momentos depois.

— Desculpe — falou ela. — Não há nada a temer. — Estava usando uma camisola de musselina branca, mas não era tão luminosamente pálida como suas face e mãos trêmulas. Ela parou incerta, e a porta permaneceu entreaberta. — Sonhei que estava vendo um fantasma na janela. Foi um sonho. Tenho certeza disso. Havia um rosto.

— Claro que foi um sonho, Mary. Mas os sonhos podem assumir a aparência de uma realidade terrível. Você teve razão em gritar.

— Sinto muito tê-los acordado. Eu mesma acordei.

— Não se preocupe com isso. Agora tente voltar a dormir.

Ela fechou a porta. Bysshe e eu retornamos a nossos quartos. Eu nada disse durante a conversa, mas demorou muito tempo até eu conseguir dormir de novo.

—

Na manhã seguinte, o Sr. Godwin estava muito bem-disposto. Tinha dormido tranquilamente a noite toda, ele nos disse no café da manhã, e estava se sentindo "muito são". A Srta. Godwin ainda estava pálida; não conseguiu comer, e falou muito pouco.

— Eu estive exaltando para Martha as virtudes das beterrabas de Baxter — dizia o pai dela. — São doces. São macias. São deliciosas. Melhores que todas as outras do reino. Você precisa lembrá-las a Martha.

— Eu não vi Martha esta manhã — respondeu Bysshe. — Ela deve estar no mercado.

— Vou falar com ela quando voltar.

Não mencionamos o incidente da noite, mas percebi que a Srta. Godwin e Bysshe trocavam olhares de natureza privativa. Não pude deixar de pensar que o meu amigo estava ficando bastante afeiçoado a ela. Depois de terminada a refeição, Bysshe repetiu a sua proposta de uma expedição pelo rio. A tempestade tinha passado, e o céu estava limpo. Que manhã poderia ser melhor para um passeio no Tâmisa? O Sr. Godwin ficou entusiasmado com a perspectiva, de modo que sua filha devidamente concordou. Eu apenas segui a disposição geral.

Descemos da casa pela rua principal até o rio. Os Godwin iam na frente, e Bysshe aproveitou a oportunidade para discutir os eventos da noite anterior.

— Mary viu fantasmas antes — comentou.

— Você quer dizer espectros? Espíritos?

— Não. Criaturas que parecem ser de carne e osso. Mas não estão realmente vivas. Ela sonha com elas com frequência.

— Ela não viu nenhum na realidade?

— É claro que não. O que você está pensando?

— Em nada em particular.

— Ela sabe que só existem em sua mente adormecida. Mas eles a aterrorizam. Ah, eis o rio.

Bysshe alugara um esquife pelo período de sua estadia, e mantinha o barco perto da Marlow Bridge. Era grande o bastante para todos nós, e ele empunhou os remos com brio, guiando-nos da margem para a corrente central do rio. Em seu entusiasmo, começou a recitar um poema que não reconheci, mas que parecia ser de sua própria composição:

Ó corrente,
Cuja nascente é inacessivelmente profunda,
Aonde tuas águas misteriosas levam?
És a imagem de minha vida!

— Isso é muito bom — elogiou a Srta. Godwin, que estava com os dedos da mão esquerda na água. — Onde é a nascente?

— Alguns dizem que é Thames Head. Outros insistem que fica em Seven Springs. Há grande controvérsia sobre o assunto.

— Qual você prefere? — perguntou ela.

— Eu não compreendo por que um rio não pode ter duas nascentes. Um ser vivo requer dois pais, não?

— Acredita-se — disse o Sr. Godwin — que alguns moluscos fazem geração espontânea.

— Muito doloroso para considerar — argumentou Bysshe. Passamos por uma pequena ilha no meio do rio, onde dois cisnes descansavam. — Fiéis até a morte — falou.

A Srta. Godwin olhou por um momento para ele, e então retomou a contemplação da água.

— Costumava-se dizer que os cisnes saudavam os barcos navegando para casa com o seu canto — comentou, para ninguém em particular. — Mas como isso poderia ocorrer?

— Precisamente — o Sr. Godwin disse. — Eles são cisnes mudos.

— Eu espero ter um fim como de cisne, se esvaindo em música — replicou Bysshe.

— Eu preferiria torta de cisne.

E assim continuamos rio abaixo, seguindo a corrente. A Srta. Godwin pareceu estar sendo ninada pelo movimento da água, e por um momento fechou os olhos. Esperei que ela não estivesse sonhando com fantasmas.

— O que foi isso? — perguntou Bysshe subitamente.

A Srta. Godwin abriu os olhos, arregalando-os.

— O quê?

— Lá, perto da margem. Eu achei que algo ergueu a cabeça e então entrou debaixo da água.

— Uma marmota — disse o Sr. Godwin. — Que eu saiba, são comuns por aqui.

— Não parecia uma marmota. Era grande demais. Desajeitada demais.

Olhei na direção que Bysshe estava apontando, e de fato percebi alguma perturbação na superfície do rio; era como se algo tivesse mergulhado para o fundo, deixando seu rastro para trás. Mary tirou a mão da água.

Bysshe fez o barco deslizar para a frente com um movimento quase imperceptível dos remos; o rio estava lamacento, e eu pude ver onde a margem tinha sido erodida por mais do que o movimento usual. E, então, senti os primeiros pingos de chuva.

O céu, tão limpo antes, tinha subitamente nublado. A água mudara de um verde translúcido para um cinza de ardósia, e uma brisa fria soprou sobre nós. Bysshe olhou para o céu e riu.

— Veja, Mary, você foi particularmente agraciada. O rio deseja que você o veja em todos os seus humores.

— É só uma chuva leve — retrucou ela.

— Nós nos abrigaremos sob os ramos do salgueiro. Aqui está o lugar.

Ele manobrou o esquife para baixo dos galhos de um salgueiro que se debruçava sobre a água; era um abrigo natural, de um tipo que outrora teria me deliciado, e meus companheiros pareceram felizes de permanecer escondidos em meio ao suave ruído da chuva em nossa volta. Então a Srta. Godwin disse em voz baixa:

— O que é aquilo? Oh, Deus, o que é isso?

Seus olhos estavam fixos num trecho da água logo além da árvore. Havia uma mão em meio à vegetação, aparentemente segurando-a; e então, com um movimento da corrente, uma face irrompeu na superfície da água. Alguns momentos depois o corpo inteiro emergiu, com uma camisola de linho branco boiando em sua volta.

— Deus, Deus, Deus — entoou a Srta. Godwin.

— O que é essa coisa terrível?

Não sei quem falou. As palavras podem ter vindo de minha própria boca.

Bysshe saltou do banco e rapidamente manobrou o esquife na direção do corpo; então, com os remos, ele foi capaz de empurrá-lo para a margem, onde ficou preso entre as raízes e ramos. Ele pulou do barco para a margem, e conseguiu arrastar o corpo para a margem antes que flutuasse mais além corrente abaixo.

— Não pode ser — disse ele. — É Martha. — Deu um passo para trás, e ficou a uma curta distância do corpo sem dizer mais nada. A Srta. Godwin segurou-se no pai e escondeu o rosto no paletó dele.

— O que aconteceu? — Godwin parecia genuinamente perplexo, como se tivesse se deparado com uma conta que não conseguia resolver. Eu saí do barco para a margem e examinei Martha. O corpo dela tinha sido mordido e lacerado depois de morto, sem dúvida pela imersão na água, mas havia também marcas lívidas em volta do pescoço e na parte superior do tórax. Eu não tinha dúvidas de que ela fora estrangulada antes de ser depositada no rio; Harriet Westbrook tivera praticamente o mesmo destino no Serpentine.

— Eu a vi na noite passada — falou Bysshe. — Ela estava comendo presunto na cozinha.

— Com Fred.

— Ela estava toda risonha, como sempre. O que devemos fazer, Victor? Como devemos reagir a essa coisa apavorante?

— Vamos manter a calma, Bysshe. Vamos levar o corpo de volta a Marlow e alertar os policiais da paróquia. Devemos deixar o assunto nas mãos deles.

— Por que ela teria desejado se afogar?

— Eu não sei se ela quis.

— Poderia ela ter caído no rio em algum acidente terrível?

— Você está vendo as marcas no pescoço e corpo dela? Ela foi agarrada com muita força.

Ele me olhou com horror.

— Isso é possível? Que ela tenha tido tal destino pelas mãos de alguém?

— Acredito que sim. Agora não é o momento de especular, Bysshe. Temos de agir com urgência. Venha. Ajude-me com o corpo.

— Eu não posso tocar nela. Não posso.

A Srta. Godwin não iria ficar no barco com o cadáver de Martha, mas com a ajuda de seu pai consegui pôr o corpo no esquife. Ficou decidido que Bysshe e o Sr. Godwin o levariam de volta a Marlow, enquanto a Srta. Godwin e eu voltaríamos a pé ao longo da margem do rio para a cidade. Ficamos observando o barco seguindo lentamente corrente acima, com a sua desafortunada carga. Ela estava em silêncio quando começamos a caminhar pela margem.

— Eu sei que é errado da minha parte — disse ela por fim. — Mas não consigo não pensar em Ofélia. *Há um bosque de salgueiros reclinados sobre um riacho.* O senhor conhece, Sr. Frankenstein?

— Por favor, chame-me de Victor.

— Acho que já passamos da necessidade de cerimônia. Você pode me chamar de Mary.

— Ofélia suicidou-se por afogamento, não foi?

— *Seus trajes, pesados com o que beberam, levaram a pobre infeliz de seu melodioso leito para a morte lamacenta.* Essas são as palavras da rainha. Não minhas.

— Eu receio que, no caso de Martha, não foi um suicídio.

Ela se deteve, e foi tomada por um acesso de tosse. Era como se estivesse tentando expelir alguma coisa de seu corpo. Após alguns momentos ela se recuperou.

— Você quer dizer que alguém a matou?

— Acredito que sim.

— Eu sabia. Eu sabia quando a vi no rio.

— O que a fez suspeitar disso? — Estava ansioso para ouvir a opinião dela, roçando, como bem poderia, em meu segredo.

— O rosto na janela — respondeu. — Não foi um sonho. Nem um fantasma, tenho certeza disso agora. Eu tentei me tranquilizar, e a vocês, com a minha explicação na noite passada. Mas não era um rosto que eu tivesse visto antes em meus sonhos.

— Você é capaz de descrevê-lo, Mary?

— Parecia amassado, amarfanhado, como uma folha de papel descuidadamente jogada fora. Os olhos eram de tamanha malevolência que até agora me arrepia.

Ficou bastante claro para mim que ela vira a criatura. Tinha vindo para a casa em Marlow atrás de mim e de meus amigos, com o objetivo de cometer outro ato de vingança.

— Você precisa contar aos policiais tudo o que viu — falei. — Vai haver uma caçada a esse demônio. — Ocorrera-me a esperança, só parcialmente clara, de que a criatura poderia ser pega e morta pela turba; ou que de alguma outra maneira ela poderia ser destruída pelas forças da lei.

— Demônio? Não. Ele era um homem, creio, mas um de aparência terrível.

— Precisamos falar com os guardas o mais rápido possível. Eles talvez consigam capturar esse homem antes que ele possa escapar.

— É possível, Victor, que ele quisesse me matar. Só o meu grito o impediu. Mas então a pobre Martha... — Ela nada mais disse. Andamos em silêncio o resto do caminho.

Dezesseis

QUANDO MARY E EU CHEGAMOS a Marlow, vimos a comoção junto à ponte. Uma pequena multidão se aglomerara no caminho descendo para o rio. Pude ver Bysshe numa conversa animada com um cavalheiro idoso de preto, que, conforme descobri mais tarde, era o vigia da rua principal. Quando fomos até eles, percebi que a multidão tinha feito um círculo em volta do corpo de Martha. O Sr. Godwin e um dos policiais da paróquia, de cartola e sobretudo azuis, estavam parados junto ao corpo e olhando para baixo com um mal contido deleite.

— Olhe nos olhos dela, Sr. Wilby — gritou uma das mulheres na multidão para o policial. — O senhor irá ver o rosto do assassino neles.

— Faça você isso, Sarah — respondeu o homem. — Você é a curandeira. Não eu.

— Essas superstições são muito fortes — sussurrou Mary para mim.

Sarah fez o que o policial disse, avançando e se ajoelhando ao lado do corpo. Ela espiou nos olhos abertos de Martha, e subitamente jogou a cabeça para trás.

— Vejo um demônio — anunciou.

O Sr. Godwin riu.

— Se for um demônio, Sr. Wilby, o senhor não vai conseguir pegá-lo.

— Teremos dificuldades, senhor. Disso não tenho dúvidas. Seja gentil, Sarah. Levante-se agora. — A multidão murmurava, incerta quanto a aceitar ou ridicularizar o veredicto da mulher. Decidi então agir. Fui até o Sr. Godwin e o policial. — A Srta. Godwin — comecei — tem algo muito importante para lhes dizer. Ela viu o assassino na noite passada. Do lado de fora da janela de seu quarto de dormir.

— O quê? — O Sr. Godwin pareceu ofendido. —Por que Mary não me contou?

— Antes de encontrarmos o corpo de Martha, não havia razão para alarmar o senhor. Ela pensou que poderia ter sido um sonho.

— Onde está essa senhorita? — o Sr. Wilby parecia muito solene.

— Ela está falando com o Sr. Shelley. Ali.

O policial foi até ela, e eles entabularam uma conversa franca. Bysshe pareceu estranhamente empolgado; seus olhos ficaram brilhantes e, ao se aproximar de mim, eu vi que seu rosto estava levemente afogueado.

— Eu devia ter dado uma busca no jardim — disse ele. — Eu devia ter pegado esse louco antes que ele pudesse atacar Martha.

— Nós não tínhamos a menor ideia de que ele era real, Bysshe.

— Eu devia ter confiado em Mary.

— Nem ela confiou em si mesma. Ela considerou-o uma visão. Um sonho.

— Mas ela vê o âmago das coisas. Ela sabia que algum evento terrível estava para acontecer.

— É tarde demais para isso, Bysshe. Todos os nossos esforços devem se voltar agora para encontrar o assassino.

— Ele fugiu. Tenho certeza disso.

— Mas poderemos encontrar vestígios de sua presença. Ele pode ser caçado.

— Caçado. É uma boa expressão. — Ele olhou de relance para Mary, ainda parada junto ao policial. — Vou manter Mary em segurança. Vou protegê-la.

O Sr. Wilby começou a organizar um grupo de homens para dar busca na vizinhança mais imediata; era composto de comerciantes, barqueiros e outros trabalhadores da cidade. Além disso, três homens foram enviados para informar os habitantes das aldeias nos arredores. O policial tinha a esperança de que o assassino pudesse ter sido visto na localidade, mesmo se o próprio vilão não tivesse sido encontrado. Em meu íntimo, eu exultava. A criatura não mais era a encarnação de meu desespero pessoal; ela se tornara, em alguma medida, um agente público, um objeto do horror e suspeita coletivos. Eu me juntei ao grupo dos moradores de Marlow e expliquei a eles que deviam começar a busca ao longo do trecho do Tâmisa onde tínhamos encontrado o corpo de Martha. Por um momento, eles ficaram desconfiados de meu sotaque suíço, mas Bysshe assegurou-os que eu era um bom amigo dele e da Inglaterra. Assim, eles me seguiram de bom grado ao longo do caminho até chegarmos ao local onde o corpo de Martha emergira em meio à vegetação. Não havia sinal de movimentação em volta. A recente chuva tinha deixado uma película ou névoa de umidade sobre as árvores e arbustos ao nosso redor, e tudo estava quieto. Avançamos mais além na trilha e, depois de uma leve curva no rio, chegamos a um charco onde o mato crescera alto.

— Algo esteve aqui — falei. — Estão vendo a linha escura no mato? Algo deixou uma pista.

— Uma vaca — sugeriu um dos homens.

— Não vejo nenhum gado. E não há cavalos nos campos. — Quando nos aproximamos da pista, percebi que era descontínua. — Estão vendo como o mato foi pisoteado em sequência, com espaços entre cada marca? É como se alguém tivesse avançado aos saltos e investidas.

— Pulando. Como uma lebre. — Era o mesmo homem que falara antes; ele usava os trajes de comerciante do mercado, com um cachecol vermelho amarrado frouxo no pescoço. — Quem poderia pular uma distância assim?

— Exigiria grande força e energia, suponho.

— Nenhum homem na Terra poderia fazer isso, senhor.

— Não tenho tanta certeza disso — respondi. — Dizem que assassinos, depois de cometerem seu crime, ficam possuídos por uma energia enorme.

— Então seguimos a pista, certo?

— Com certeza. Assegurem-se de que as suas armas estejam carregadas. Ele pode ser feroz.

Eu tinha a vaga esperança de que, se a criatura pudesse ser ferida ou de algum modo desacordada, eu poderia atuar sobre ela. Poderia eu remover seus hemisférios cerebrais, tirando-lhe todos os seus poderes de fala e movimento? Nós seguimos a pista dele até a borda do charco, onde nosso progresso foi interrompido por um largo canal de água correndo entre os campos.

— A margem foi mexida aqui — observei. — Estão vendo as pedras e terra soltas? Há uma depressão, onde ele sentou.

— Recobrando o fôlego, suponho — replicou um dos homens.

— Ou considerando o seu próximo passo. Para onde ele foi? — Eu nada conseguia ver no campo à frente, mas então percebi que as águas do canal estavam barrentas. — Ele entrou na água — sugeri. — Seguiu o canal. É profundo o bastante para ele ficar fora de vista.

— Por que um homem iria preferir seguir por água ao invés de ir por terra? — perguntou o homem com o cachecol vermelho.

— Ele pode não ser um homem comum.

— Um demônio aquático, então? — Ele estava sorrindo para mim.

— Não sei dizer.

Então ouvimos uma risada; foi a risada mais serena e melodiosa que já ouvi. E então veio a voz dele.

— Eu os estava esperando, cavalheiros. Querem me ver agora?

— Preparem suas armas — alertei.

Um dos homens então disparou a esmo no campo. Com o som do tiro vi um movimento num bosque a alguma distância; ele projetara a voz por algum meio físico desconhecido para mim; e então um vulto escuro escapuliu.

— Ele se foi — falei. — Vocês precisam prevenir os aldeões na vizinhança. Não temos os meios para capturá-lo.

Os homens ficaram transtornados com a fuga da criatura — tão súbita e tão rápida — e voltaram abatidos para Marlow. Alguns deles se perguntaram em voz alta como um homem poderia correr com tamanha velocidade.

— Ele deve estar possuído — comentei. — Já ouvi falar de casos assim.

Voltei lentamente para a Albion House, onde Bysshe e os Godwin estavam sentados na sala de estar.

— Mary deseja voltar para Londres — avisou Bysshe assim que entrei. — Ela ficou transtornada com este lugar.

— Eu não acredito que a criatura... o homem vai voltar — repliquei. — Nós o vimos fugindo pelos campos.

— Você o viu? — Mary estava me olhando com a concentração que eu notara antes. — O que ele era? O que ele vestia?

— Nós só o vimos correndo. Creio que ele estava envolto num manto escuro. Mas não tenho certeza.

— Ele falou alguma coisa?

— Sim. Ele disse algo como: "eu os estava esperando, cavalheiros". Então um dos homens em meu grupo atirou. Ele fugiu. Isso é tudo o que posso lhes contar.

— E isso a satisfaz, Mary? — perguntou o pai dela.

— Eu me sentirei segura apenas em Londres, pai. Aqui ficamos muito... muito vulneráveis.

— Você e Fred podem ficar — disse Bysshe para mim. — Vocês acabaram de chegar. E duvido que o vilão virá atrás de você.

— As ações dele não são previsíveis.

— Você acha que não?

— Isso é o que presumo. Receio, Bysshe, que compartilho a ansiedade de Mary. Onde está Fred?

— Na cozinha.

— Com licença por um momento. — Fui até a cozinha, onde Fred estava sentado à mesa, mexendo uma tigela de pudim de leite. — Você está bem, Fred?

— Ela era uma boa menina. Eu gostava de Martha, Sr. Frankenstein. Ela era muito alegre.

— Você ouviu alguma coisa durante a noite?

— Nem mesmo um percevejo em minha cama. O presunto me faz dormir. A primeira coisa que ouvi foi o policial chegando na casa. Ele estava todo aflito. Quando me contou, quase desmaiei. Ela estava inchada, Sr. Frankenstein? Vi alguns no Tâmisa.

— Ela estava ferida.

— Onde, senhor?

— Em volta do pescoço.

Ele continuou a mexer o pudim de leite.

— Isso não é nada bom.

— Nem um pouco. Os outros estão voltando para Londres, Fred. O Sr. Shelley sugeriu que poderíamos ficar aqui na Albion House.

— Não há nada aqui. Só o campo.

— Então você gostaria de voltar com eles? — Ele olhou para mim. — Muito bem. Vamos voltar.

Na verdade, eu não tinha vontade de ser deixado em Marlow. Sabia muito bem que não havia como estar a salvo da criatura em nenhum lugar da Terra. Mas em Londres, ao menos, havia o reconforto das massas de gente. Ali, no espaço aberto, eu sentia medo.

Não poderíamos, logo se ficou sabendo, retornar imediatamente. O guarda da paróquia veio nos informar que dali a dois dias seríamos obrigados a comparecer ao inquérito do magistrado encarregado de investigar casos de morte suspeita, que iria ocorrer no andar superior de um pub na rua principal.

— Isso é muito desagradável, Sr. Wilby — o Sr. Godwin decidira argumentar com ele. — A minha filha está num estado de ânimo lamentável como consequência desse caso. Ela gostaria de voltar para Londres.

— Não há nada que se possa fazer, Sr. Godwin. Toda Marlow está abalada pelo caso. É preciso que se veja a justiça sendo feita.

— Onde está a pobre Martha? — perguntou Mary.

— A falecida está numa câmara de gelo. Atrás do açougue em Lady Place. Ela ficará um pouco afetada, mas vai durar.

Passamos os dias seguintes em estado de desolação; a chuva continuou, mais intensa do que antes, e numa das tardes Bysshe leu para nós algumas estrofes do poema que estava então compondo. Alguns versos me impressionaram muito:

Eu te amaldiçoo! Que a maldição de um sofredor,
Aquele que torturas, te agarre como um remorso,
Até que a tua Infinidade seja
Um manto de agonia envenenada;
E a tua Onipotência, uma coroa de dor,
Aderindo como ouro incandescente a teu cérebro dissolvente.

— Muito bom — observou o Sr. Godwin. — Muito forte.

— É uma maldição poderosa — completou Mary. — Provém de um coração partido.

— Vejo a maldição — falei — como uma planície fumegante, repleta de fogos e fissuras de onde rolos de fumaça lívida emergem. — Eles me olharam surpresos, e então Bysshe continuou sua leitura.

—

Na manhã do inquérito, havia uma grande comoção na cidade. Uma multidão se aglomerara em frente ao pub, o *Cat and Currant*, onde a sessão teria lugar; mas, assim que o meirinho nos viu, fomos conduzidos com grande cerimônia em meio aos moradores e, em fila, subimos a escada para o salão do primeiro andar. Cheirava fortemente a serragem e destilados, com o aroma de cerveja e tabaco em algum lugar na mistura; algumas mesas tinham sido juntadas no meio da sala e estavam, o meirinho nos informou, reservadas para os cavalheiros do júri. O magistrado então entrou. Estava vestido com trajes religiosos, e Bysshe me sussurrou que ele era de fato o reitor da igreja paroquial; ele o vira no jardim do presbitério, podando suas trepadeiras. Esse cavalheiro foi seguido pelos jurados; entraram na sala com um ar de solene distinção, embora eu tivesse visto um ou dois deles bebendo cerveja no bar quando chegamos. Então o povo de Marlow encheu a sala, tomando cada partícula de espaço até o ar ficar quase irrespirável. Bysshe apontou dois ou três cavalheiros sentados numa mesa evidentemente reservada para eles.

— Repórteres sensacionalistas — avisou. — Dá para saber por suas abotoaduras. Vão fazer a reportagem para a imprensa. A notícia chegou até Londres.

— Cavalheiros — começou o magistrado.

— Silêncio! — exigiu o meirinho.

— Cavalheiros. Os senhores viram a desafortunada jovem conhecida como Martha Delaney.

— Eu nunca soube o sobrenome dela — sussurrou Mary para mim.

— Os senhores estão reunidos aqui para apurar as causas de sua lamentável morte. Indícios lhes serão apresentados quanto às circunstâncias relativas a essa morte, e os senhores darão o veredicto de acordo com essas informações e nada mais. Tudo o mais deve ser desconsiderado e eliminado do registro. — Bysshe me deu um estranho olhar divertido. — Uma jovem está presente aqui. — Bysshe assumiu uma expressão de intensa seriedade. — Uma jovem que pode ter visto o perpetrador desse crime ignóbil. Posso lhe pedir que se levante, Srta. Godwin, e faça o juramento?

Houve um murmúrio generalizado de aprovação do povo de Marlow quando Mary ficou de pé junto aos jurados e fez o juramento. Mas houve um silêncio absoluto enquanto relatava os eventos daquela noite. Ela tivera o vislumbre de um rosto na janela, um "semblante oblíquo", conforme disse. Quando seu grito acordou os outros na casa (ela se refreou de mencionar quem), o intruso tinha se ido. Mary possuía grande talento para a narrativa, e acrescentou pequenos toques descritivos à sua história simples. Então assentiu para o magistrado e voltou ao seu lugar, enquanto os repórteres sensacionalistas ainda estavam afanados com suas penas.

— Obrigado, Srta. Godwin, por esse depoimento comovente. Agora vou chamar um cavalheiro eminente que, fui informado, estava acidentalmente presente quando a descoberta da morte ocorreu. Eu chamo o Sr. Percy Bysshe Shelley.

Houve um murmúrio de interesse entre os presentes e uma evidente e ávida atenção dos repórteres sensacionalistas; eles sem dúvida sabiam, ou tinham sido informados, do destino de Harriet. Bysshe ficou de pé junto à mesa dos jurados, mas, quando lhe pediram para fazer o juramento, ele replicou numa voz clara e calma:

— Eu direi aos senhores que juro dizer a verdade perante os olhos de meus semelhantes.

— Isso é muito irregular, Sr. Shelley.

— Eu espero e confio que seguirei os princípios de total honestidade em tudo o que disser.

— O Sr. Shelley é filho de um baronete, cavalheiros — informou o magistrado aos jurados. — Os senhores ficarão satisfeitos em aceitar as suas palavras sem apoio?

Eles ficaram satisfeitos. Assim, Bysshe narrou a história de nossa recente jornada pelo Tâmisa e a descoberta do corpo de Martha em meio à vegetação; ele ressaltou em particular as marcas de agressão em volta do pescoço e da parte superior do torso. Então um membro do grupo que rastreara a pista da criatura foi chamado, aquele que disparara o tiro no campo, e ele descreveu a perseguição e a fuga do suposto assassino. Ele o relatou como "monstruosamente grande" e "espantosamente veloz". Na sua opinião, tratava-se de um prisioneiro fugitivo, ou um lunático, escondendo-se nas florestas perto do rio. A sessão foi rapidamente encerrada, com o veredicto do júri de que a jovem dama, Martha Delaney, tinha sido morta ilegalmente por uma pessoa desconhecida. Ela poderia agora ser enterrada no cemitério da igreja.

Bysshe contratou uma carruagem para nosso retorno a Londres. Ele pretendia ficar com os Godwin, na casa deles em Somers Town, até achar acomodações na cidade. Eu suspeitava, entretanto, que ele iria querer se manter na maior proximidade possível da Srta. Godwin. Fred e eu desembarcamos na Jermyn Street, para a grande alegria do cachorro dos varredores, que tinha criado uma afeição por Fred nos últimos meses. O cachorro pulou sobre ele e deixou marcas de lama e lodo em seus calções de sarja.

— Isso me lembrou, Sr. Frankenstein — disse ele enquanto subíamos a escada —, que deixei suas roupas para minha mãe lavar.

— Então você deve ir buscá-las, Fred. Preciso de roupas limpas depois de Marlow.

— O campo é um lugar sujo. Tem terra demais.

— Somos afortunados, então, por morar numa cidade limpa?

— Ah, sim. A lama de Londres não gruda. Veja, eu posso espaná-la. — Depois de desfazer as malas e juntar as roupas sujas numa grande trouxa, ele foi visitar a Sra. Shoeberry.

Tinha havido uma mudança marcante em meu ânimo, eu descobri, depois da viagem a Marlow. Não estava mais tão desanimado, tão desprovido de energia. O assassinato de Martha servira para inflamar meu desejo de vingança, e, na carruagem, deliberei comigo mesmo todos os meios possíveis de realizá-la. Foi então que decidi por um curso de ação. Voltaria a Limehouse, onde reconstruiria o meu equipamento despedaçado, com a esperança de reverter o experimento que fiz e reduzir a criatura uma vez mais a matéria sem vida. Quanto mais eu considerava o empreendimento, com mais fervor eu o abraçava. Seria possível construir um maquinário que, por meio da força magnética, pudesse extrair a eletricidade do corpo da criatura? Ou haveria algum modo de descarregar uma energia negativa que pudesse contrabalançar o fluido elétrico já em seu interior? Decidi recomeçar meus estudos, com o único propósito de destruir aquilo que havia criado. Eu também concebera um plano que poderia iludir e enganar a criatura. Se ele me visitasse em Limehouse, eu o receberia bem. Diria a ele que os seus atos terríveis tinham me forçado a rever a minha opinião, e que eu estava disposto a criar para ele uma noiva se ele fizesse um juramento solene de partir destas terras para sempre. Talvez até conseguisse persuadi-lo a se submeter a certos experimentos; eu lhe asseguraria que eles teriam de ser realizados antes de eu poder começar a trabalhar em seu duplo feminino. Ele então estaria em meu poder. Tamanhos eram o meu entusiasmo e otimismo que cheguei a considerar ir até o estuário e lá confrontá-lo em seu esconderijo com a notícia de minhas intenções. Eu não tinha pudor quanto a enganá-lo. Já não tinha ele me traído da maneira mais fatal que eu podia conceber?

Ouvi a voz da Sra. Shoeberry. Ela estava seguindo o seu filho escada acima, o tempo todo se queixando de seus "pobres joelhos" que mal conseguiam suportar o esforço da subida.

— Bem, aí está o senhor — falou quando chegou ao topo. Ela pareceu surpresa de me ver em minha própria casa. — Eu trabalhei duro e um bom tempo em suas roupas, Sr. Frankenstein. Fred, dê ao Sr. Frankenstein o pacote. Tudo fresco e branco como um campo nevado.

— Fico contente em saber disso, Sra. Shoeberry.

— Os lençóis estão uma perfeição. O senhor vai dormir tão limpo quanto uma freira.

— Espero que sim. — Eu a fiz entrar e paguei-lhe com um florim, que ela aceitou com vivacidade.

— Ouvi dizer, Sr. Frankenstein, que esteve em terras estranhas.

— Mãe!

— É o meu jeito de conversar com os meus cavalheiros, Fred. Não sou um poste.

— Estivemos em Marlow, se é disso que a senhora está falando.

— Não sei exatamente onde isso fica, senhor.

— Nas margens do Tâmisa.

— Ah, o Tâmisa, é? Um rio bem comprido, não, senhor? — Ficou claro para mim que Fred não informara para a mãe a morte de Martha; era sem dúvida um tópico muito explosivo. — Há uma quantidade enorme de água no Tâmisa. Ouça o que digo.

— Sem dúvida, Sra. Shoeberry.

— E para falar a verdade, Sr. Frankenstein, nós realmente não sabemos de onde ela toda vem. Há muita sujeira nela. É sempre um incômodo para nós, mulheres lavadeiras. Eu nunca mais vou nas escadas. Voltaria mais morta do que viva. Cheiro horrível, Sr. Frankenstein. Bah! — Ela imitou todos os sintomas de repugnância, para grande embaraço de Fred.

— A senhora precisa voltar, mãe — insistiu ele. — O pequeno Tom deve estar esperando o jantar.

— Pare com o seu empurra-empurra, garoto. O Sr. Frankenstein e eu estamos tendo uma conversinha agradável. — Os olhos dela passearam pela sala. — Eu vou cuidar das camisas como se fossem minhas, Sr. Frankenstein. O senhor por acaso não teria um gole de alguma bebida por aí? Essa chuva me fez mal. As mulheres ficam frágeis, Sr. Frankenstein, com o tempo úmido. — Fui até o meu armário e servi para ela um copo de gim, que ela engoliu num instante, tomando o cuidado de depois lamber os lábios, para o caso de alguma parte do líquido precioso ter lhe escapado. — A água entranha em nossos ossos.

— Mãe, eu tenho de preparar o jantar do Sr. Frankenstein.

— Ah, é? O que o senhor vai jantar?

— O que eu vou jantar, Fred?

— Costeletas de porco com molho de cebola. Com uma boa porção de torresmo.

— Isso é suntuoso, se é. Garanta que o torresmo fique úmido, Fred. Isso chupa a gordura.

— Não devemos detê-la nem mais um pouco, Sra. Shoeberry. Eu sei que a senhora é uma mulher ocupada.

— Ocupada, senhor? Eu sou como uma roda de carroça, Sr. Frankenstein. Sempre girando. — Fred saiu da sala e começou a descer a escada, com a clara insinuação de que sua mãe devia segui-lo. — Sim, menino — disse ela. — Não me afobe. Você vai me deixar toda bamba. — Ela saiu pela porta, e então se deteve. — Eu vou engomar as suas mangas, Sr. Frankenstein. Elas vão ficar tão firmes que o senhor nem vai reconhecê-las.

— Fico muito agradecido, Sra. Shoeberry.

—

Na manhã seguinte, eu mais uma vez fiz o caminho familiar até Limehouse, mas agora tomado por uma nova disposição de encontrar os meios de destruir a criatura. A oficina estava uma bagunça, é claro, mas não havia indícios de novas incursões por parte dele. Tudo estava em desordem. Os pedaços das colunas elétricas, construídas para mim por Francis Hayman, espalhavam-se pelo chão. Tinham algumas marcas dos elementos, onde a chuva caíra nelas, mas observei que cada parte ainda permanecia intacta: os discos, as barras de cera e resina, o vidro e o metal vítreo estavam separados. Havia ferrugem no metal, mas seria fácil de remover. Se conseguisse obter a ajuda de Hayman de novo, eu poderia recriar as condições do equipamento original. Mas primeiro precisava restaurar a própria oficina. Nos dias seguintes, com a ajuda de operários que tinham reconstruído o interior meses antes, consertei as paredes e recoloquei as estantes e armários. Disse a eles que um bando de *caça-rixas*, o nome local para ladrões vindos pelo rio, tinha invadido e saqueado o lugar atrás de dinheiro. Eles me advertiram dos perigos de trabalhar perto do Tâmisa, e instalaram um grande cadeado na porta nova.

Fui visitar Hayman nos escritórios da Convex Light Company em Abchurch Lane. Lá expliquei-lhe os danos no equipamento que ele construíra para mim — pondo mais uma vez a culpa nos ladrões — e pedi sua ajuda na restauração. Então fiz a pergunta que mais me interessava.

— O senhor já considerou as possibilidades de um fluido negativo?

— O senhor terá de ser mais preciso, Sr. Frankenstein.

— O que quero dizer é o seguinte: acreditamos que o fluido elétrico é transmitido em forma de onda, não?

— Essa é a teoria. Embora alguns considerem que seja constituído de partículas.

— Vamos pressupor que sejam ondas. Estaria eu certo em conceber essas ondas, de fato, como uma série de curvas?

— Quase isso. Estou convencido de que há inumeráveis curvas magnéticas, ajuntadas com tão estreita proximidade que parecem formar uma linha indivisível.

— Mas cada curva pode, em teoria, ser rastreada e medida?

— Em teoria.

— E teria um ponto alto e um ponto baixo?

— Haveria arcos parabólicos e hiperbólicos.

— Precisamente o que quis dizer. E o que aconteceria, Sr. Hayman, se elas fossem invertidas?

— O senhor me deixa atônito, Sr. Frankenstein. Iria mudar inteiramente a natureza do fluido elétrico. Mas não poderia ser feito. As leis da ciência física são um obstáculo a isso.

— Estou acostumado a desafiar tais leis.

— De verdade?

— Eu só quis dizer que, como o senhor, quero fazer avanços em nosso conhecimento do mundo. Todas as leis físicas são provisórias, não são?

— Até onde o senhor chegou, Sr. Frankenstein, com a sua pesquisa anterior?

Eu tinha lhe dito, em nossas conversas anteriores, que por meio do fluido elétrico eu desejava restaurar a vida e a energia ao tecido animal.

— Avancei alguns pequenos passos — respondi. — Descobri que é possível restaurar a animação para certos peixes. Mas só por um curto espaço de tempo.

— Prossiga com o seu trabalho, Sr. Frankenstein. É do maior interesse e importância para o resto de nós. Pode ter certeza disso.

Ele concordou em visitar a oficina em Limehouse no domingo seguinte e me auxiliar na restauração do equipamento quebrado. Quando veio, como eu esperava, ele concluiu que os danos podiam ser reparados sem demasiado esforço; de fato, ele começou o serviço imediatamente.

— Domingo — falou — é o meu dia para trabalhos pessoais. Isso me dá forças. O trabalho é a minha igreja.

— Fico contente em ouvir isso, Sr. Hayman. Há muito o que fazer. — Ele trabalhou incansavelmente o dia todo, testando várias vezes e com bastante cuidado cada componente das colunas elétricas.

— É uma sorte — comentou — que os elementos originais sejam tão sólidos. A durabilidade ajuda muito na montagem deles.

— Esse é o seu gênio, Sr. Hayman. O senhor é o artífice.

— O gênio nada tem a ver com isso. Só bom senso, Sr. Frankenstein. E prática. Resolve todos os empecilhos. — Eu sabia que essa era a maneira inglesa. No entanto, acreditava que a paixão e a imaginação tinham o seu lugar nas investigações da ciência. O que seria de um filósofo natural sem a visão? — Eu estive considerando, Sr. Frankenstein, suas questões sobre o fluido elétrico. O senhor lembra de me ter perguntado o efeito das ondas invertidas, não?

— De fato.

— Eu fiz os cálculos matemáticos. E, em teoria, não deve ocorrer diferença discernível na natureza do fluido. Mas sua direção seria inteiramente modificada. Iria fluir para dentro, ao invés de para fora.

— Como isso é possível?

— Esse é o enigma. O que, nesse caso, é *para dentro*? Significa que ele retornaria para si mesmo? Mas, como nós não entendemos a sua natureza, o conceito é desprovido de sentido para nós. Significa que ele iria conter seus poderes num espaço infinitamente pequeno? Então implicaria um risco extremo. Ou iria ele mudar sua natureza e se tornar uma força inteiramente nova e desconhecida? E nisso eu deixo o bom senso para trás, Sr. Frankenstein. Dou graças a Deus que nunca será realizado. Poderia infligir um caos sem precedentes no mundo.

— E o senhor acredita que não pode ser feito?

— Sem a menor dúvida. O próprio Faraday não conseguiu.

Ele não tinha completado o serviço, no fim do dia, e me garantiu que retornaria no domingo seguinte. Eu passei os dias intervenientes pesquisando intensamente os fenômenos elétricos; visitei a biblioteca da Royal Society, onde me mostraram os últimos tratados de Hans Oersted e Joseph Henry; estudei os detalhes da máquina de Wimshurst e da máquina elétrica de balanço. Nos últimos meses Oersted tinha publicado seus experimentos com o que ele chamava de "campo magneto elétrico", tendo criado testes em que uma agulha magnética se movera em ângulos retos em relação a uma corrente do fluido elétrico. Poderia o poder e a direção da corrente serem assim medidos, e, se medidos, modificados? O poderoso Newton observara que para cada ação há uma reação igual e oposta — não poderia, portanto, o poder do magnetismo modificar a direção do fluido?

No domingo seguinte, Hayman terminou o serviço. Ele acrescentou refinamentos a mais, também, na capacidade das baterias voltaicas e na substituição de parte da cera e da resina por betume.

— Espero que o senhor possa prosseguir o seu trabalho em paz — disse ele. — Há muita gente que teme o fluido elétrico. Eles o consideram monstruoso. Uma tentativa de distorcer as leis de Deus.

— Eu não tenho a intenção de criar um monstro, Sr. Hayman. Muito pelo contrário.

Depois que ele partiu, sentei-me na comprida mesa de madeira reparada pelos operários. Ali, a criatura tinha se erguido da morte. E seria ali que ela, uma vez mais, seria devolvida ao silêncio e às trevas. Eu ouvi o som do Tâmisa com a maré subindo, batendo contra os pilares de madeira do atracadouro, e pela primeira vez ele me proporcionou uma sensação de expectativa e esperança.

Dezessete

Os REPÓRTERES SENSACIONALISTAS NÃO perderam tempo. Dois dias após nosso retorno de Marlow apareceram reportagens nos jornais de Londres sobre a "tragédia sem paralelo" e a "terrível desventura" que se abatera sobre Bysshe. As circunstâncias da morte de Martha foram descritas em detalhes, com particular atenção para a "criatura torpe" e o "vilão demoníaco" visto na janela de Mary; mas a essa notícia imediatamente se seguiam mais e mais sensacionais informações sobre a morte de Harriet no Serpentine. A coincidência dessas mortes na água levou alguns dos órgãos da imprensa a questionarem a competência da polícia em Londres e nos Home Counties; mas outros, tais como o *Mercury* e o *Adviser*, obtiveram de algum modo a informação de que Bysshe tinha sido expulso de Oxford sob acusação de ateísmo. Os escritores desses jornais sugeriram, embora sem de fato afirmarem, que os dois assassinatos podiam ser vistos como uma advertência terrível ao ímpio Shelley.

— Como um Deus misericordioso — me disse Bysshe em sua primeira visita à Jermyn Street desde os acontecimentos em Marlow — poderia providenciar a morte de duas jovens para o meu benefício fica além da minha compreensão. Seria uma razão tão boa para o ateísmo quanto qualquer uma das que eu mesmo propus.

— Não dê atenção. Esses jornais serão esquecidos uma hora.

— Não tenho a menor consideração por eles. Eu os leio como comédia; os recito para Mary, com todas as ações e atitudes dos bufões.

— Como está Mary?

— Como está ela? Ela é doce, adorável, graciosa. Ela é mais sábia do que as de seu sexo. Algo mais que você quer que eu acrescente?

— Então a vida em Somers Town é um puro éden?

— O Sr. Godwin às vezes é um obstáculo ao contentamento. Mas nós caminhamos juntos no cemitério da igreja de St. Pancras. Você o conhece? Onde as sepulturas e as raízes dos carvalhos se emaranham?

— Não.

— É onde fica o túmulo da mãe de Mary. Nós o visitamos.

— Você faz a corte em cemitérios, Bysshe?

— Fazer a corte não é a frase adequada, Victor. Eu e ela somos amigos em profunda concordância e harmonia mútua. Somos devotados aos interesses um do outro.

— Bem, isso é amor com outro nome.

— Você acha mesmo? Falando nisso, há algo a que precisamos assistir. Vai nos deliciar sem fim. — Ele tirou do bolso e desdobrou uma folha de papel que se revelou um folheto anunciando a iminente apresentação de *A maldição do ateísta*. Tinha o subtítulo "Duas mortes são demais".

— Não é delicioso, Victor? Não é precioso?

Era evidente que se tratava de um drama sobre Bysshe e os eventos dos meses anteriores. Devo dizer que fiquei surpreso com o seu bom humor. Mas ele tinha uma habilidade notável de se manter acima das circunstâncias, se posso dizer dessa maneira, e de ver a si mesmo sob uma luz inteiramente impessoal.

— Não vamos contar a Mary — falou. — Iria transtorná-la. Mas devemos ir, pela novidade da coisa. Você acha que serei retratado no palco?

— Sem a menor dúvida.

— Então precisamos ir esta noite.

Nós fomos ao Alhambra Theatre na mesma noite, como ele queria. Conseguimos um pequeno camarote ao lado do palco, no nível do fosso, onde ficávamos sujeitos aos clamores e obscenidades usuais das classes baixas. Bysshe não foi reconhecido, é claro, mas, por sua aparência e postura, era obviamente um cavalheiro. Se os sujeitos no fosso soubessem que era ele o assunto do melodrama, teria havido um tumulto. A pequena orquestra apenas começara a tocar uma música melancólica quando houve uma batida na porta de nosso camarote.

— Quem diabos será? — perguntou Bysshe. — Entre.

— Com licença? — Uma face apareceu por trás da porta, rechonchuda, mas não desagradável. — Posso me juntar aos senhores? — Um jovem, vestido com calça azul-celeste e um paletó de gabardine, entrou cautelosamente. — Não há camarotes sobrando, e esses cavalheiros... — Ele fez um gesto para o fosso — ... não me deixam em paz.

— Sem a menor dúvida — respondi. — Há um lugar aqui.

— Foi o que os atendentes me disseram.

— Eu conheço esse homem — sussurrou Shelley para mim. Ele não teve tempo de dizer mais nada. A cortina se abriu, com um crescendo da orquestra, e o palco se revelou. Um ator, vestido de preto, estava sentado dentro do que poderia ser uma caverna, um quarto isolado ou um retiro num jardim. Ele estava escrevendo num pedaço de pergaminho com uma pena absurdamente grande.

— *Eu ajo em desafio de todas as leis conhecidas* — anunciou para a plateia. — *Eu digo que não há divindade nos céus lá em cima. Deus não existe!* — Alguns escarneceram desse sentimento, enquanto outros se rejubilaram e bateram palmas.

— Eu acho — murmurou Bysshe — que esse cavalheiro supostamente sou eu. — As troças e aplausos foram sucedidos por assobios quando uma jovem apareceu no palco. Ela caminhou de maneira muito altiva até o suposto ateísta e delicadamente o acariciou.

— *Ah, meu amado* — falou. — *Você é a luz do mundo para mim.*

— Ela não parece nem um pouco com Harriet — apontou Bysshe.

Houve alguns desenrolamentos sem importância no palco, depois dos quais a mulher deu um passo para a frente e se dirigiu à plateia.

— *Se ao menos eu conseguisse persuadi-lo da existência de um Deus justo e misericordioso. Então com a consciência limpa eu poderia me casar com ele! Eu daria a minha vida para que ele enxergasse a verdade!*

— Enxergasse suas tetas! — gritou alguém no fosso.

— Ela pode se casar com ele — comentou Bysshe — ou dar a vida dela. Não pode fazer as duas coisas.

Seguiu-se então uma cena em que o diabo — ou, pelo menos, um ator vestido de vermelho — começou a pular em volta da jovem, para sua evidente aflição. O ateísta no palco mostrou-se incapaz de ver esse demônio, com a evidente pressuposição de que aquele que não reconhece Deus, não reconhece o diabo. Era tudo muito ridículo, e o cavalheiro que compartilhava nosso camarote começou a dar sinais de inquietude.

— É da minha opinião — comentou — que os homens criam mais prejuízos uns aos outros do que o diabo jamais criou.

— Eu concordo com o senhor — replicou Bysshe.

— É uma peça bem lamentável.

— Execrável.

— Eu não a teria perdido por nada neste mundo. — O cavalheiro estava bastante à vontade naquele camarote apertado e encardido, e eu supus que ele ficaria à vontade em qualquer lugar. Era jovem, e tinha o sorriso mais divertido, como se ele entendesse todas as tramoias do mundo, e visse a comédia nelas.

— Perdão, senhor — falou Shelley. — Mas acho que sei o seu nome.

— Ah, é mesmo?

— O senhor é Byron.

— Eu era da última vez que olhei.

Eu expressei a minha surpresa:

— Lorde Byron?

Ele me olhou de relance com ar divertido.

— Há algum outro?

A informação me interessou muito. Eu tinha ouvido falar de Lorde Byron, é claro, mas não lera nenhum de seus versos. Bysshe, nesse aspecto, estava em vantagem em relação a mim, e já me falara entusiasmado dos primeiros cantos de *A peregrinação de Childe.*

— Estou encantado em conhecê-lo — disse ele. — Sou seu admirador.

— Eu retornaria o elogio, tenho certeza, se soubesse o seu nome.

— O senhor acabou de me ver no palco, creio.

— O senhor é o próprio?

— O ateísta.

— Shelley? Eu me perguntei por que um cavalheiro teria vindo a este lugar! Então o senhor é Shelley! Ouvi falar muito do senhor por Hogg.

— O senhor conhece Tom?

— Ele se tornou meu vizinho em Nottinghamshire. Ele me leu toda a sua poesia. Ela me deliciou. É pura música. — Byron se voltou para mim com uma lisonjeira expressão de interesse.

— E este — anunciou Shelley — é um amigo muito estimado meu, Victor Frankenstein.

— O senhor também é um poeta?

— Ah, não. Não sou nada.

— Fico satisfeito em saber. Há poetas demais no mundo. Um é suficiente. Isso é certo, não, Shelley?

— Victor é muito modesto, Lorde Byron.

— Só Byron. Eu atendo pelo nome, como um cachorro.

— Victor é um grande inventor.

— E o que descobriu? — Ele tinha uma maneira rápida, espirituosa de falar. — Se não for um segredo muito grande.

— Eu não tenho segredos. Como Newton, estou catando conchas na beira do mar.

— Admirável. Isso é o que todos fazemos. Ficamos fascinados pela formas e cores, não? — A orquestra começara a tocar, como um intervalo entre os atos, e Byron se voltou de novo para Shelley. — Você ainda não cansou de você mesmo, Shelley?

— Eu não poderia suportar nem mais um minuto.

— Esplêndido. Então os dois irão jantar comigo no Jacob's. Faremos um brinde ao ateísmo, e alarmaremos os garçons.

Saímos do teatro e percorremos o caminho até o Strand, com Byron falando o tempo todo e gesticulando com uma bengala de ébano requintadamente entalhada.

— Eu nunca entendi — comentou — essa verdadeira mania por teatro ruim em Londres. O público *cockney* nada adora tanto quanto um desempenho lamentável de atores desgraciosos. Há tantos melodramas melhores nas ruas da cidade. Nada no palco resiste à menor comparação com os personagens que se veem todos os dias na atividade cotidiana da vida. O senhor não concorda, Sr. Frankenstein, que os eventos na vida real são infinitamente mais surpreendentes e insólitos do que qualquer coisa escrita por um escrevinhador?

— Eu tenho essa impressão, sim, Lorde Byron.

— Apenas Byron.

— Há incidentes na vida que seriam considerados improváveis ou mesmo impossíveis por um observador comum.

— Precisamente o que eu acho. Ora, eu poderia lhes contar mil coincidências e acidentes que seriam motivo de riso na ribalta. Polidori. Você está aqui? Isso é uma surpresa. — Ele parou para cumprimentar um jovem baixo de aparência pouco saudável.

— Eu estava com a esperança de encontrá-lo bebendo no Jacob's — disse o homem.

— E em vez disso nos encontrou indo para o Jacob's. — Ele nos apresentou a Polidori, "Dr. Polidori", como o chamou, e juntos caminhamos as poucas jardas que faltavam para o antigo e pouco iluminado restaurante onde Byron era obviamente um cliente assíduo e apreciado. Fomos instalados num salão privativo no primeiro andar, onde ele pediu *steak tartare*.

— É a minha homenagem ao povo francês — explicou. — Napoleão os conduziu ao desastre. Podemos ao menos apoiar a *cuisine* deles.

Fiquei sabendo, ao longo da conversa, que Polidori era o médico e assistente pessoal de Lorde Byron; ele tinha estudado na universidade de Praga, cidade da qual era nativo, antes de vir para a universidade de Edimburgo. Não pude deixar de notar o paralelo com a minha própria jornada de Ingolstadt para Oxford, e ele manifestou muito interesse em meus estudos.

— Victor quer criar vida nova — disse Bysshe do outro lado da mesa.

— É mesmo? Sou um estudante de medicina também, Sr. Frankenstein. Estudei na faculdade de medicina em Edimburgo. Agora estou lendo os filósofos herméticos. — Havia um elemento de condescendência em seu comportamento que julguei desagradável.

— Polidori — disse Byron — é um grande ocultista. Ele sussurra para o meu fígado e o deixa bom. Agora posso beber tanto quanto quero.

A comida foi trazida por dois garçons idosos, que removeram as tampas e serviram os molhos num uníssono perfeito. Era evidente que eles ainda tinham prazer na performance, ensaiada há tantos anos. Durante a refeição, Byron e Bysshe começaram a falar de poetas e poesia, enquanto Polidori e eu retomamos nossa conversa.

— O senhor encontrou muita coisa de interesse entre os antigos, Dr. Polidori?

— Sabedoria antiga. O que mais há neles para se encontrar? O senhor não ficará surpreso de saber que Galeno ainda é ensinado em algumas de nossas universidades. Mas eu o descarto. Estou mais interessado em Paracelso e em Reuchlin. O senhor conhece o *De arte cabalística* dele? — Balancei a cabeça. — Mas o senhor está interessado em criar vida, não é?

— Por meio do fluido elétrico, doutor.

— E teve sucesso?

— Só dos mais limitados.

— Precisamente. Há outras maneiras. No *Corpus hermeticum*, reunido por Turnebus, há a figura do *golem*. O senhor já ouviu falar dele?

— É claro. É a criatura da cabala, feita de poeira e barro vermelho. A vida lhe é insuflada pela invocação de palavras rituais. Eu não dei a esse método nenhuma atenção séria, Dr. Polidori. A carga elétrica é mais poderosa do que as palavras.

— O senhor já esteve em Praga, Sr. Frankenstein?

— Infelizmente não.

— Nos registros públicos mantidos na biblioteca, há muitos relatos da criatura. Relatos atravessando os séculos. — Ele se inclinou para a frente, e eu pude sentir o cheiro de vinho em seu hálito. — Supõe-se que haja um em existência mesmo agora.

— É mesmo?

— Dizem que um rabino local o criou, e o mantém confinado.

Devo admitir que Polidori despertou a minha atenção com essa história.

— Quais são as dimensões dessa criatura?

— Um pouco maior do que a altura humana, mas proporcionalmente muito mais forte e rápido.

— E por que esse prodígio não é apresentado ao mundo? Com certeza, ele iria subverter todos os conceitos existentes de vida e criação.

— Os judeus o mantêm escondido. Eu mesmo sou dessa fé, de modo que falo do que sei. Eles não querem ser ridicularizados como feiticeiros ou diabolistas.

— E como esse ser, esse *golem*, é mantido oculto?

— Ele vive com um temor respeitoso do rabino, o seu senhor. O rabino poderia destruí-lo tão facilmente como o criou.

— Isso é interessante, Dr. Polidori. O senhor poderia me explicar?

— Ele guardou um resíduo dos materiais que criaram o *golem*. — Polidori olhou para mim atentamente, como que para apurar o motivo que me levara a fazer tal pergunta. — Ele teria apenas de retorná-los à criatura, de uma maneira aberta ou dissimulada, e então pronunciar algumas palavras rituais. Quando elas são ditas, o *golem* se desfaz em pó.

— O senhor conhece essas palavras?

— Infelizmente não.

— O senhor poderia descobri-las para mim?

— O senhor ficou muito agitado. Está se sentindo mal?

— De forma alguma. Fico empolgado ao obter novos conhecimentos. Eu os busco para seu próprio bem.

— Um verdadeiro filósofo.

— Eu venero a sabedoria em qualquer forma que ela se oferece, doutor. O senhor teria como ou teria permissão de descobrir essas palavras?

— É possível. Eu mantenho uma correspondência com eruditos de Praga.

— Isso seria um grande obséquio para mim.

— E por quê?

— Como eu disse, busco o conhecimento.

Naquele momento, Byron propôs um brinde; não ao ateísmo, como sugerira no teatro, mas aos luditas que "fizeram o seu protesto contra a sociedade da máquina". Bysshe juntou-se entusiasticamente ao brinde e saudou o espírito de revolução que se manifestara no Norte.

— É um exercício aborrecido citar as palavras de um homem de volta para ele — disse Byron. — Mas assim que Tom Hogg as leu para mim, Shelley, eu quis abraçá-lo. — Ele se manteve de pé, e numa voz alta e clara recitou:

Da poeira das crenças exauridas,
Das bandeiras dos tiranos rompidas,
Em minha volta, à frente impelidas,
Juntavam-se as vozes em mais de um grito —
Liberdade! Esperança! Morte! Vitória!

Bysshe juntou-se a ele no último verso, e ergueu o copo com um "hurra!" que trouxe um dos garçons de volta ao salão.

— Tudo está a contento? — perguntou ele a Polidori.

— Eles estão saudando o futuro, Edmund.

— Então eles têm uma vista melhor que a minha, senhor.

— Eles são poetas.

— Desejo sorte a eles, então. — O garçom fez uma reverência e se retirou, tendo decidido que seus serviços não eram necessários no momento.

— E agora, cavalheiros — anunciou Byron —, vamos beber à boceta.

Bysshe pareceu espantado com a proposta; ele era de um temperamento mais delicado do que Lorde Byron, e sempre se retraía de qualquer vulgaridade na expressão. Mas ele ergueu seu copo e bebeu o vinho com evidente deleite.

— O senhor é empregado de Lorde Byron?

— O lorde me alimenta. Em troca, eu preparo compostos para a sua saúde geral. No momento, estou pressionando-o a perder um pouco de sua gordura.

— Ele parece rechonchudo. Mas não mais que isso.

— O senhor já viu a mãe dele? Ele herdou a tendência. É melhor contê-la agora.

— Que métodos o senhor emprega?

— Purgantes. Eu acelero a passagem da comida pelo organismo. E os purgantes queimam o tecido gorduroso.

Pareceu-me uma nova modalidade de medicina, mas eu estava mais intrigado que nunca com o próprio Polidori.

— O que o senhor acha do povo inglês? — perguntei a ele.

— Lorde Byron sendo a exceção?

— Se o senhor assim diz.

— Gosto o bastante para viver entre eles. E o senhor?

— São grandes experimentadores. Não aceitam nada como dado.

Eu estava para me estender nesse tema quando ele pôs a mão em meu braço.

— Eu notei, Sr. Frankenstein, que o senhor tem um leve tremor sob a sua bochecha esquerda. O que o está preocupando?

— Nada em particular me preocupa.

— O senhor não está sendo franco comigo. Tornou-se um inglês. — Ele riu. — Não importa. Não vou perguntar mais nada. Talvez seja uma questão do coração. Talvez seja *tremor cordis*.

— O meu coração está intacto, doutor.

— Todavia, posso ajudar com o desconforto nesse nervo. Eu suponho que o senhor já provou a tintura de ópio?

— Já me ministraram. Quando eu estava com febre.

— Eu tenho algo melhor. Tenho o meu próprio preparado especial em pó, para ser misturado com o opiato.

— O senhor o ministra a *ele*? — Eu olhei para Byron, que estava absorto na conversa com Bysshe. Eu o ouvi dizer a frase "um Prometeu moderno".

— É claro. Ele o chama de "sua musa".

— E esse tremor, como o senhor o chamou, cessaria?

— Sem a menor dúvida. No mesmo instante.

— Ficaria muito agradecido ao senhor, Dr. Polidori.

— Eu estaria ajudando a causa da filosofia natural. O senhor voltará a seu trabalho com um vigor renovado e uma percepção mais clara.

— É poderoso assim?

— Faz maravilhas.

Parecia provável que Bysshe e Byron iriam passar a noite conversando, mas eu já estava fatigado e precisava descansar. Despedi-me deles depois de alguns minutos, mas, antes de partir, anotei o meu endereço para Polidori, que me prometeu uma visita no dia seguinte.

Saindo no Strand, lembrei das palavras de Byron em referência aos dramas da vida urbana — quantos desses homens e mulheres encapotados, agora encobertos pela neblina, seriam afetados pelos eventos que eu pusera à solta no mundo? Como a criatura tinha o poder de ferir, e de matar, quantos seriam direta ou indiretamente tocados pela sua maldade? Numa grande cidade muitos estavam em risco.

— É diabólico — disse alguém para sua companhia. — Não consigo ver um metro à minha frente.

Fiquei um pouco reconfortado com a descrição do *golem* por Polidori; não punha muita fé na existência desse ser, mas ficara mesmo assim gratificado pela história de sua possível destruição. Se ele obtivesse uma cópia das palavras rituais, então eu ficaria tentado a empregá-las sobre a criatura. Eu meditava sobre isso quando, inadvertidamente, me choquei com um homem alto que subitamente aparecera na bruma.

— Perdão, senhor — falou. — Por Deus, é o Sr. Frankenstein.

Eu reconheci Selwyn Armitage, o oculista.

— Peço desculpas, Sr. Armitage. Não estava olhando aonde ia.

— Ninguém consegue enxergar muito longe nesse clima, Sr. Frankenstein. Mesmo os meus olhos não penetram essa escuridão. Posso caminhar um pouco com o senhor?

— Eu ficaria agradecido. Como está o seu pai? Tenho as lembranças mais agradáveis de nossa conversa.

— Meu pai faleceu, infelizmente.

— Sinto muito ouvir isso.

— Foi súbito. Um tumor na garganta. Em seus momentos de agonia ele chamou o Dr. Hunter para extraí-lo. Estava delirando.

— Sua mãe conseguiu superar?

— Sim. Ela é forte. Insistiu que continuássemos o negócio. Agora sou eu que fico atrás do balcão. Mas sabe de uma coisa, Sr. Frankenstein? O senhor me inspirou.

— Como assim?

— Seu discurso sobre o fluido elétrico me fez pensar. E pensar me fez inventar. E inventar me levou a uma máquina galvânica.

— O senhor a construiu?

— Eu voltei aos princípios básicos. É um maquinário muito simples de fios e baterias.

— Com qual objetivo?

— O senhor sabia que o meu pai tinha uma coleção de olhos?

— Não, senhor. Não sabia.

— Muitos deles estão perfeitamente preservados em álcool. Olhos de cachorros. Olhos de lagartos. Olhos de seres humanos.

— O senhor não precisa me contar o resto, Sr. Armitage.

— Eu fiz com que as pupilas se contraíssem. E as íris tremerem.

— Fico agradecido, Sr. Armitage, mas preciso ir. Boa noite para o senhor.

Antes que ele pudesse responder ao meu cumprimento, eu já tinha atravessado a rua e desaparecido no nevoeiro. Não conseguiria suportar o relato de seus experimentos. Estava agora tão completamente envergonhado de meus próprios esforços e ambições que não conseguia tolerar vê-los compartilhados por ninguém mais. E se essa mania elétrica estivesse se espalhando? Qual seria o fim disso tudo? Lentamente eu segui para casa através da bruma.

Dezoito

— HÁ UM DESCONHECIDO NA porta — anunciou Fred.

— Que desconhecido?

— Ele é baixinho. Parece uma maçãzinha passada.

— Deve ser o doutor. Faça-o entrar.

— Doutor? O que há de errado com o senhor?

— Ele vai amputar a minha perna. — Ele me olhou horrorizado. — Não há nada de errado comigo. O doutor é um amigo.

— Se é o que o senhor diz. Nunca ouvi falar de alguém que tinha um doutor como amigo antes.

Assim, com certa dose de desconfiança, Fred trouxe Polidori à sala.

— Ah, Frankenstein. Julgo que o senhor vai bem.

— Ele está muito bem, senhor — avisou Fred. — Nos trinques.

— Isso é tudo, Fred.

— Chame-me se o senhor precisar de mim. — Ele saiu relutantemente da sala, sendo atentamente observado por Polidori.

— Eu percebi que esses meninos londrinos — comentou — têm uma tendência para o raquitismo. Deixa-os um pouco com as pernas arqueadas.

— Não observei isso nele. Eu acho que na cidade esse jeito de andar é conhecido como um gingado.

— É mesmo? É social, então, não físico?

— Eles imitam uns aos outros. Ou ao menos é o que eu acho.

— O senhor é um observador atento, Sr. Frankenstein. Então, eu trouxe o que prometi. — Ele abriu uma pequena valise que carregava e tirou dela um frasco com tampa de vidro. — Já misturei o pó com o láudano. Cinco ou seis gotas serão o suficiente para o senhor no começo.

— No começo era o verbo. — Não sei por que disse isso. Eu simplesmente disse.

— Não haverá verbo ou palavras, eu espero. Só tranquilidade.

— Qual a hora do dia em que é recomendável?

— Sou favorável ao começo da noite. O senhor sentirá os benefícios no dia seguinte, após um sono profundo. Mas se o tremor lhe causa ansiedade, ou há alguma outra grande ansiedade, o senhor deve tomá-lo imediatamente.

— Qual é o custo, Dr. Polidori?

— Não terá nenhum efeito negativo em sua constituição física.

— Não, eu quis dizer o preço do líquido.

— É um presente para o senhor. Não aceitarei nada por ele. Se no futuro o senhor quiser me procurar, então chegaremos a algum acordo razoável.

Deixamos o assunto nesses termos. Eu estava grato pelo tônico, mas não conseguia me desvencilhar das sensações desagradáveis que Polidori despertava em mim. Ele era muito impertinente. Contou-me que Bysshe e Byron tinham passado a noite inteira embriagando-se no Jacob's, enquanto ele dormira com a cabeça apoiada na mesa. Quando por fim eles saíram no Strand, passaram uma hora ou mais procurando uma carruagem para alugar.

— Eu deixei o lorde — contou — cuidando de uma cabeça cheia. Devo retornar ao meu paciente. — Eu agradeci a ele de novo pelo preparado, e ele insistiu que eu devia visitá-los, a ele e Lorde Byron, na casa deste em Picadilly.

Eu deixei o frasco na mesa onde Polidori o colocara.

— O que é isso? — perguntou-me Fred quando entrou na sala.

— É um tônico — respondi. — Para me ajudar a dormir.

— Como a cerveja preta?

— Não exatamente. Mas tem um efeito similar.

— O senhor tome cuidado, então. Meu pobre pai...

— Você já me contou da morte prematura do Sr. Shoeberry.

— Seus dedos do pé estavam encolhidos. — Ele fez uma pausa e pegou frasco. — O rosto dele estava frio como pedra.

— Faça a gentileza de deixar o frasco onde estava, Fred. É um líquido precioso.

— Precioso? — Ele colocou de volta o frasco muito delicadamente.

— Como ouro.

Na verdade, desde o começo de minha maldita ambição, eu vinha agindo sob o peso de uma agitação nervosa e de uma irritabilidade que nenhuma constituição humana podia suportar adequadamente; meus espíritos animais se elevavam e baixavam desproporcionalmente, de modo que eu estava numa batalha contínua com o medo e a dúvida. Houve muitas ocasiões em que sofri uma sensação peculiar dentro de meu estômago, de abrigar ratos que estavam tentando roer seu caminho para *fora*.

No entanto, não toquei o opiato o dia todo. De minha poltrona eu via o frasco de vidro, refletindo os raios do fraco e intermitente sol que penetravam na Jermyn Street. No começo da noite, uma forma particular de melancolia, nem um pouco agradável, costumeiramente se abatia sobre mim. Foi então que eu dosei seis gotas do opiato e as engoli.

O efeito não foi imediato. Mas gradualmente, no espaço de aproximadamente meia hora, percebi uma sensação de calor suave se espalhando por meus membros. A isso sucederam-se sensações de tranquilidade e equilíbrio, dando-me a impressão de estar deslizando pela sala em vez de andar. Senti-me totalmente controlado, com uma elevação do espírito que nunca antes tinha sentido. Fred entrou na sala, com o meu chá noturno e, a princípio, pareceu não perceber o meu estado alterado.

— Ah, Fred, imortal Fred.

— Perdão, senhor?

— Você traz a fragrância das planícies da Índia.

— Eu só estive em Picadilly, Sr. Frankenstein. — Então ele notou a colher de prata onde eu medira as gotas. — É a bebida, senhor? Talvez devesse sentar.

Eu não percebera que estava andando pela sala.

— Não, Fred. Eu devo saborear os momentos de paz.

Eu fui até a janela. Os pedestres, carregadores e carruagens na rua lá embaixo me pareceram unidos numa só melodia contínua, como se tivessem se tornado uma linha de luz. Instintivamente, percebi que aquele não era um composto que iria estupeficar as minhas faculdades, mas, ao contrário, um que iria despertá-las para uma vida renovada e vigorosa. Fui para o meu quarto e deitei-me na cama num devaneio delicioso. Fred ainda hesitou ali, na porta, mas ele se tornara parte de minha sensação de júbilo. Eu talvez não tenha dormido, mas sonhei. Estava deitado num barco cálido, movendo-se pela superfície calma de um lago ou mar, enquanto em minha volta a luz refletia na água. Sobre mim não havia nuvens, mas o profundo azul empíreo se estendendo ao infinito.

Foi um sonho contínuo, e levantei de minha cama na manhã seguinte totalmente relaxado e renovado. Julguei também que meus poderes intelectuais tinham sido despertados, e com grande ardor tirei de minha estante um exemplar de *Tabelas de fluxos elétricos* de Tourneur. Percebi que estava em condições de calcular com facilidade, e da própria forma e adequação dos números extraía um imenso prazer intelectual. Eu podia até mesmo visualizar a corrente da carga elétrica. Com o frasco em meu bolso, fui para Limehouse, onde mais uma vez comecei a experimentar com as minhas máquinas elétricas. Acredito que a sensação de equanimidade perdurou por mais oito horas, quando então fiquei cansado bastante para me instalar numa poltrona.

Não tomei mais do opiato, mas tinha a sensação de estar sendo levado através de uma ampla superfície de água, com a luz brincando em toda a minha volta. O céu ficara de um azul mais profundo do que antes, e percebi que a natureza da água mudara. Estava me movendo num rio. Eu sabia que era o rio Tâmisa. Podia ver os reflexos das copas das árvores sobre a superfície dele, e no mesmo instante tomei consciência de um outro mundo onde as árvores cresciam para baixo e o céu estava sob mim; por lá andei, fascinado, e como através de uma atmosfera velada vi uma imagem de mim mesmo olhando de cima para mim. Em minha face eu via contentamento.

O barco estava viajando mais rápido do que no meu primeiro sonho, e a noção de um destino provocou em mim algum descontentamento. Contudo, me entreguei de novo ao devaneio, onde as margens e os campos ao meu lado estavam banhados em luz e onde a relva parecia dourada. Murmurei para mim mesmo: "eu descobri que o mundo é dourado". O barco agora perdera todo o seu ímpeto, e estava lentamente à deriva na correnteza do Tâmisa. Senti um vento suave sobre mim, e o farfalhar das folhas foi como o sussurrar de muitas vozes. Por alguma razão, senti os primeiros vagos sintomas de desconforto. Cheguei ao alcance da margem, e senti a maciez da terra e da relva; as cores das flores eram tão brilhantes e intensas que por um momento fechei os olhos. O barco por sua própria vontade virou-se e encontrou a correnteza de novo. Nunca o céu me parecera tão límpido, e ali, debaixo de mim, estava o seu reflexo ainda mais brilhante. Eu estava cercado por céus. Deixei meus dedos imersos na água, sentindo o frescor de seu fluxo. Então algo agarrou a minha mão. Segurou-me com firmeza, e tentou me puxar para baixo. Acordei sobressaltado, o meu sonho de opiato dissolvido num momento de terror.

Já era noite. Eu dormira por várias horas, e rapidamente acendi as lamparinas para que não ficasse totalmente imerso na escuridão. Sentei trêmulo na poltrona, receoso de que ainda estivesse sonhando.

Então, com um esforço enorme, retomei os meus cálculos. Eu me dei conta, também, de que ir embora de Limehouse àquela hora da noite iria atrair a atenção de salteadores e vagabundos. Sim, meus medos tinham voltado. Em minha condição sob a influência do opiato, fantasiara que não mais fazia parte do tumulto da vida — que a agitação e o embate tinham sido suspensos — e que eu era capaz de repousar e descansar. O fardo tinha sido descarregado; a ansiedade tinha se evaporado. Mas agora todas essas tristezas tinham sido revividas. O inimigo, o medo, voltara. A batalha recomeçara. Eu não era mais senhor de mim mesmo.

Contemplei o frasco por vários minutos; como podia uma dose tão pequena provocar mudanças tão extraordinárias no ser humano? Havia ali mistérios tão obscuros quanto o galvanismo e a reanimação. Decidi experimentar com apenas duas gotas da tintura. Depois de um breve momento eu me descobri, como acreditei, andando numa avenida brilhantemente iluminada por lâmpadas de nafta. Eu estava de volta a Genebra, e estava me apressando para ir encontrar meu pai e minha irmã com notícias de meu sucesso na universidade. Estava tomado de tal entusiasmo juvenil que pulava no ar e pairava sem dificuldades sobre a cidade e o lago.

Então me vi de novo sentado na oficina, como antes, meus cálculos espalhados à minha frente na mesa. Minhas equações eram de uma lucidez extrema — reconheci isso pelas formulações límpidas que obtivera e pelos comentários "preciso!" e "maravilhoso" nas margens. Mas o que era isso? Ouvi o som de remos contra a maré, e de um barco avançando na água. Quem estaria remando no Tâmisa àquela hora? Fui até a porta da oficina e a entreabri. O cheiro familiar de lama e maresia me assaltou. Mas havia um outro odor, também. Espiei lá fora e vi um barco baixo vindo lentamente na direção do píer.

— Quem está aí? — chamei. Não houve resposta. — Pelo amor de Deus, me diga quem você é!

O barco tinha parado ao lado da plataforma de madeira do cais. Eu podia ouvir a água batendo nele. Então Harriet Westbrook — Harriet Shelley — desceu dele. Ela não se parecia em nada com o que fora em vida. Estava infinitamente mais brilhante e esplêndida. Foi quando notei que ela estava carregando no ombro um saco grosseiro de pano.

— Por que você está aqui, Harriet? — Ela não respondeu, mas pareceu estar se voltando para alguém mais no barco. Ouvi um murmúrio, e reconheci a voz de Martha. Então houve o tom mais leve de uma risada. De novo ela se voltou para mim.

— Eu não estou aqui, Victor. Você está aqui. — Foi assim que acordei de novo em minha mesa, os papéis espalhados nela.

Durante aquela noite e na manhã seguinte os sonhos ou visões emergiam e desapareciam. Encontrei-me numa posição de completa escravização, desamparadamente submisso a qualquer alucinação que passasse na minha frente. Eu estava no estuário, andando em meio a suas planícies tristes e pântanos selvagens com as gaivotas gritando no ar; o forte sabor de sal estava no ar úmido. Eu tinha de algum modo consciência de algum vulto grande, escuro, se assomando na distância — fora de vista —, e então soube que a presença malévola era de Londres. Os homens criaram Londres. Os homens não criaram o estuário. Fui tomado por um grande medo de que aquela terra tinha acabado de emergir do mar, e que a água a caminho ia me submergir. Então corri para o interior — ou o que acreditava ser o interior — e procurei abrigo numa pequena cabana grosseiramente construída que se erguia solitária num morro de um campo de pastagem. Em contraste com o mundo lá fora, estava perfeitamente seca e quente. Havia um som de crepitar, como o de ramos e gravetos em chamas, mas eu não podia ver nenhum fogo.

Então me vi andando numa rua em Londres. Era uma rua de pedra preta, sem portas, janelas ou aberturas de qualquer tipo. Mas, enquanto eu andava sobre ela, a pedra começou a gritar — de agonia, de medo, de consternação, não sabia ao certo. Virei a esquina e lá à minha frente havia outra rua de pedra; assim que me aventurei nela, ela deu um forte grito de dor, que veio tanto das paredes quanto do chão. Eu não conseguia suportar a cacofonia, mas enquanto me precipitava pelas ruas e entrava em outras vielas os gritos se tornavam mais imensos.

—

Quando acordei, já era dia alto. Eu estava muito transtornado por esses sonhos de láudano para retomar o estudo de meus papéis, de modo que saí da oficina e caminhei por Limehouse. Havia um ponto de carruagens junto à taverna perto da igreja, e esperei ali pelo veículo seguinte. Eu conhecia o varredor daquele local e que, por um centavo, segurava os cavalos enquanto o cocheiro se refrescava na taverna ou se aliviava no cemitério da igreja. Era um homem negro chamado Job.

— Job — chamei —, quando a última partiu?

— Faz meia hora. Vai demorar mais uma meia hora até a próxima.

— Estava cheia?

— Lotada, senhor. Havia um lugar em cima.

Entrei então na taverna e comprei dois canecos de cerveja preta.

— Aqui está, Job. Lave a poeira em sua garganta.

Job me contou que no passado ele fora embarcado em Barbados como um criado do capitão, ou escravo, e que tinha sido abandonado por seu senhor quando chegaram na Inglaterra. O navio tinha aportado em Limehouse, e ele morava no bairro desde então. Sobrevivia agora na base das poucas moedas que obtinha daqueles que usavam o ponto e dos cocheiros das carruagens.

— Onde você mora? — perguntei a ele quando nos sentamos num banco em frente à taverna.

— Um pouco mais adiante naquela rua. — Ele me apontou uma viela de casas de cômodos de aluguel que saía da Limehouse Church Street. — É um buraco de rato, senhor.

— Você é casado, Job?

— Nunca casarei. Quem quer um homem preto e pobre como eu?

— A sua raça parece ser desafortunada.

— Somos oprimidos, amaldiçoados e surrados. Alguns desses finos cavalheiros me dão um chute quando passam por mim. Alguns xingam feio.

Não sei se foi efeito do preparado, mas fui tomado por um avassalador sentimento de piedade pelo varredor.

— Entre — convidei. — Está um dia feio.

— Não tenho permissão, senhor. A Sra. Jessop não admite pretos.

— Então vou trazer outra bebida para você, Job. Quero saber mais de você.

Quando voltei, perguntei muito sobre a vida dele em Limehouse. Para a minha considerável surpresa, Job tinha histórias piores do que a própria para relatar: de bebês recém-nascidos abandonados nas ruas, de crianças pequenas forçadas a rastejar nas fossas fedorentas em busca de itens baratos de qualquer valor, de mortos enterrados sob o assoalho para economizar o gasto ínfimo de um enterro de indigente.

De noite, o próprio Job ia até a margem e procurava objetos que pudesse usar ou vender; numa ocasião, ele encontrara uma adaga antiga que vendera por um xelim para um vendedor de tabaco na Church Road. Estava agora exposta na vitrine da loja.

— Mas em algumas noites — falou — há algo acontecendo no rio.

— Acontecendo?

— Algo chegando. Subindo a corrente.

— Você quer dizer algum tipo de barco?

— Não um barco. Não. Algo que se move rápido debaixo da água. Toda a margem fica silenciosa quando aquilo passa.

— Uma baleia?

— Não. Não um peixe. Uma coisa.

— Não estou entendendo, Job.

— O senhor não ouviu falar que o estuário está mal-assombrado? Na região dos pântanos de Swanscombe? — Meneei a cabeça. — Ninguém chega perto. Nem mesmo os pescadores trabalham ali.

— O que é essa aparição? Tem um nome?

— Sem nome, senhor. É uma coisa morta que ainda vive. É maior que um homem.

— Como você sabe disso, Job?

— É a minha suposição. Minha mãe me conta as histórias que ouviu.

— São histórias dos escravos?

— Sim, senhor. Mas as histórias vêm de muito antes. Quando não havia escravos. Minha mãe me contou do *dogon*. É um homem morto trazido à vida por meio de mágica. Vive nas florestas e nas montanhas. Um fantasma, senhor, com olhos de fogo.

— Com certeza você não acredita que uma coisa assim vive no estuário, acredita?

— Não sei de nada, senhor. Sou um pobre varredor preto. Mas me pergunto o que é essa coisa que se move debaixo da água.

Nesse momento a carruagem chegou, tendo Holborn como destino. Job levantou-se e foi até os cavalos, que pareceram reconhecê-lo. Eles ficaram quietos quando ele lhes falou e acariciou. Eu chamei o cocheiro.

— Tem lugar?

— Dentro, senhor. Um dos passageiros vai descer.

Então entrei na carruagem, e em pouco tempo ela estava a caminho da cidade.

—

QUANDO VOLTEI À JERMYN STREET, fui imediatamente para o meu escritório, onde deixara alguns de meus cálculos. Retomei o meu trabalho com um entusiasmo renovado, sabendo que estava perto de uma fórmula para a inversão da carga elétrica no processo de sua formação. Se eu fosse capaz de criar e manter essa força negativa, ela poderia subverter e desfazer inteiramente o poder da carga original.

Fui interrompido pelo som de vozes e de risadas; então Bysshe e Mary entraram na sala, com Fred em seu encalço.

— Eu não consegui pará-los, Sr. Frankenstein — protestou. — Eles passaram por mim na porta.

— Eu não posso ser parado, Fred. — Bysshe estava no melhor dos humores. — Sou Faetonte em sua carruagem de fogo. Você já ouviu falar em Faetonte?

— Há um cocheiro de cabriolé em Haymarket, Sr. Shelley.

— Cabriolé? Essa é uma palavra nova, não? — Então ele se virou para mim. — Posso lhe apresentar, Victor, Mary Shelley?

Eu levantei de minha cadeira e abracei a ambos afetuosamente.

— Quando vocês se uniram?

— Precisamente nesta manhã. Na igreja de St. Mildreds, na Bread Street.

— Para o bem de qualquer futuro filho — anunciou Mary —, seguimos as formalidades.

— Foi uma bela cerimônia, Victor. O Sr. Godwin chorou. Eu chorei. O clérigo chorou. Que Deus nos abençoe a todos!

— Eu não chorei — Mary estava sorrindo enquanto falava. — E não acho que Deus vá nos abençoar.

— O Velho Pai Ninguém não teve nada a ver com isso — retrucou Bysshe. — Somos livres. Não somos exilados na Terra. Você vai nos acompanhar num jantar no Chapter? Posso lhe garantir o melhor Marsala de Londres.

— Venha, sim — insistiu Mary.

Não era um lugar, na verdade, que eu recomendaria aos recém-casados. Era um desses estabelecimentos que preservaram as maneiras do século passado e, ao mesmo tempo, manifestavam todas as inconveniências do atual. O salão era escuro, mesmo de tarde, já que muito pouca luz entrava pelas janelas de vidraças pequenas. As vigas eram grandes, o teto, baixo, e o lugar era dividido em compartimentos de madeira escura ou "caixas", como os londrinos os chamam. A palavra sempre me lembrou caixões.

Nós três fomos conduzidos a uma "caixa", e Bysshe imediatamente pediu uma porção de sanduíches de presunto com uma garrafa de xerez. Um garçom idoso, de atitude sombria, nos atendeu. Usava calções na altura dos joelhos, no velho estilo, com meias compridas de seda preta e uma gravata não exatamente impecável. Fiquei sabendo por Mary que o nome dele era William.

— O cavalheiro estrangeiro — perguntou ele a Bysshe — deseja mostarda?

— Vou perguntar ao cavalheiro estrangeiro — disse Bysshe da maneira mais grave. — Deseja mostarda?

— Acho que não.

— Você tem a sua resposta, William.

— Muito bem, senhor.

Mary explodiu numa gargalhada, depois que ele se afastou num passo digno.

— Ninguém nunca o viu sorrindo — comentou. — Pessoas morreram tentando fazer com que ele sorrisse.

Ela se interrompeu quando William voltou com os sanduíches. Bysshe se atirou a eles como se estivesse bem faminto.

— Temos boas notícias, Victor — anunciou ele. — Byron nos convidou a nos juntarmos a ele nas margens do lago Léman. Sua terra natal.

— Ele alugou uma quinta lá — informou-me Mary. — No evento de um casamento iminente, conforme disse, ele nos abriu as portas. Você está convidado.

— Eu?

— E por que não? — replicou ela.

— Você sabe o nome da quinta?

— Diodati — respondeu Bysshe por ela.

— Diodati? Eu a conheço bem. Pulei o muro em seu jardim de noite, e provei as frutas.

— Um augúrio, meu caro Victor — disse ele. — Você precisa provar o fruto de novo. Vamos todos viajar juntos para a Suíça.

Bysshe estava num estado de grande empolgação, e não consegui resistir à maré de seu entusiasmo, de modo que consenti. Eu julgava, também, que uma suspensão de meus esforços e cálculos poderia me auxiliar; a mente precisa de descanso tão certamente quanto o corpo, e confiei que um período de ócio iria restaurar todas as minhas faculdades. Concordamos em partir ainda naquele mês.

— Vamos atravessar céleres as planícies da Holanda... — falou Mary.

— ... E ver os castelos do Reno aninhados em sua torpeza — acrescentou Bysshe.

— E você, Victor, vai rever todos os seus velhos lugares familiares.

— Eu receio — respondi a ela — que irei parecer um forasteiro lá.

Bysshe riu e fez sinal para outra garrafa.

— Você é um forasteiro em qualquer lugar, Victor. Esse é o seu charme.

— Eu me pergunto por que Lorde Byron me convidou.

— Ele deve gostar da sua companhia — respondeu Bysshe. Eu não tinha tanta certeza se gostaria da dele, mas nada disse.

— Byron é uma figura estranha. Ele é ao mesmo tempo corajoso e na defensiva, profundamente orgulhoso e profundamente inseguro.

— Eu acho que ele tem vergonha de sua deformidade — opinou Mary.

— Pelo que sei — eu perguntei a ela — ele tem um pé torto? Essa é a expressão, não?

— Sim. Essa é a expressão. Mas a dor vai mais fundo. Ele se envergonha da vida. Quer gastá-la muito rapidamente.

— Ele pode ser muito exigente — afirmou Bysshe — com as pessoas em volta dele.

— Isso é porque ele é exigente consigo mesmo — replicou ela. — Ele não tem misericórdia.

William, sem que ninguém pedisse, trouxe outro prato de sanduíches de presunto. Bysshe atacou-os com um apetite renovado.

— Eu me pergunto — disse Bysshe — como ele não foi inteiramente estragado pelo sucesso. Eu disse que Byron é orgulhoso. Mas não tem vaidade.

— Você quer dizer — replicou Mary — que ele se digna a falar com meros mortais como nós. — Bysshe pareceu ofendido com isso. Ela percebeu essa reação e acrescentou, rapidamente:

— É claro que ele o respeita como poeta, Bysshe. Ele é depreciativo com os próprios versos.

— Eles lhe vêm muito fácil. Ele não vê mérito naquilo que flui livremente. Ele aprecia a dificuldade.

— Nisso eu concordo com ele — falei. — Da adversidade vem o triunfo. Todas as grandes naturezas têm aspirações.

Bysshe ergueu seu copo.

— Eu brindo ao seu espírito, Victor. Morte ou vitória!

Mary evidentemente não apreciara o caminho por onde enveredara a conversa.

— Isso é fácil para vocês dizerem. Os homens têm apetite pela glória.

— E as mulheres não? — questionou Bysshe.

— Nós aspiramos a um tipo diferente de renome. Não buscamos o conflito. Buscamos a harmonia.

— Bebo a essa aspiração — disse ele. — Mas às vezes o mundo não permite tais feitos. Isso me lembra, Victor. Byron escreveu sobre tempestades terríveis.

— Estamos acostumados às tempestades nas montanhas.

— Não. Essas são além do normal. O povo do local profetiza uma estação de trevas. Por alguma razão desconhecida.

— Não vejo a hora de estar lá — respondi. — Eu gosto das aberrações da natureza.

—

No FIM DO MÊS NÓS nos encontramos em Dover; Bysshe e Mary com sua jovem criada, Lizzie, eu e Fred. Era a primeira viagem de Fred para fora da Inglaterra, e ele estava num estado de grande empolgação. Nunca vira o mar aberto.

— Imagino — comentou — que vamos ver ilhas e coisas assim.

— Há muito poucas delas nessa porção de água, Fred — repliquei.

— Só o mar plano e vazio, então?

— Receio que sim.

— Quão profundo é, Sr. Frankenstein?

— Não faço ideia. Você precisa perguntar ao capitão quando estivermos a bordo.

— Fundo o bastante para baleias?

— Não sei ao certo.

— Eu gostaria de ter a oportunidade de ver uma delas — falou. — Vi uma gravura de uma virando aquele barco. — Ele estava se referindo a um incidente que ocorrera 11 meses antes, quando o *Finlay Cutter* tinha sido partido por uma baleia furiosa. — Perdão, Sr. Frankenstein. Não tive intenção de sugerir nenhum perigo. — Ele tinha reunido a nossa bagagem e, assobiando para um carregador, falou com ele muito confidencialmente e o persuadiu a transportá-las até o cais onde nosso barco estava atracado. O *Lothair* não tinha convés, e com muitas idas e vindas fomos, por fim, instalados em duas pequenas cabines desconfortáveis. — É aconchegante — comentou Fred.

— Não vamos ficar muito tempo.

— Essa deve ser a menor janela do mundo.

— Não acho que seja essa a palavra em inglês. Há um termo náutico para ela. Escotilha.

— É de vidro, senhor, e mal dá para ver por ela. De modo que é o que eu chamo de janela.

O capitão, um sujeito mal-humorado chamado Meadows, mal se deu ao trabalho de parar enquanto caminhava pelo corredor entre as várias cabines.

— Zarparemos agora — avisou. — Sem mais demoras. O vento está soprando.

Em uma hora já tínhamos começado nossa travessia e estávamos em mar aberto. Fred mal conseguia conter seu entusiasmo.

— É muito turbulento, senhor. Meu estômago vai até o chão e então sobe até a minha boca.

— Você devia sentar-se, Fred. Vai passar mal.

— Eu não, Sr. Frankenstein. Eu andava na carroça de meu pai. As ruas de Londres são piores do que qualquer mar. Veja, senhor. Lá. Lá está a baleia que mencionei. — Eu olhei pela escotilha, mas não consegui ver nada em meio à espuma. — O senhor não viu aquela criatura nos seguindo? Punha a cabeça para fora e para dentro da água. — Olhei de novo e, por um momento, achei que vislumbrava algo. Mas tinha submergido sob as ondas.

— Era um pedaço de madeira, Fred. Uma tábua.

Bysshe entrou em nossa cabine.

— Mary não está bem — alertou. — Ela quer ficar sozinha com Lizzie. Eu dei a ela um preparado, mas o mar está muito alto.

— Alto e baixo ao mesmo tempo — disse Fred. — É uma verdadeira gangorra.

— Mas estamos avançando, acho. Venha sentar ao meu lado, Bysshe.

— Sim. Nós iremos evocar velhas histórias de aventuras no mar. Vamos reviver as jornadas a Virginia e Barbados. Vamos saudar o oceano de safira!

Bysshe tinha uma maravilhosa habilidade de se colocar acima das circunstâncias, e ali, sentados na cabine que sacolejava, ele entreteve a Fred e a mim com histórias das jornadas marítimas que lera quando criança. Ele recitou com vigor os versos da *Odisseia* em que Ulisses veleja no estreito exíguo entre as ilhas de Scila e Caribdes, onde o mar "espumava e borbulhava no mais extremo tumulto, e muito acima das cabeças a espuma caía no topo dos rochedos". Era uma tradução do próprio Bysshe, e tenho certeza de que ele a compôs no ato.

Houve uma batida repentina na porta da cabine, e Lizzie estava na nossa frente. Ela fez uma ligeira reverência.

— Tenho a satisfação de informar, Sr. Shelley, que a minha senhora está bem melhor e gostaria muito de ter a companhia do senhor.

— Estarei lá, Lizzie, antes que você saia. — Ele me deu um adeus apressado e se foi.

Fred e eu ficamos sentados em silêncio, ele assobiando enquanto olhava pela escotilha.

— Por favor, pare com esse barulho, Fred. Está me dando dor de cabeça.

— Lá vai aquela baleia de novo.

— Você tem certeza? Não estou convencido de que baleias frequentem estas águas.

— Onde há água, senhor, há baleias. Olhe.

Fui até a escotilha.

— Não consigo ver nada, Fred, deve ser sonho seu. Você poderia ir procurar o capitão e perguntar-lhe quanto tempo mais ficaremos no mar?

— Ele é um velho pancada — resmungou Fred ao voltar dos aposentos do capitão. — É uma questão de horas, ele diz. Quantas horas, eu digo. E eu sou Deus, ele pergunta. Longe disso, eu digo. Então ele bate a porta no meu nariz.

Foi de fato uma questão de horas; muitas mais do que eu antecipara, porque por um tempo estivemos numa calmaria no mar inquieto. Por fim, Bysshe apareceu na cabine.

— Estamos nos aproximando da terra — anunciou. — Os marinheiros estão todos agitados.

Na verdade houve ainda algum atraso, com nosso navio numa calmaria pouco antes de chegarmos ao porto; mas uma súbita lufada foi admiravelmente aproveitada pelo capitão, e atracamos. Havia uma fila de vários coches e carruagens ao longo do cais, alguns já contratados e outros à espera de serem alugados. Mary, com o que logo descobri ser sua eficiência habitual, foi até um dos cocheiros e entabulou alguma forma de negociação: tínhamos concordado em contratar uma carruagem para nos levar através da Holanda e parte da Alemanha, mesmo Bysshe tendo expressado um desejo de viajar pela França e pela Itália. No entanto, seu desejo foi simplesmente ignorado por Mary, e ficou acertado que o cocheiro nos levaria pelas planícies da Holanda antes de seguir adiante para Colônia.

— Fiquei sabendo por outras pessoas da ruína da França — disse ela quando nos instalamos na carruagem. — Os cossacos não pouparam nada. As aldeias estão queimadas, e o povo mendiga por pão. Os *auberges* estão imundos, também. Há doenças por toda a parte. Na realidade, Bysshe, a França não é o país que sua imaginação pinta.

— Nenhum país jamais consegue ser — respondeu ele. — Mas eu vivo com uma esperança infinita.

Nós cinco nos acomodamos confortavelmente no veículo, e havia uma escada para um assento no teto, caso algum de nós preferisse o ar livre. Lizzie e Fred estavam ocupados com uma elaborada demonstração de indiferença; eles não falavam um com o outro, nem mesmo se olhavam de relance. Fred sentou-se ao meu lado, junto à janela, num canto da carruagem, olhando a paisagem que passava; Lizzie estava sentada ao lado de Mary, no lado oposto, igualmente muito entretida com a paisagem. Era bastante uniforme naquela parte da Holanda, com habitações ou aldeias ocasionais que poderiam ter sido desenhadas pela pena de Van Ruysdael, exceto pelo fato de que invariavelmente eram sujas, malcuidadas e precisando de manutenção. Observei isso para Bysshe, que preferiu tecer encômios sobre a vista dos Alpes que iríamos encontrar em nosso destino.

— A humanidade precisa de grandiosidade e solidão — falou. — Não destas pastagens plácidas.

— Há muito a ser dito em favor da tranquilidade — repliquei.

— É a tranquilidade da decadência — insistiu. — O espírito da época passou adiante. Agora pertence ao herói, à alma individual enfrentando o seu destino. — Então começou a citar um de seus próprios poemas, declamando as palavras para fora da janela da carruagem quando passávamos por uma vila holandesa:

Eu não vi, não ouvi, não me movi, só senti
Sua presença fluir e se imiscuir em meu sangue

Até torná-lo a sua vida, e a dele a minha,
E assim fui absorvido, até ter passado.

Nossa jornada continuou através da Holanda, e por fim começamos a subir a estrada levando a Colônia. O ar era mais fresco ali, perto das montanhas Eifel, e nós nos distraímos com paisagens diferentes de charnecas e florestas. Eu conhecia o zimbro e a faia dos meus dias de infância, mas nunca os vira crescendo em tamanha profusão: aqui, também, havia grandes irrupções de rocha que com certeza eram indícios das montanhas mais além. Descansamos em Colônia, numa pequena pensão perto da praça principal.

— Não visitarei a catedral — anunciou Bysshe. — Detesto catedrais. Elas são monumentos à dor e à insensatez. São tributos à superstição. Lugares frios e lúgubres.

— Você irá passear comigo pelos mercados — replicou Mary. — A prosperidade das pessoas não o incomodará.

— Nem um pouco. O comércio é o grande solvente para a união final da humanidade. É uma bênção generalizada.

Assim saímos, na manhã seguinte, num passeio pelos distritos mercantis de Colônia próximos ao rio. As velhas casas dos comerciantes ali me lembraram Genebra, e fui tomado por um fervente anseio de voltar ao local de meu nascimento. Consenti de bom grado, portanto, quando Bysshe propôs que fossemos de barco pelo Reno até Estrasburgo. Dali contratamos uma carruagem para a própria Genebra.

Minha língua nativa era agora útil, e eu negociei com o capitão de uma barcaça; seu negócio principal era transportar tecidos do Leste para os mercados de Colônia e outras partes, e ele estava prestes a voltar para Estrasburgo depois de entregar uma grande carga. Nossa rota nos faria passar por Mainz e Mannheim antes de chegarmos ao nosso destino. Compramos provisões frias, e nos fizemos bastante confortáveis para uma jornada que iria durar vários dias. Mary estava de excelente humor quando partimos do cais em Colônia.

— Acredita-se — informou ela — que o Reno e o Tâmisa se juntavam numa era remota da Terra. Formavam um só rio poderoso.

— Essa é a teoria de Thomas Burnet — replicou Bysshe. — Como poderá algum dia ser provada?

— Os poetas não precisam de prova, Bysshe. Você sempre louva o poder da imaginação. Da intuição.

— É verdade, Mary querida. Eu declaro que esse é o Tâmisa. Estamos passando por Oxford em nosso caminho para Richmond e a Torre!

Fizemos um progresso constante ao longo do Reno, e devo dizer que fiquei maravilhado com a paisagem; ao longo de certos trechos do rio havia extensos vinhedos e colinas de aclives suaves, onde as virtudes de uma natureza tranquila eram preservadas. Mas eles eram sucedidos por montanhas abruptas, e penhascos, e precipícios, onde castelos tinham sido erguidos em meio a rochas e torrentes.

— Ali — disse Bysshe, apontando para um deles — está a tirania tornada visível. Cada pedra foi erigida com sangue. É construído sobre fundações de sofrimento.

Mary estava sentada na proa do barco, contemplando com interesse enquanto avançávamos.

— O espírito deste lugar é mais simpático do que você supõe, Bysshe — retrucou ela. — É mais íntimo à humanidade. Você não vê? Quão mais harmonioso do que esses picos e abismos nas montanhas que você elogia tão intensamente! Esta paisagem é tocada pelo espírito humano.

— Por favor, senhora, seu cabelo está solto — falou Lizzie do meio do barco. — A senhora quer que eu o arrume?

— Não, Lizzie. No barco aberto estamos em liberdade.

— Ele vai ficar solto de uma maneira horrível — insistiu a garota.

Bysshe riu.

— Sem dúvida, cuide sim da aparência de sua patroa, Lizzie. Ela agora é uma mulher casada.

Eu tinha me movido para a popa da barcaça, onde um pequeno banco de madeira fora instalado. Fred sentou-se ao meu lado e sussurrou:

— Lizzie é muita atrevida, senhor. Falar com a patroa dela desse jeito!

— Ela é atrevida em outros assuntos, Fred?

— Eu não falo com ela. Eu não olho para ela. Eu não a levo em conta.

— Você não precisa ser desdenhoso.

— Mamãe me preveniu quanto às garotas de Londres. Essa Lizzie vem de Bethnal Green.

— Como você sabe disso?

— O Sr. Shelley me contou. Ele disse que ela foi resgatada pela senhora. — Ele não precisou dizer mais nada.

—

Nosso progresso foi rápido pelo Reno. De dia passávamos por várias aldeias populosas, bem como por campos e vinhedos trabalhados por camponeses; de noite eu podia ouvir o sopro do vento nas árvores misturado aos sinos distantes e aos uivos dos lobos ressoando nas florestas. Nunca o mundo me parecera tão vívido. A nova poesia da natureza, que Bysshe tanto louvava, pareceu então se instalar em meu íntimo.

Mesmo assim fiquei jubilante ao chegar a Estrasburgo. Marcava o fim de nossa jornada no rio, e a última escala em nosso avanço para a minha cidade natal. A paisagem aos poucos se tornava mais irregular e majestosa, repleta das insinuações da grandiosidade da região alpina em que logo estaríamos entrando. Contratamos uma carruagem para Genebra assim que chegamos à praça do mercado, e logo estávamos na estrada para a Suíça. Deletei-me ao rever o meu país natal, onde cada paisagem me lembrava a minha infância feliz. Observei com orgulho para Bysshe que aqui as estalagens eram mais limpas e arrumadas. Ele concordou, e comentou também sobre o ar revigorante da região.

— Alimenta a alma — afirmou. — Estamos vivendo nas regiões mais altas.

Minha primeira vista de Genebra elevou meu ânimo num grau incomparável; aqui eu poderia retornar ao que caberia talvez chamar de minha inocência nativa. Minhas visitas aos sagrados locais onde meu pai e minha irmã estavam enterrados serviriam para me dar forças contra qualquer calamidade, e minhas caminhadas pelas florestas familiares iriam restaurar a minha tranquilidade. Essas, ao menos, eram as minhas expectativas. Mandei o cocheiro nos levar diretamente à Quinta Diodati, onde Byron já estava acomodado. Era junto ao lago, cercada por um grande jardim que descia até a água; eu lembrava bem dela, tendo quando menino explorado a região. Tínhamos saído da avenida principal que margeava o lago, e estávamos com considerável dificuldade para manobrar nosso progresso pela estreita estrada que levava até a quinta quando, repentinamente, Byron apareceu, nos acompanhando a passos largos. — Eu os vi da sacada — anunciou. — Só vocês iriam chegar numa carruagem de Estrasburgo.

Logo estávamos desembarcando atabalhoadamente do veículo no gramado. Byron abraçou Mary com saudações de "*Bonjour,* madame Shelley!" Então ele apertou a mão de Bysshe e a minha.

— O senhor está em sua terra natal, Sr. Frankenstein. Não esqueça de reverenciar os penates desta casa. O senhor nos trará boa sorte.

Eu ia responder quando o Dr. Polidori emergiu do outro lado do gramado. Não posso dizer que fiquei contente ao vê-lo.

— William está aqui para cuidar de mim — explicou Byron. — Mas ele passa os dias lendo à sombra das árvores. Eu o preveni quanto ao estudo dos livros, mas ele se recusa a me ouvir.

Eu podia ver em toda a minha volta as azáleas silvestres e as rosas-da-montanha que conhecera quando criança; o ar estava muito parado, e a superfície do lago estava lisa. Eu sabia que nessa região o crepúsculo durava pouco, e podia sentir a chegada da escuridão e da noite.

— Este cavalheiro — falou Byron, olhando para o cocheiro — está com uma necessidade desesperada de ser pago. Rogo-lhes que façam isso. Os criados levarão suas bagagens.

Logo estávamos confortavelmente instalados na quinta. O meu quarto tinha vista de cima para o jardim e o lago, e na escuridão iminente eu podia ver as fracas luzes das aldeias na outra margem. Havia sons de gritos e de uma comoção geral, vindo de algum lugar ao longe; mas dei pouca atenção a isso. Estava muito tomado pelo encanto daquele lugar e pela força de minhas próprias velhas lembranças.

Dezenove

— Os criados me informam — contou Byron quando nos sentamos para tomar café da manhã no dia seguinte — que um monstro marinho tem sido vislumbrado no lago. Com certeza isso é uma contradição, não?

— Que tipo de monstro? — perguntou Bysshe.

— Suponho que um monstro é muito parecido com qualquer outro. Li sobre as grandes serpentes que habitam as profundezas, mas elas nunca eram claramente descritas. — Byron pôs o garfo no prato. — Eis o que faremos. Vamos lançar uma expedição através do lago. Vamos caçar o monstro! Vai ser uma aventura!

— Isso é sensato? — Mary estava visivelmente perplexa.

— Se eu fizesse o que é sensato, nunca faria nada. Meu barco é seguramente equipado, se é isso que você quer dizer.

— Não. Eu quis dizer caçar uma serpente...

— Não há serpente, Sra. Shelley. Tenho bastante certeza disso. Mas ainda assim será uma aventura. Vamos avançar bravamente como os argonautas, enfrentando as ondas para caçar uma criatura lendária. Será esplêndido.

Fiquei em silêncio durante essa conversa, mas, depois que a refeição terminou, concordei em ir com eles no barco de duas velas que Byron comprara em Genebra. Mary declinou o convite, preferindo, conforme disse, observar os lagartos que habitavam o muro sul do jardim.

— Eu prefiro monstros menores — explicou ela.

E assim partimos, animados pelo excelente humor de Byron, para o centro do lago. Atravessamos para a outra margem, para que pudéssemos ver a Quinta Diodati tendo como pano de fundo as montanhas; era uma vista que eu conhecia bem, mas Bysshe e Polidori declararam-se encantados. Além das margens havia encostas de vinhedos, com algumas outras quintas com seus jardins em meio a eles. Atrás disso havia várias cordilheiras de montanhas pretas, e se elevando atrás de todas elas ficava o Monte Branco, ocultando o seu cume entre nuvens. O lago estava tão azul quanto o céu, com reflexos e cintilações à luz variada da manhã. Eu olhei para a água, cuja transparência me permitia ver os seixos no fundo e os ocasionais cardumes de peixinhos formando-se e reformando-se numa dança galvânica. Tudo era puro e límpido. Deixei minha mão na água por um instante.

Subitamente Byron começou a cantar — ou melhor, a uivar uma nota longa que ecoou sobre a água. Então deu uma risada.

— Esta é a minha canção albanesa — falou. — Aprendi-a com os próprios homens das tribos. É um uivo feroz, não? Quem sabe possa atrair a serpente marinha de seu esconderijo?

Seguimos pelo lago, afastando-nos mais da margem; Shelley e Polidori discutiam os méritos respectivos de Alexandre e Napoleão quando nossa atenção foi atraída por gritos e chamados na margem norte. Um grupo de pessoas se juntara num rochedo que avançava na água, e estavam apontando para o meio do lago. Para a minha grande consternação, Byron deu um grito de alegria, ou de empolgação, e começou a manobrar o barco para aquele lado.

— Os bons cidadãos — exclamou — viram alguma maravilha. Precisamos investigar.

Um grupo de nuvens escuras descera das montanhas, trazidas por um desses repentinos ventos fortes que são tão comuns na região; Byron e Bysshe não deram atenção à mudança no tempo, em vez disso olharam atentamente à frente.

— Há alguma coisa — alertou Bysshe com impaciência. — Precisamos chegar perto dela. Ali. — Eu não vi nada na superfície escura da água cada vez mais turbulenta. — Está vendo agora, Byron?

— Vejo uma forma — respondeu o outro. — Tem um movimento peculiar. Parece estar se contorcendo na água.

— É a luz incomum do lago — falei. — Projeta sombras insólitas.

Prosseguimos velejando. E então se abateu sobre nós uma súbita tormenta, feroz, que balançou o barco, quase virando-o. Eu já tinha, é claro, ouvido falar dessas tempestades lacustres, caindo e passando em minutos, mas nunca antes tinha estado no meio de uma delas. Então, da maneira mais estranha, o barco começou a girar em círculos cada vez menores; o vento tomara suas velas e o estava fazendo girar. Ainda mais estranho foi que comecei a ouvir o som de raspar ou arranhar no lado de baixo do barco.

— Vocês ouviram isso? — gritei. — Há alguma coisa debaixo do barco!

Os outros estavam distraídos pelo uivo do vento e o rápido girar do barco. Estávamos desamparados ante o perigo da tempestade.

— Segurem-se bem! — berrou Byron. — Ainda não acabou!

Com força bruta e agilidade ele conseguiu agarrar o mastro e soltar a vela, segurando a lona enquanto o barco ainda corria o risco de virar. Seus dedos eram rechonchudos, com as unhas roídas até o sabugo. Quando a vela se soltou, o ímpeto do barco foi detido. A tempestade passou, e nós nos deixamos levar para a margem. Tinha sido um momento de súbito e intenso perigo que deixara todos exaustos. Alguns trabalhadores do vinhedo próximo correram em nossa direção. Eu falei com um deles, que descreveu como ele e seus companheiros tinham visto *une forme* se movendo na água. Ele teve um involuntário calafrio de horror enquanto descrevia para mim a sua forma incomum. No entanto, eu ainda persistia em minha crença de que essa "forma" nada mais era do que o efeito acidental da luz e das sombras, interpretadas equivocadamente pelos camponeses supersticiosos. Assegurei a mim mesmo também que os sons que ouvira sob o barco eram o arranhar de seixos jogados para cima pela tempestade no lago.

A súbita tormenta era o presságio de uma tempestade maior. Quando chegamos à quinta, algumas horas depois, o céu já se tornara muito escuro. Mary e Lizzie tinham ficado sentadas no jardim, maravilhadas com as nuvens, mas já haviam se retirado para dentro.

— Foi a mais extraordinária sensação! — Byron estava contando a Mary quando entramos na sala de estar. — O barco jogou e girou na água como se não tivesse peso nenhum. Eu pude sentir o poder selvagem da natureza. É cheia de caprichos, como uma mulher. Como eu gostaria de ser consumido por ela!

— A natureza é uma ação, não uma atitude — disse Polidori. — Não tem uma intenção pessoal.

— Você na realidade não acredita nisso — retrucou Byron. — Você acha que está certo. Mas sabe que está errado.

— Muito pelo contrário. O meu conhecimento e a minha crença coincidem. Ah, eis o chá. — Lizzie tinha trazido uma chaleira de cobre para colocar no fogo.

— É notável — apontou Bysshe — como o calor de nossos corpos secou inteiramente as nossas roupas. Eu estava ensopado até a pele. Cada um de nós deve ter uma fornalha no interior.

— Energia — falei. — Energia elétrica. Pulsa em todas as coisas vivas. É a força da vida.

— É ela — perguntou-me Polidori, com o vestígio de um sorriso — o mesmo que o espírito humano?

— Ah, não. Eu acho que não. Esse se ocupa com valores e morais. O pulso elétrico é energia pura. É uma força cega.

— Mas a energia pode ser alegre — replicou Bysshe. — Um bebê ri, não ri?

— O bebê está experimentando a vida — retorqui. — Só isso. Não tem virtude ou vício. Ri ou chora por instinto. O instinto não possui tais qualidades.

Naquele momento houve um trovão. Bysshe riu.

— Você tem os elementos ao seu lado, Victor. Eles o aplaudem. A temporada da escuridão se inicia.

— O trovão é elétrico também, não? — perguntou-me Mary. Ela estava pegando a chaleira com um pano e despejando água fervente num bule. — Como se distingue a energia da natureza da força elétrica dentro do corpo?

— Não há distinção. Não é diferente em essência. Ela anima toda a matéria. Mesmo as pedras no jardim podem ser eletrificadas.

— Estamos cercados por ela, então?

— Receio que sim.

— Por que o receio? — indagou-me Bysshe. — O que há para temer na natureza primal do mundo?

Tinha ficado bastante escuro, e Lizzie estava ocupada acendendo velas. Era uma sala de jantar grande, indo da frente aos fundos da casa, e algumas partes ainda ficaram em sombra.

— Numa noite como esta — propôs Bysshe —, é o caso de nos divertirmos depois do jantar contando histórias de elfos e demônios. Se houver uma tempestade com relâmpagos será ainda melhor.

O cozinheiro, que era da casa, preparou uma refeição de vitela e repolho cozido; era um prato típico da região, mas não agradou muito aos nossos poetas ingleses. Eles reclamaram do excesso de manteiga e da pimenta no molho. Contudo, instalamo-nos com bastante conforto depois do jantar, e Byron trouxe de seu quarto uma coletânea de contos alemães traduzidos para o inglês. Ele nos disse que eram todos de uma natureza maravilhosamente mórbida e insólita, tendo como título geral *Fantasmagoriana*. À luz das velas colocadas de ambos os lados de sua poltrona, Byron começou a ler uma das histórias em voz alta. Mas então pôs o livro de lado.

— Isso é tudo muito interessante — falou. — Mas não é o certo. O artigo genuíno. O que eu quero dizer é o seguinte: nós devíamos contar nossas próprias histórias nestas noites. Nós devíamos entreter-nos uns aos outros; com verdades, com invenções, o que vocês quiserem. Será um acompanhamento maravilhoso para as tempestades. — Ele se virou para Bysshe. — Quero dizer, isso se você puder suportar...

— Ah, sim. Não tenho um temperamento nervoso. Ficarei perfeitamente contente de tomar parte.

Ficou acertado entre nós que, durante os dois ou três dias seguintes, cada um de nós iria preparar um conto de terror, que então seria lido para os outros. Eu me retirei para o meu quarto, naquela noite, num estado de certa perplexidade. Eu tinha uma história que iria deixá-los horrorizados, atingi-los no âmago, mas como poderia eu narrar a história de meus últimos meses sem meu coração bater violentamente como um testemunho de sua verdade? Pareceria a eles uma coisa amaldiçoada, um maníaco ou um pária — não importava qual. Não, não poderia ser feito. De modo que no café da manhã no dia seguinte, pedi para ser dispensado da tarefa coletiva.

— Não sou um poeta — disse a Bysshe. — Não sou um escritor de histórias. Sou apenas um mecânico e um experimentador. Não consigo divisar os segredos da alma.

— Você se menospreza injustamente — respondeu ele. — Os grandes experimentadores são poetas a seu modo. Eles são viajantes em territórios desconhecidos. Eles exploram os limites do mundo.

— Mas não em palavras, Bysshe. É nisso que irei fracassar.

Mary estivera escutando com atenção.

— Eu tenho as palavras — interrompeu-nos. — Pensei numa história. Permaneci na sala depois que vocês se retiraram, quando subitamente me veio pronta uma ideia bem mais poderosa do que qualquer devaneio. Uma sequência de imagens ergueu-se perante mim, espontaneamente...

— Conheço essa sensação — Bysshe disse.

— Na primeira delas, um pálido estudante das artes ímpias estava ajoelhado junto a um homem deitado, mas que ainda não era de todo um homem...

Nesse instante Byron entrou na sala.

— Perdi as costeletas? — perguntou ele a Lizzie, que estava parada de pé atrás da cadeira de Mary. — Seja uma boa menina e resgate uma para mim da cozinha. — Sentou-se então ao lado de Shelley. — Onde está o bom Dr. Polidori?

— Ainda não se levantou — respondi. — Fred me disse que o ouviu roncando.

— Só se ele encostou o ouvido na porta, suspeito. Fred é incorrigível.

Nesse momento, Polidori entrou na sala. Sua camisa estava amarfanhada, e seu colete, aberto.

— Você não lavou o rosto, Polidori — disse Byron como cumprimento. — Bom dia para você.

— Estou atrasado, receio. Passei metade da noite acordado pensando.

— Pensando em quê? — perguntou Byron.

— Num horror. — Ele olhou para mim por um momento.

— Para o nosso banquete de histórias, suponho? — Mary também estava me olhando estranhamente.

— Acho que pode ser muito pavoroso para ser contado.

— É?

— Alguma vez vocês já estiveram em meio ao desenvolvimento de um pensamento, ou mesmo de um sonho, quando uma face emergiu na sua frente? Uma face apavorante. Cheia de terror e de malevolência. E ao ver essa face os seus mais secretos e intensos temores se manifestam; o medo da morte, o medo do que pode acontecer depois da morte. O medo do próprio medo, todas essas sensações convergem nessa face maligna.

— Isso é tudo? — indagou Byron.

— Não. De forma alguma. Eu tenho uma história.

— Vá em frente.

— Eu a chamo "O vampiro".

— Você tem um bom começo — elogiou Byron. — Mas tem também um meio e um fim?

— Eu a situei ao longo da romântica costa de Whitby. Alguém a conhece?

— Há uma abadia lá — disse Mary. — Da abadessa Hilda.

— Precisamente. A igreja da abadia se empoleira sobre rochedos íngremes. As pedras lá embaixo são traiçoeiras, e a espuma do mar batendo atinge bem alto as superfícies laterais dos rochedos. Eu já vi. Lá, numa noite escura no fim do século passado, uma escuna estava procurando seu arriscado caminho em meio às ondas encapeladas. Havia uma tempestade forte, e todas as habitações em Whitby estavam fechadas, com as janelas barradas e trancadas. De modo que ninguém viu o barco chegando cada vez mais perto das pedras. Então uma grande onda ergueu o barco mais alto do que antes; ele foi carregado pelo mar turbulento, e com um suspiro de agonia encalhou nas pedras na base do rochedo. Lá ficou suspenso, tremendo como uma coisa ferida.

"Ao raiar do dia, depois que a tempestade passara, o grito de naufrágio se espalhou. Os habitantes de Whitby se reuniram avidamente nos topos dos rochedos e olharam para o seu butim lá embaixo; cordas foram jogadas, e os jovens da cidade desceram para o convés da nau partida e destroçada. Mas não havia tripulação nenhuma para ser encontrada. Não havia capitão, imediato ou comissário. O navio estava deserto. Eles relataram um achado notável. Quatro caixões estavam presos no convés principal com cordas grossas. Eles tinham sido presos tão seguramente que sobreviveram à tempestade e ao naufrágio. Era verdadeiramente uma nau dos mortos. Os caixões foram levados num bote para o pequeno porto, onde foram colocados em fila na costa..."

— Chega! — exclamou Byron. — Você é todo conteúdo e nada de estilo. É muito aborrecido.

Percebi que Polidori ficara com raiva, ainda que tenha permanecido em toda a sua aparência externa bastante controlado. Eu ri, e ele me deu um olhar de tal malevolência que eu devia ter me precavido.

— Quando um dos caixões foi aberto — prosseguiu —, ergueu-se uma voz, gritando: "O que mais vocês querem de nós?"

Nesse momento, Shelley deu um grito estridente e correu para fora da sala. Mary o seguiu consternada. Ela nos chamou pedindo auxílio e, ao entrarmos na sala, encontramos Bysshe desmaiado, estendido no tapete. Com muita presença de espírito, Polidori, trazendo um jarro da mesa do café da manhã, despejou cerveja preta sobre o rosto dele. Isso o reviveu um pouco.

— Eu tenho um restaurador — contou Polidori a Mary. — Por favor, dê-me o seu lenço.

Ele trouxe uma pequena valise de seu quarto e, tirando dela um frasco com um líquido verde, despejou um pouco no lenço. Polidori o colocou no nariz de Bysshe; para nossa grande surpresa, Bysshe então espirrou e sentou-se ereto.

— Desculpe ter causado tal comoção — falou. — A verdade é que... eu tive uma experiência muito similar à que Polidori acabou de nos contar! — Ele se levantou do tapete e segurou a mão de Mary. — Vamos voltar à sala de jantar? — perguntou ele com considerável tranquilidade. — Estou bem recuperado.

Retomamos nossos assentos, e Bysshe, já com a compostura inteiramente retomada, contou-nos sua história:

— Eu estava em meu último ano em Eton, morando na casa do Dr. Bethel. O nome nada dirá para vocês, mas eu o menciono por um desejo de ser acurado. Numa noite, em um de meus irrequietos passeios, deixei a escola e a cidade bem para trás e me vi caminhando ao longo do rio nas proximidades de Datchet.

Cheguei a uma pequena casa de barcos, que tinha uma galeria aberta de ambos os lados; era uma construção das mais curiosas, da qual ainda tenho uma nítida lembrança. Estava totalmente deserta, e o próprio barco não estava nela; presumi que o proprietário decidira embarcar numa jornada noturna, e sentei na galeria para desfrutar do silêncio e da solidão desse local tranquilo. Quem sabe que sonhos se apossaram de mim? Só sei que, nesse pedaço da minha vida, eu me deliciava com fantasias extravagantes e apenas ideias incompletamente concebidas. Minha mente era o céu por onde nuvens passavam. Então, após algum tempo entretido nesse ocioso mas inexprimivelmente delicioso passatempo, ouvi o som de remos na água. Desci da galeria e fui até a margem; o som da embarcação chegou mais perto, e pus a mão por cima dos olhos para vê-la mais claramente quando passava numa ilhota no meio do rio. Era um barco branco, tão puramente branco como eu jamais vira. Seu remador tinha se desviado, olhando corrente acima; ele parecia mover distraído os remos, com o barco suavemente deixando-se vir para a margem. E então ele se virou para me encarar. Era a minha própria imagem, meu duplo, meu *alter ego*, olhando fixamente para mim. Ele abriu a boca, e suas palavras foram: "por quanto tempo você pretende permanecer satisfeito?" Eu desmaiei na margem. Quando acordei o barco e seu ocupante tinham se ido. A casa de barcos desaparecera. Eu estava deitado numa parte completamente desabitada do rio. De modo que foi por isso, vejam, que gritei ao ouvir as palavras do caixão em Ahitby. Lembrou-me tão poderosamente daquele momento de minha vida.

— Você nunca tinha me contado isso — protestou Mary.

— Eu nunca tinha contado para ninguém, e não sei por que estou contando a vocês todos agora. Deve ter sido a surpresa, eu acho.

— Ora, ora estão vendo — disse Byron — como nossas próprias histórias são mais interessantes do que os contos alemães? — Ele foi até Bysshe. — Esse é o caso mais interessante de *doppelganger* que já ouvi. Você lembra se, no momento em que ele estava mais nítido, você se sentiu fraco?

— Eu estava a ponto de desmaiar. E então desmaiei.

— Precisamente. A imagem do duplo sempre suga a energia de sua fonte. Sem dúvida irá lhe aparecer de novo, Shelley. Poderá lhe oferecer advertência ou conselho. Não o ouça. Com certeza o estará enganando.

— Ele não tem sombra — acrescentou Mary. — Ao menos foi o que eu li.

— Tenha cuidado de não o confundir com o seu marido. — Byron estava rindo. — Daria uma briga dos diabos.

— Quem pode dizer o que é verdadeiro e o que é falso? — questionou ela.

— Mary estava para nos descrever a sua história — falei. — Tinha como assunto as artes ímpias. Não é isso, Mary?

— Não. Não vou dizer mais nada sobre ela. Vou pensar mais a respeito, Victor. Vou alimentá-la em segredo, até estar pronta para entrar no mundo. — Ela levantou-se da mesa e foi até a janela. — Essas tempestades nunca cessarão.

— Você pode sentar sob o toldo na varanda — replicou Bysshe. — Então a chuva será encantadora. Você a verá alimentando a terra. O jardim aqui será reabastecido.

Nesse momento, Polidori se debruçou sobre mim e disse, em voz baixa:

— Era minha intenção informá-lo ontem. Mas não surgiu ocasião adequada. Eu descobri as palavras para você.

Soube no mesmo instante o que ele queria dizer, mas não a sua intenção.

— As palavras para o *golem*?

— Estive me correspondendo com o meu velho mestre em Praga. Ele não queria escrevê-las, mas o persuadi de que, no interesse da ciência, seria um gesto nobre. Aqui está. — Do bolso do colete ele tirou um pedaço de papel. Eu o coloquei no interior do meu paletó. Não queria vê-lo. Ainda não.

Vinte

Algumas manhãs depois, Mary confessou uma sensação alarmante em seu estômago: ela se queixou de uma grande dor acompanhada de um formigamento. Bysshe e Byron ainda não tinham aparecido, de modo que Polidori e eu estávamos sozinhos com ela na sala de jantar. Ela não conseguiu comer, e sentou num pequeno sofá próximo às janelas.

— Há um bloqueio em algum lugar — disse Polidori a ela. — Os fluidos estão obstruídos. Você me permitirá que eu a ajude?

— Com certeza — respondeu ela. — Lorde Byron me contou de sua magnetização.

— Posso sentar à sua frente? Aqui. — Ele pegou uma cadeira da mesa do café da manhã e a levou até onde ela estava. — Agora, você poderia se permitir ficar bastante inerte? Deixe seus braços caírem ao longo do corpo. Deixe a cabeça pender. Ótimo. Você está relaxada agora?

— Posso falar?

— É claro.

— Sim. Estou relaxada.

Polidori arrastou a cadeira para mais perto de Mary, de modo que os joelhos dos dois ficaram encostados. Então ele se inclinou e pegou o braço dela.

— Estou aplicando uma fricção suave — disse ele. — Já está sentindo alguma coisa?

— Não. Ainda não. Sim. Agora sim. Estou sentindo um calor na forma de um círculo. Uma moeda pequena.

— Agora, Mary, não estou sendo indelicado. Quero que você ponha seus joelhos entre os meus para que, de certa maneira, fiquemos conectados. Você faria isso?

— Desde que meu marido não nos veja.

— Shelley já conhece e aprova o meu trabalho. Nada tema. Onde exatamente é a dor?

— Aqui. Logo acima do abdômen.

— Esse é o local do órgão hipocondríaco. Não preciso colocar minhas mãos aí. Eu as colocarei em suas têmporas. Elas serão o bastante. Se você fizer a gentileza de baixar a cabeça. Só isso. — Ele pôs os dedos na cabeça dela e começou uma série de movimentos circulares. — O que você está sentindo agora?

— Há um calor no dedão do pé. No pé direito.

— Muito bem. Visualize esse calor se movendo para cima em seu corpo. Veja-o como um fogo. Ele vai queimar as impurezas em seu progresso. — Eu ia dizer algo, mas com um olhar Polidori exigiu que eu me mantivesse em silêncio. — O corpo — falou para ela — é constituído de pequenos centros magnéticos, formando o grande magneto da forma humana. — Ele olhou para mim como que buscando confirmação.

— De modo que o fluido elétrico está começando a fluir livremente através de mim? É isso?

— Precisamente. Você não está sentindo, Mary, o calor da corrente?

— Oh, sim. Suspirou. — A dor está passando.

— Ela logo passará completamente.

— Eu preciso dormir — disse ela. — Eu quero dormir. — Ela se levantou e, sem olhar para nós, saiu da sala.

Polidori me espiou quase matreiramente.

— Ela está atraída a um sono magnético — afirmou. — Todos sentem a necessidade de dormir.

— Acredito, Polidori, que você está no caminho errado. O sono magnético não é a causa. É o efeito. A consequência de poderes bem maiores.

— Não o estou compreendendo.

— Há forças sobre as quais você nada sabe.

— Então ficaria agradecido se você me esclarecesse sobre elas.

— É ainda prematuro, Polidori.

Creio que, a partir desse momento, ele decidiu me perseguir com toda a sutileza e dissimulação de que dispunha. Ele se tornou o caçador, e eu, a sua presa.

— Seja como for, Frankenstein, você me permitiria indicar os pulsos em seu próprio corpo?

— Se assim deseja — respondi.

— Ah, sim. Com certeza.

Quando Byron desceu para o café da manhã, encontrou Polidori debruçado sobre mim com as mãos em minhas coxas.

— Costumávamos fazer isso em Harrow — comentou, aparentemente nem um pouco surpreso.

— Estou instruindo Frankenstein nos mistérios do magnetismo.

— É mesmo? Eu pensei que você estava disposto a enrabá-lo. Onde estão os rins? — Byron inspecionou alguns pratos servidos no aparador. — E nenhuma resposta veio. — Ele empilhou alguns pedaços de bacon num prato e o levou para mesa. — Para onde viajaremos hoje? Onde nesta região desbravaremos um caminho? Diga-nos, Frankenstein.

— Bem, meu lorde, poderíamos escalar. Temos montanhas. — Na presença de Byron era impossível Polidori continuar sua instrução, de modo que fui até a janela.

— Acho que não. — Eu tinha esquecido, por um momento, seu pé deformado. Ele nunca aludia a isso, mas creio que era uma fonte de constrangimento para ele. Eu sabia, também, que pessoas deformadas com frequência nascem com paixões intensas. — Agora que estamos próximos a um lago, devemos aproveitá-lo. A água é o meu elemento. Você sabia que uma vez atravessei a nado o Helesponto?

— Há um pequeno castelo um pouco mais adiante nas margens — falei. — Talvez lhe interesse visitá-lo. Foi outrora uma fortaleza e uma prisão.

— Como o famoso Castelo de Chillon?

— Não tão impressionante — respondi. — Mas é pitoresco. Há rumores de que é mal-assombrado.

— Você acredita em fantasmas? — perguntou Polidori a Byron.

— Eu nada nego. Mas duvido de tudo. Precisamos encontrar esses fantasmas, cavalheiros. Shelley irá desmaiar.

— Mary poderá ampará-lo — zombou Polidori.

— Sim — replicou Byron. — Ela é a mais forte dos dois, eu acho. É um caso da galinha fodendo o galo. — Fiquei chocado com a linguagem dele, mas cuidei de não demonstrar. — Pode contar com isso, aquela garota tem aço em seu âmago.

— Ela tem a força elétrica dentro de si — afirmou Polidori. — Acabei de acalmá-la por meio dela.

— Você acariciou as coxas dela?

— Apliquei alguma fricção em sua pele.

Byron estava prestes a dizer mais alguma coisa, mas se interrompeu quando Shelley entrou na sala, desgrenhado e zonzo de sono.

— Ora, Shelley — cumprimentou Byron —, um bom-dia para você. Vamos partir numa expedição a uma prisão. Como se chama o tal lugar, Frankenstein?

— É o Castelo de Marmion. Pertencia a uma família com esse nome. Não sei quem é o proprietário agora.

— Deixaremos nossos cartões de visita, de todo modo. Coma logo, Shelley, estou ansioso por partir.

Retirei-me para uma pequena alcova, onde fiquei fora da vista deles por um biombo que separava a mesa do café da manhã de algumas cadeiras e mesas espalhadas ao léu, nas quais jornais e revistas estavam empilhados. Shelley logo levantou-se da mesa, admitindo que precisava se aliviar, de modo que Byron e Polidori ficaram sozinhos. Iniciei a leitura de um ensaio sobre os méritos da seita de Clapham, ignorando o murmúrio das vozes deles. Mas então comecei a escutá-los.

— Ela tem dois defeitos imperdoáveis numa mulher — dizia Byron. — Ela sabe ler e sabe escrever.

Não consegui ouvir a réplica murmurada de Polidori.

— Perdoe-me — desculpou-se o lorde. — Eu sou tão antissocial quanto um lobo fora da matilha. — Pareceu-me que eles não tinham consciência da minha presença.

— Você parece ser sociável o bastante — replicou Polidori.

— Faço o melhor que posso para ocultar os meus sentimentos. Não quero desperdiçá-los com ninguém mais a não ser comigo mesmo.

— Você é muito magnânimo.

— Tenho minhas raivas silenciosas, entretanto, quando para o mundo pareço indiferente. Você sabe disso.

— Ah, sim. Testemunhei as suas contorções. Você fica de um vermelho muito vivo. Mas algumas de suas raivas, Lorde Byron, não são tão silenciosas assim. Lembra daquela noite em Haymarket, em que derrubou aquele homem?

— Meu caro Polidori, sempre tenho explosões e insultos sob o meu controle. Você sabia que posso chorar quando quero? Observe. Vou lhe mostrar. — Houve um silêncio por alguns segundos.

— Bravo — exclamou Polidori. — Parecem inteiramente genuínas.

— São inteiramente genuínas. Só o que me falta é uma razão para elas.

Não ouvi as palavras seguintes entre eles; acho que Byron foi até o aparador para se servir de mais café. Quando voltou, deve ter ficado de pé, porque sua voz ficou mais clara.

— Sabe, quando eu era criança, não podia ler poesia em voz alta sem um profundo desgosto. Agora estou incompreensivelmente preso a esse hábito.

— Desde que seja a sua própria poesia.

— Não. Não necessariamente. Diga-me quem escreveu isso. — Sua voz então transformou-se em uma mais profunda e melodiosa:

Acaso a vós pedi, Criador, de meu barro
Moldar-me em homem? A vós solicitei
Da escuridão ser assim promovido?

— Milton! — exclamei por trás do biombo.

— O quê? Você está aí?

— Sim. *Paraíso perdido.*

MAIS TARDE NAQUELA MANHÃ ZARPAMOS. Mary expressou o desejo de juntar-se a nós, declarando-se bastante bem; de modo que éramos cinco viajantes no *Alastor*, como ele chamara o barco. O castelo ficava a uns 3 quilômetros de distância, ao longo da margem leste, e, enquanto velejamos lentamente em direção a ele com uma brisa intermitente, lembrei de minhas perambulações quando criança pela mesma região do lago. Muitas vezes caminhei entre os pinheiros ou me deitei na terra, num êxtase de comunhão com o mundo. Esses remotos dias felizes agora voltavam a mim.

— Lá está — indiquei para eles, inclinando-me na proa e apontando a margem. Era uma velha fortaleza de pedra escurecida, se erguendo sobre uma escarpa junto ao lago; tinha havido alguma sublevação ali, em eras mais antigas da terra, pois a margem naquele ponto era feita de pedras e rochas há muito tempo depositadas.

— Olhem só a solidão dele — disse Bysshe.

— Vai ser bem complicado amarrar o barco. — Byron estava de pé na proa, com a corda nas mãos. — Não tem onde prender a corda nessas pedras.

— Há um píer ali — observou Polidori. — Onde a pedra avança.

Em poucos minutos estávamos em terra. Havia um caminho que saía do píer e subia para o castelo; eu fui na frente, para apresentar nosso grupo aos atuais moradores. Quando eu bati, a porta foi aberta por um jovem de aparência não muito simpática; tinha o olho esquerdo vesgo e a mancha púrpura de uma marca de nascimento na bochecha esquerda. Com certeza, um lado deixara o outro na mão. Apresentei-me como fazendo parte de um grupo de viajantes, entre os quais um famoso lorde inglês de uma família importante. O lorde tinha demonstrado interesse em visitar a fortaleza. Seria possível nosso grupo ser recebido? Ele respondeu em francês que ele e sua mulher eram os caseiros e que o proprietário, um homem de negócios alemão, estava longe de casa. No mesmo instante soube qual língua ele entenderia melhor. Peguei minha bolsa e o ofereci um luís francês, que ele aceitou de bom grado. A essa altura, os outros já tinham chegado à porta.

O jovem nos conduziu aos aposentos do senhor, conforme os chamou, um suíte de cômodos em dois andares cujas janelas davam para o lago e as montanhas do Jura.

— Não viemos ver a vista — protestou Byron comigo. — Você poderia pedir a ele para nos levar às masmorras?

O caseiro reconhecera a última palavra e, com um relance para Byron, fez sinal para que o seguíssemos descendo uma escada de pedra. Havia dois andares na parte inferior da fortaleza. No mais alto deles havia três celas, lado a lado, cada uma com uma janela estreita cavada na rocha. Estavam tão conservadas que ainda tinham os grilhões de ferro nas paredes. Shelley pareceu que ia desmaiar, e Mary segurou a mão dele.

— Já passou — consolou-o.

— Não. Não passou — replicou ele. — O flagelo ainda está no ar.

Byron entrou em uma das celas e examinava meticulosamente os grilhões.

— Estão enferrujados. O que você acha, Polidori? Resultado da água ou de sangue?

— Uma mistura de ambos, eu diria.

— E aqui há marcas no chão — observei —, onde as correntes arranharam a pedra. Estão vendo esses sulcos?

— São as marcas da desgraça. — Bysshe tinha ido até a última cela e estava segurando as grades com uma expressão meio trêmula, meio expectante. — Estou tentando invocá-los — anunciou quando fui até ele. — Estou tentando encontrá-los.

— Há muito se foram, Bysshe. Por que desejariam ficar aqui? Entre todos os lugares possíveis?

— Onde o sofrimento foi mais intenso, encontramos vestígios deles.

— Eu me pergunto em quem consistia essa feliz população — exclamava Byron para Polidori. — Envenenadores? Heréticos? Dá tudo na mesma agora. Os prisioneiros e os que os aprisionaram são todos pó agora. E onde você está indo, Mary?

— Para os níveis mais baixos. Há outra escada aqui.

Eu a segui nos degraus estreitos de pedra, que levavam a um espaço fechado. Não havia celas ali, mas me veio uma sensação indescritível de ameaça e privação assim que vi as paredes e o chão de pedra. O caseiro desceu atrás de nós.

— Esse era o local das execuções — contou-me ele em francês. — Está vendo isso? — Havia uma viga de madeira enegrecida que ia de um lado a outro sob o teto. — Ali a corda era presa.

Traduzi para Mary.

— E isso? — perguntou ela. — O que é isso? — Apontou para um alçapão de madeira no meio do piso.

— As águas do lago eram mais altas na época — explicou-me o caseiro.

— Eu acho que isso era um sumidouro para os corpos dos condenados — comuniquei a ela.

— Vivos ou mortos — acrescentou ele. — Os vivos eram amarrados com cordas.

— Ele me disse que eram jogados na água.

— Então esse é o local condenado. — Ela me olhou com firmeza. — Abandonai a esperança.

— Eu acho — repliquei — que devíamos nos juntar aos outros.

Subimos a escada de pedra, encontrando Byron e Bysshe discutindo a palavra em inglês antigo para os grilhões que acorrentavam os prisioneiros à parede.

— *Gyve* é um verbo — dizia Bysshe.

— É um substantivo — retorquiu Byron. — São chamados de *gyves*. — Ele se voltou para Mary. — Esteve nas profundezas?

— Eu me sinto como uma sonâmbula — respondeu ela. — Uma sonâmbula entre os mortos.

— Então precisamos acordá-la. Por que não sobe com Frankenstein para a mansão lá em cima? Com certeza deve haver vinho para você.

Perguntei ao zelador se podíamos descansar nos aposentos habitados por um breve tempo, e ele concordou de bom grado; sem dúvida estava antecipando mais um luís. Ele nos trouxe dois copos do vinho doce da região, e sentamos junto a uma janela que tinha vista de cima do vinhedo da propriedade.

— Não poderia dizer que gosto deste lugar — comentou Mary. — A bem da verdade, me desagrada.

— Byron deleita-se com ele.

— Ah, ele tem uma paixão por emoções fortes. Visitaria o próprio inferno, só pela empolgação de estar lá.

— Ele poderá não ter escolha quanto a isso.

— Fico surpresa com você, Victor.

— Sinto muito. Não devia falar de um amigo dessa maneira.

— Não. Não isso. Eu não sabia que você acreditava no inferno.

— Tanto quanto eu saiba, Mary, o inferno está à nossa volta. Vivemos num mundo abrasador.

Byron e Bysshe entraram na sala, seguidos por Polidori.

— O que estavam falando sobre brasas? — indagou-me Byron. — Precisamos de fogo aqui. Seria possível acender um?

— Devia ser muito frio naquelas masmorras. — Bysshe tinha ido até a janela. — E há outra tempestade vindo. Graças a Deus não estamos no lago.

Houve um súbito clarão seguido por um trovão. Byron pediu vinho, e mostrou todos os sinais de uma expectativa jubilante. As nuvens de tempestade que se acumulavam escureceram a sala em que estávamos sentados, e o jovem caseiro, depois de acender a lareira, espalhou velas por cantos esparsos, em um efeito que Mary chamou de "lívido bruxulear".

— Tive uma ideia — anunciou Byron. — Devíamos aproveitar esse clima lúgubre, como Mary acha. Devíamos fazer uma sessão espírita.

— Aqui? — questionou Polidori.

— É o melhor lugar no mundo. Shelley sem dúvida alguma concluiu que há fantasmas na masmorra.

— Não é exatamente o que pensei.

— Onde melhor para invocar os espíritos?

— Os suíços são um povo prático — falei. — Eles não abrigam fantasmas.

— Todos os lagos são assombrados, Frankenstein. Grandes corpos de água atraem almas perdidas.

— Talvez elas não queiram ser chamadas — retorquiu Mary.

— Estarão então lutando contra isso. Prontos para uma escaramuça com os vivos. Não fique alarmada, Mary, sempre tenho uma arma de fogo em meu bolso. Vamos sentar nesta mesa no canto. Traga as cadeiras, Polidori.

Byron então fechou as pesadas cortinas de veludo nas janelas, de modo que a luz trêmula das velas ficou mais intensa. A tempestade estava violenta lá fora, como se todos os elementos estivessem em contenda.

— Você está agindo — disse Bysshe — como se fosse o diretor de palco do caos.

— Eu sei disso. Nasci para a minha própria ruína. Precisamos de mais uma cadeira, Polidori.

Assim, sentamos em volta da mesa, nossas mãos abertas num círculo com as pontas dos dedos se tocando. A mesa estava num canto escuro da sala, mas era favorecida pelo calor do fogo.

Senti-me pouco à vontade no começo, em boa parte pela intensidade de meus companheiros. Eu imaginara que Byron fosse um cético quanto a todos os assuntos espirituais, mas ele tomou parte com todo o entusiasmo de um devoto fervoroso. Eu suspeitava fazia muito tempo que os ingleses, apesar de seu ar de diligência e pragmatismo, eram uma nação inteiramente crédula e supersticiosa. Por que outra razão eles adoram os contos de horror, como os chamam? Todos ficamos esperando na escuridão enquanto Byron tentava se dirigir aos "espíritos". Depois que ele terminou sua conjuração, julguei ter ouvido algo se mexendo sob a mesa. Mary também ouviu, e deu um relance para mim. Byron falou em voz alta mais uma vez, e houve um sibilar. Eu senti algo rastejando em meu pé. Gritei e então essa... coisa pulou sobre mim. Tudo se tornou uma confusão. Polidori acendeu outra vela, cuja luz revelou sua face como uma máscara de terror, e então ele apontou para o meu colo.

— Um gato! — anunciou. — Incomodamos o gato que estava dormindo debaixo da mesa!

Bysshe ficara sentado durante o ocorrido com a mais estranha expressão de apreensão no rosto. Mary estava olhando para ele, sem dúvida lembrando de sua reação à história de Polidori. Mas ele não recaiu no mesmo estado. Começou a rir, uma risada quieta e convulsiva que sacudia todo o seu corpo. Mary foi até Bysshe e pôs o braço em volta de seu ombro.

— Estou calmo — falou. — Não há nenhum problema.

Polidori abriu as cortinas.

— Estou vendo umas partes de um azul tênue aparecendo sobre as montanhas. A tempestade está passando.

— Por Deus, espero que não. — Byron se pôs de pé. — Eu prospero em tempestades.

Creio que foi nesse momento que decidi que deixaria os meus companheiros. Eu já os prevenira de que, em algum momento, visitaria a propriedade de minha família em Chamonix. Eu queria visitar os túmulos de meu pai e minha irmã, onde não estivera desde a morte deles; mas na verdade também estava ansioso por solidão e silêncio. A conversa sem fim dessa jornada tinha me cansado. Quando anunciei minha decisão naquela noite, ao voltarmos à quinta, Mary olhou para mim com algo como ressentimento; creio que ela me invejava por estar partindo para as regiões alpinas de gelo e neve. Bysshe insistiu que eu ficasse, argumentando comigo nos termos mais lisonjeiros da amizade, mas eu não estava para ser demovido nem mesmo por suas persuasões. Byron nada disse, obviamente considerando a minha decisão como sendo de pouca ou nenhuma consequência para ele. Eu, na realidade, desenvolvera certa antipatia pelo lorde. Ele dava a impressão de ser um grande predador, tanto espiritual quanto moralmente, que iria se alimentar da substância de alguém antes de descartá-lo casualmente. Ele era um ator nato, também, que o tempo todo tinha prazer com a sua performance. Homens assim são perigosos.

Retirei-me para o meu quarto, onde Fred tinha disposto minhas roupas de dormir, e me deitei. Devo ter dormido por uma hora, quando fui acordado por alguém batendo em minha janela.

Vinte e um

A CRIATURA ESTAVA OLHANDO PARA mim. Com a sua habitual agilidade e velocidade, devia ter subido até o balcão em frente ao meu quarto, e estava agora esperando que eu abrisse a janela. Hesitei, e ele bateu com bastante violência na janela. Temendo que ele fosse descoberto, permiti que entrasse. E lá estava ele diante de mim, me olhando com o que parecia ser uma expressão de infinita pena.

— Por que você está aqui? — perguntei.

— Aonde mais posso ir, se quero companhia?

Fui avassalado no mesmo instante por uma sensação de infelicidade e mau agouro.

— Eu não esperava vê-lo. Não depois de...

— Marlow? — Ele pôs a mão sobre o rosto, num gesto de humilhação. — Eu preferia ser um pedaço de barro em vez do que sou. Qualquer coisa sem sensação alguma.

— Você está sentindo tristeza, então? E arrependimento?

— Eu não sei o que sinto. Sei apenas o que não sinto. Sim. Outrora eu senti alegria. Na primeira expressão de minha nova vida, senti contentamento e gratidão. E estava livre. Olhava para o mundo com uma percepção renovada de sua glória. Eu era recém-nascido, e nesse estado senti o júbilo de toda a criação. A esperança e o júbilo se foram. Essa coisa se insinuou no meu coração, recurvando-me até o chão com o seu peso.

— Culpa pelos seus crimes.

— Se você assim diz.

— Você assassinou duas jovens, por nenhuma outra razão a não ser elas estarem em minha companhia.

Ele se voltou e caminhou de volta até a janela.

— Gostaria que eu tivesse me juntado a elas.

— Você quer dizer que gostaria de morrer?

— Olhe para mim. Está me vendo claramente? Por que eu desejaria viver?

— Deixe-me entendê-lo melhor.

— Não encontro repouso na noite mais escura, ou conforto no dia mais brilhante. A morte não fica fácil, em comparação? Não devo desejá-la?

— Você deseja romper o pacto que temos? O pacto da vida?

— Para que eu não mais exista. Para que possa jazer na escuridão e no espaço vazio.

Curvei a cabeça, pensando no que ele poderia ter sido e no que realmente se tornara. E havia também alguma culpa a ser atribuída a mim?

— De todas as criaturas, não sou eu quem deveria ser salvo da morte.

— Se você quer cessar de existir, então com certeza poderia se atirar do cume de uma montanha alta ou se incendiar, não?

— Você bem sabe que não é o caso. Você mesmo me disse. Aquele que já morreu uma vez nunca morre de novo. Deitei-me no fundo do rio, e meus pulmões se encheram de água, e no entanto não consegui sucumbir. Atirei-me de um penhasco no mar bravio, mas emergi incólume. Por isso voltei a você. A fonte. A origem de meu infortúnio. — Ele se voltou de novo, me encarando. — Eu sei que você consertou as máquinas elétricas.

— Uma vez você as tentou destruir.

— Agora elas poderiam ser a minha libertação.

— Como assim?

— Estive refletindo sobre a minha sina. Não sei quais precisamente foram os meios pelos quais você me restaurou à vida, mas andei especulando. Passei dias e noites meditando. Tenho conhecimento da força galvânica e do fluido elétrico. Esse deve ter sido o seu método, de uma forma ou outra. Com certeza você pode alterar o fluido devidamente e reverter o processo da animação, não? Com certeza você pode neutralizar a força?

Fiquei atônito por a criatura ter chegado a conclusões tão similares às minhas; era como se houvesse uma conexão entre nós que superava os poderes ordinários da empatia. Surpreendeu-me, e deleitou-me também, que ele parecesse agora abraçar a perspectiva de sua própria destruição. Não haveria razão para enganá-lo com promessas de uma parceira fêmea.

— Eu posso trabalhar nesse sentido — repliquei. — Posso estudar e experimentar.

— Não demore muito.

— Trabalharei com expediência, quando voltar à Inglaterra, mas vou precisar que você seja paciente. Você ainda mora no estuário?

— Em minha pequena cabana? Sim. Ninguém chega perto de mim.

— Você vai voltar para lá, enquanto eu persevero em meus estudos?

— Onde mais posso repousar a minha cabeça? Sou um andarilho pálido na noite, mas na noite e na escuridão permanecerei.

— Eu o encontrarei.

— Não. Eu saberei quando você estiver pronto. Eu estarei lá. — Com essas palavras, ele me deixou. Foi até a janela e pulou no balcão antes de desaparecer na noite tranquila.

Eu não consegui dormir. Quando supus que os outros tinham se recolhido, desci e saí no jardim. Eu estava refletindo sobre as palavras da criatura quando alguém sentou ao meu lado. Era Mary.

— Eu gostaria que você não nos deixasse, Victor. Preciso da sua companhia.

— Você tem os outros.

— Quem? Byron? Polidori? Eles são muito preocupados consigo mesmos para me levarem em conta. — Ela ficou em silêncio por um momento. — Estou receosa quanto a Bysshe. Lembre-se de sua histeria no café da manhã. Quando eu o conheci, tal comportamento teria sido impensável. Você não acha? Alguma coisa o está enfraquecendo. Você poderia pensar que é o casamento dele comigo — acrescentou rapidamente. — Eu não acho isso.

— Isso nunca me passou pela cabeça, Mary.

— E isso também é estranho. Ele nunca mencionara a história de seu duplo antes. Alguma coisa está oprimindo a sua mente. Ele está ficando distraído por causa da ansiedade. Por algum medo. Ou premonição, talvez.

— De seu destino?

— É. Precisamente isso.

Eu soube então que ela temia a morte prematura dele; Mary acreditava que Bysshe estava agindo estranhamente porque tinha algum pressentimento da própria morte. Por que outra razão se tornara tão interessado em sessões e histórias de fantasmas? Tentei confortá-la.

— Com certeza ele está empolgado com suas viagens — falei. — E, mais especialmente, pela companhia de Byron. Bysshe nunca viveu em tal proximidade com outro poeta. Isso deve afetá-lo.

— Você acha mesmo? Gostaria que isso fosse verdade.

— Ele é um organismo delicado, Mary. Um pequeno toque...

— Sim. Eu sei. Mas há algo mais. Eu também temo um desastre! Todo este mês tenho vivenciado as mais intensas sensações de apreensão nervosa. Julgo que o infortúnio está próximo de nós.

— Não diga isso. — Coloquei a mão em seu braço. — Também percebi uma mudança em Bysshe. Mas acho que você está errada, Mary. Não é medo. É frustração. Anseios insatisfeitos. Ele se considera um bom poeta...

— ... Um grande poeta.

— Concedo isso. Mas a sua obra é conhecida por muito poucos. Ele não tem uma plateia para encantar. Não ainda. Na companhia de Byron, cujos volumes vendem aos milhares, é alguma surpresa que ele se sinta desconfortável? Que ele tenha momentos de comportamento extravagante? Seria mais surpreendente se não fosse assim.

— Eu pensei nisso. Mas Bysshe não tem um caráter mundano, Victor. Ele é todo fogo e ar. Não há terra nele. Nenhum ciúme.

— Eu não estava falando em ciúmes. Sei que ele não é um homem invejoso. Mas, veja você, suas palavras não estão sendo recebidas. Ele escreve sobre o amor e a liberdade, mas ninguém o ouve. Você pode imaginar como isso deve exasperá-lo. Ser compreendido por tão poucos.

— Sim, eu de fato compreendo isso. Talvez você tenha razão. Pode ser que a amizade dele com Byron não lhe faça bem. O lorde é de muitos modos bastante insensível. Você percebeu isso? Ele trata Polidori como se fosse um criado. E Polidori se ressente disso. Ele se ressente amargamente. Eu não ficaria nada surpresa se eles logo se separassem.

— E quanto a você e Bysshe?

Ela pareceu horrorizada.

— Não estamos para nos separar!

— Não. Eu quis dizer, para onde vocês irão em seguida? Se não estão satisfeitos na quinta.

— Falamos na Itália. Ah, estou tão cansada de viajar, Victor. Sinto saudades da Inglaterra. Queria tanto ter uma casa com Bysshe. E meu pai. Uma casinha em Camden seria perfeita. — Houve um súbito movimento entre as árvores, e um farfalhar das folhas caídas. Ela se levantou e espiou na escuridão. — Detesto ratos — comentou. — Você se importaria em voltar à casa?

—

Na manhã seguinte, eu os deixei. Viajei com Fred numa carruagem alugada para Chamonix, bem alto nas montanhas. Observamos as rochas e as geleiras, passamos pelos desfiladeiros. Eu apontei para Fred uma grande cachoeira.

— Está vendo — falei — como o vento a carrega para longe das pedras? A espuma fina dela caindo passa em frente à montanha como uma neblina.

— Estou vendo, senhor. Lembra-me de hidrantes.

Nós subimos o vale do Arve, de Bonneville a Creveaux, onde as cataratas faziam um estrondo no rio. Fred olhava sem se impressionar muito. Os cumes da montanha ali estavam ocultos pelas nuvens, mas havia momentos em que seus picos eram visíveis no céu, como monumentos entalhados por uma raça de gigantes antes do Dilúvio.

— Imagine estar lá em cima — sugeri a Fred. — Imagine olhar das alturas o abismo lá embaixo.

— Eu acho, Sr. Frankenstein, que é melhor o senhor não fazer isso. O senhor nunca iria voltar.

— Você não tem poesia, Fred.

— Se ela me fizer subir montanhas, senhor, então estou melhor sem ela.

Depois da jornada de dois dias, chegamos à velha casa de minha família em Chamonix; estava fechada e trancada, sob os cuidados de um antigo zelador, Eugene, mas consegui acordá-lo depois de bater repetidamente nas portas e janelas. Ele ficou atônito de me ver, chegando sem anunciar depois de uma ausência tão longa, e começou a falar de uma maneira aflita sobre o desejo de meu pai de que algum dia eu voltasse a viver ali.

— Isso é para o futuro — expliquei a ele. — No presente, você poderia arrumar as camas? O meu menino irá dormir nos seus aposentos.

Ele pareceu se dar bem com Fred, e eu os observei naquela noite alimentando os esquilos. Vi Eugene apontando a geleira acima de Chamonix, que a cada ano avançava vários metros, deixando um rastro de pinheiros partidos e derrubados. Eu observava aquela geleira desde quando era criança, e ela se tornou para mim um símbolo de cataclismo avassalador. Como estudante, eu lera a profecia de Buffon de que em algum período futuro o mundo se transformaria numa massa de gelo. Quem poderia negar o poder de um mundo congelado? A natureza tinha dentro de si as sementes da destruição, extremamente vasta e árida. Eu crescera em meio à desolação.

—

NA MANHÃ SEGUINTE, FUI SOZINHO até o pequeno cemitério de Chamonix, onde minha irmã e meu pai estavam enterrados. Eles tinham sido postos na mesma sepultura, com "Frankenstein" entalhado na lápide de mármore. Baixei a cabeça com tristeza, mas não pude deixar de considerar a paz da morte. Era próxima à inocência. Tudo em minha volta era a brancura das montanhas, com o Monte Branco se sobressaindo acima delas; a luz do sol atingiu seu pináculo, e o brilho tornou-se intenso, quase intolerável. Fechei os olhos por um instante. Naquele momento, a morte e a luz se reuniram.

Voltei do cemitério com a minha fé renovada no poder do sublime. Eu estava tomado por um sentido de determinação. Iria voltar a Londres e testar o fluido elétrico. Avaliaria o sofrimento da criatura fazendo-a retornar à não existência.

— Vamos voltar — anunciei para Fred assim que entrei na casa.

— Para a quinta? — Ele pareceu consternado.

— Não. Para Londres.

Eu o vi mais tarde dançando no jardim.

—

A JORNADA FOI LENTA E laboriosa. No fim da primeira semana, estávamos completamente exaustos. Então enfrentamos os rigores do mar, onde ficamos parados numa calmaria por dois dias até um vento amigável nos enviar em direção à Inglaterra. Eu nunca ficara tão agradecido como quando passamos pelo Nore e começamos nossa breve viagem Tâmisa acima. As terras planas do estuário se estendiam nas duas margens, e é claro que olhei com muita atenção na direção da região em que eu achava que a criatura habitava. Mas tudo parecia ermo e selvagem. O contraste com a região dos Alpes de que tínhamos vindo ficou mais marcante: não havia grandiosidade ali, nada de sublime, apenas enfado e melancolia. Talvez fosse por isso que a criatura, exilada nos pântanos, cansara da vida.

Passamos por Limehouse, e pude ver a oficina na luz tênue do crepúsculo.

A maré estava subindo, e flutuamos com ela até a London Bridge. Ao chegarmos na Jermyn Street, Fred desfez as malas e preparou para mim uma tigela de sassafrás, que, ele disse, era um restaurador depois de uma viagem. Devo dizer que senti o bem-vindo alívio do leite quente, mas minha paz foi subitamente perturbada por uma exclamação estridente dele.

— O quê? — gritou. — O que você quer? — Fred então jogou uma de minhas botas num canto. — Um rato! — exclamou. — Entrou aqui quando estávamos fora! — Ele foi até o canto e espiou o chão. — Eu o matei.

— Bom, jogue-o pela janela.

— Não gosto da ideia de tocá-lo.

— Você não teve problemas para matá-lo. Mas está com medo de tocar nele. Qual é o seu problema?

— Eu não gosto da ideia de coisas mortas voltando à vida, Sr. Frankenstein. Pode parecer morto, mas e se começar a se contorcer nas minhas mãos?

Eu abri a janela e olhei a noite lá fora. Podia sentir o cheiro do carvão mineral e vegetal dos fogos domésticos. Então fui até o canto, catei o rato e o joguei na rua.

— Pronto. Todo o seu terror se foi. Você poderia preparar a minha cama?

—

Na manhã seguinte eu estava prestes a sair para Limehouse, ansioso por testar a minha nova teoria a respeito da carga elétrica, quando Fred anunciou uma visita. Polidori entrou na sala, visivelmente aflito, e se jogou numa poltrona sem ser convidado.

— Está surpreso de me ver, Frankenstein? Eu tinha esperança de encontrá-lo aqui. Você não voltou à quinta, de modo que supus que tinha retornado para casa. Eu não conseguia suportar mais. Byron tornou-se intolerável, e o pobre casal Shelley parece segui-lo em tudo. Voltei ontem à noite. — Falava de uma maneira confusa. — Você sabia que Byron é um perigo?

— Eu tinha minhas dúvidas quanto a ele.

— Dúvidas? Certezas. Ele seduziu uma das garotas da vizinhança da quinta, e o povo de lá está disposto a linchá-lo. Seu humor tornou-se insuportável. Ele gritou com os criados, e insultou Shelley na cara dele.

— De que modo?

— Ele o chamou de um diletante e um escrevinhador desconhecido.

— E como Shelley reagiu?

— Ele ficou pálido. Então se virou e saiu da sala. Eu não conseguia suportar mais, Frankenstein. Saí sem avisar ninguém, para o caso de Byron tentar me impedir. Quando o vi pela última vez, ele estava numa de suas bebedeiras, perambulando pelo jardim e fustigando as árvores com a sua bengala.

— O seu láudano o teria acalmado.

— Não se pode dar um opiato a um louco. Alimenta a sua loucura.

— Você acha que ele está insano?

— Transtornado. Degradado. Qualquer palavra que você quiser.

— Não, Polidori. A loucura é silenciosa e secreta. Você não acha? Essa ebulição do humor é o sinal de uma constituição hipersensível. Nada mais.

— Qualquer que seja a causa do seu frenesi, eu não queria testemunhá-lo. Assim, voltei.

— Você tem acomodações?

— Não. — Ele me olhou de um jeito quase desafiador.

— Onde você vai ficar?

— Eu estava com a esperança, Frankenstein, de poder ficar aqui em sua casa.

Não consegui pensar em nenhuma desculpa conveniente naquele momento.

— Aqui?

— É aqui que você mora, não? Sei que você tem espaço vago.

Ao longo daquele dia, então, o ousado e empreendedor Polidori se mudou para a Jermyn Street. Havia um quartinho nos fundos que ele disse que lhe convinha admiravelmente bem. Quando dei a notícia a Fred, ele apenas olhou para o alto e suspirou.

— O doutor será bem-vindo, não? — perguntei a ele.

— Ah sim, senhor. Muito bem-vindo. Espero que ele coma costeletas.

—

Quando Polidori estava instalado, disse a ele que precisava voltar ao meu trabalho. Ele concordou. Pareceu não requerer nenhuma explicação adicional. Dessa forma, no crepúsculo, fui para Limehouse. Eu tinha fechado e trancado a oficina, para evitar a intrusão de vizinhos, e bloqueara as janelas para desencorajar olhos inquisitivos. Assim, tudo permanecera intocado. Comecei imediatamente a carregar as colunas elétricas, e fiquei feliz em vê-las brilhar com vida nova. Em poucas horas, estava em condições de começar os meus experimentos para alterar a direção do fluido elétrico; observei, por exemplo, que ao mudar a posição das placas metálicas e circuitos que cercavam as colunas, havia uma momentânea deflação do fluido. Continuei esse trabalho até tarde da noite, mas não consegui obter nada mais. Precisava de uma força maior que a que eu poderia obter. Suspeitava, também, que precisaria descobrir outra fonte de atração elétrica que pudesse dobrar o fluido com a sua força. Tudo isso ainda me esperava.

Decidi voltar a pé para a Jermyn Street, esperando arejar a mente na hora tranquila antes do amanhecer. Todavia, um forte vento começara. Enquanto caminhava pelas ruas, cada folha que caía parecia projetar a sua sombra ao ser jogada ao chão pelo vento. Eu podia ver a minha própria sombra, também, projetada nas paredes de tijolos. Estava inclinada para a frente, apressando-me adiante como se tivesse uma existência própria. E então, mais uma vez, ele estava andando ao meu lado. Nada me disse, mas me acompanhou passo a passo.

— Eu mantive a minha promessa — anunciou por fim naquela voz clara e melodiosa que eu viera a conhecer tão bem. — Veja, sempre estarei mais perto de você do que você é capaz de imaginar. — Ele se deteve, e esperou enquanto eu dava mais alguns passos na rua. Quando me voltei, ele tinha se ido.

—

Quando cheguei na Jermyn Street, fiquei surpreso de encontrar Polidori em meu escritório.

— Peço desculpas, Victor. Eu entrei neste cômodo por puro acaso. Estava com vontade de perambular. — Ele parecia incomodado.

— Você pode entrar onde quiser. Eu não tenho segredos.

— De verdade? — Ele me olhou desconfiado, e não sem um traço de malícia.

— Por que eu mentiria para você?

— Você é profundo, Victor. Muito profundo. Não acho que alguma vez alcançarei as suas profundezas.

— Nunca haverá razão para tentar.

— Eu com certeza sei que você sofre de um medo nervoso.

— Ah, eu sofro de muitas coisas. — Limpei a garganta. — Admito que há momentos em que sinto medo.

— Você está com medo agora?

— De quê?

— De mim.

— Qual é a sua razão para dizer algo assim?

— Você suspeita de mim por alguma razão.

— Suspeito?

— Você me diz que não tem segredos. Mas você tem medo de que eu os descubra. — Ele riu, mas estava me olhando firmemente. — Alguma vez você fez alguma coisa má, Victor? Só para provar que era *capaz* de fazê-lo?

— Byron me fez exatamente a mesma pergunta.

— Ele é obcecado pela ideia. Ele me contou a história de certo Monro, um clérigo nas ordens sagradas. Ele a contou para você?

— Não.

— Foi há alguns anos. Antes de você e eu termos chegado aqui. O clérigo tinha perdido totalmente a sua fé. Ele declarou em seu coração que Deus não existia. No entanto, ele ainda tomava parte dos serviços, dava o vinho e a hóstia a seus paroquianos, fazia sermões do púlpito sobre o Julgamento Final e a salvação.

— Um hipócrita dos mais rematados.

— Ele sabia disso. E se recriminava com amargura. Chorava. Cortava-se com facas. Tudo isso ele confessou depois. Ele tinha um grande desejo de se libertar de seus tormentos. Mas como poderia se libertar? Aos poucos concebeu um plano... não, deve ter acontecido num só instante. Ocorreu-lhe um ato da mais extrema falta de razão.

— Prossiga.

— Se ele cometesse um crime de diabólica maldade, sem motivo, seria capaz de se redimir. Digamos que fosse matar uma criança, por exemplo. Ele não teria prazer nisso; iria escolher uma ao acaso, e então sufocá-la. Assim, ele estaria livre de Deus. E se tivesse prazer no ato? Ele se tornaria, foi como disse a si mesmo, um deus. Não haveria força no universo maior do que ele mesmo. Não haveria consequências para a sua ação: nenhuma punição, nenhuma vergonha, nenhuma culpa, nenhum inferno. Ele teria ido além dos portões do bem e do mal. Provaria que tudo era permitido. Isso foi o que ele disse para si mesmo.

— E ele cometeu o crime que concebeu?

— Assassinou uma velha. Conforme o seu depoimento, ele a escolheu em meio à multidão em um fim de tarde, quando o crepúsculo chegava, e a seguiu até a casa dela. Tinha tirado seus trajes clericais, e usava um casaco e calças comuns. Ela morava sozinha numa casinha logo depois de Hammersmith. Foi lá que ele a matou. Esfaqueou-a repetidamente com uma faca que pegou na própria cozinha dela, e então escapou protegido pela escuridão. O crime foi amplamente noticiado, mas não se conseguiu descobrir o assassino. O clérigo, enquanto isso, continuou a sua vida normal na igreja. Mas ele estava exultante. Conduzia o serviço divino com grande fervor, e pregava com mais eloquência do que nunca. Tinha encontrado a sua salvação num único ato irracional.

— Mas então, como ele foi pego?

— Essa é a parte curiosa. Ele não sentia remorso algum. Não sentia culpa alguma. Nem mesmo vergonha. Ao contrário, sentia-se orgulhoso. De modo que, com as semanas se passando, ele sentiu um desejo avassalador de contar o seu crime. Queria anunciar a parte que tivera nele. Queria colocá-lo em palavras. Ele tentou se conter. Mas o desejo de falar, de exprimir o capítulo final, por assim dizer, provou-se avassalador. Numa manhã de domingo, em sua igreja, ele subiu ao púlpito e divulgou o seu feito para os fiéis. Ele tirou a faca das dobras de sua batina.

— E então?

— Ele foi preso e interrogado. Foi apresentado à Comissão de Insanidade. Agora está no asilo para insanos St. Luke.

A história me impressionou de uma maneira estranha. Eu pedi licença e me retirei para a minha cama, mas não consegui dormir. Fiquei tomado de um súbito medo que baniu qualquer esperança de repouso: e se eu sentisse uma necessidade avassaladora de falar e confessar? Foi exatamente ao ter esse pensamento que plantei a semente. Sim. É claro que eu queria divulgar todos os horrores pelos quais eu era responsável. Livrar-me do fardo de ter dado vida àquela criatura. Mas terei eu sentido dentro de mim o triunfo em vez da culpa? Disso eu não tinha certeza. Creio que ardi com uma febre súbita, e, quando por fim dormi, meus sonhos foram aterradores.

—

ACORDEI TARDE NA MANHÃ SEGUINTE. Eu ouvi Polidori conversando com Fred na cozinha, e me pus a escutar com mais atenção. Polidori estava perguntando a ele sobre a rotina habitual de meus dias — minhas refeições, meus horários e assim por diante —, e tive a sensação de que Fred estava relutando em lhe responder.

Toquei o meu sino e esperei.

— Sim, senhor? — Fred abriu a porta e pôs a cabeça.

— O de sempre — falei.

Ele me trouxe chá, e começou a preparar o sabão e a lâmina de barbear.

— Você estava fazendo sala para o nosso hóspede, Fred. Sobre o que conversavam?

— Nada, senhor.

— Nada pode ficar no nada.

— Perdão, senhor?

— Diga o que está na sua cabeça.

— Ele diz que está preocupado com o senhor. Médicos, ele diz, estão sempre preocupados com os outros. Então ele diz alguma coisa sobre equações. De equações eu nada entendo, e eu disse isso a ele.

— E o que mais você disse a ele?

— Eu nada disse que fosse uma mentira, Sr. Frankenstein. Mas também nada disse que fosse uma verdade.

— Você fez bem, Fred. A partir de agora, vigie o Dr. Polidori quando eu não estiver em casa.

—

Eu me vesti e fui a pé até Covent Garden. Era o dia que os londrinos chamam de "Festa da Chaminé", e, para a minha inquietação, vi um bando de meninos escaladores do outro lado da Piazza. Era uma visão esquisita. Suas roupas eram trapos, tão pretas e cheias de fuligem que indicavam a profissão deles no ato: poderiam ter acabado de sair de uma chaminé, exceto por estarem usando fitas brancas, amarradas em seus braços e pernas. Havia um enfeite prateado no cabelo deles, e seus rostos estavam pintados. Quando me aproximei, pude ver pedaços de papel prateado e dourado grudados em suas roupas e rostos sujos; era no todo um espetáculo dos mais desoladores. Então, ao som de tambores, os meninos começaram a sua marcha.

Eles acenavam com suas ferramentas de escalar, seus bastões e escovas no ar acima de suas cabeças; cantavam alguma canção horrível, cheia de imprecações e execrações, da qual os espectadores riam. Então vi Polidori, bem junto ao pórtico da igreja ali. Ele estava olhando em volta com grande atenção, e soube no mesmo instante que estava me procurando. Ele estivera me seguindo. Virei na primeira esquina e fiz sinal para um coche, para me levar a Limehouse.

—

JÁ ERA BEM DEPOIS DA meia-noite quando voltei à Jermyn Street. Chamei Fred, mas não houve resposta. Fui até a janela e olhei a rua escura lá embaixo; por um momento achei que havia algum movimento em meio às sombras, mas então a sensação passou, e assim fui para a cama.

Ao acordar na manhã seguinte, notei que minhas roupas não tinham sido arrumadas. Levantei-me imediatamente e saí do meu quarto; a porta da cozinha estava aberta, mas não havia sinal de Fred. Ele nunca faltara ao serviço antes, e não me ocorria nada que pudesse tê-lo detido pela noite toda. Vesti-me e saí na rua, sem ter um plano definido de ação, e caminhei até Picadilly. Havia uma barraca de café lá, na esquina da Swallow Street, da qual eu sabia que Fred era freguês.

— Você viu o meu criado? Fred Shoeberry? — perguntei à garota que servia café em canecos de lata.

— Fred? O do cabelo ondulado com um dente faltando?

— Ele mesmo.

— Eu não o vejo desde ontem de manhã, senhor, quando ele comentou sobre o estado do tempo. Estava bem ruim.

Segui adiante, levado tanto pela multidão quanto pela minha própria vontade. Claro, eu não tinha a menor chance de encontrá-lo. Londres pode ser uma selva para alguém que procura um rosto em particular. E, embora eu soubesse que Fred era experiente em todos os costumes da cidade, eu também sabia o quanto era fácil para um menino desaparecer completamente como se arrancado das ruas para o esquecimento. Creio que muitos eram forçados a se tornarem marinheiros conscritos; quanto ao destino dos demais, não tinha a menor ideia. É claro que eu temia que a criatura poderia tê-lo pego; mas em nosso último encontro ele tinha demonstrado tamanha vergonha e arrependimento, tinha tão decididamente renunciado a qualquer violência a mais, que descartei tal especulação. Que possível motivo teria para perpetrar um ato assim, quando estava ansiosamente antecipando o fim de sua vida na Terra?

Voltei desanimado à Jermyn Street. Muitos teriam tratado a súbita partida de um criado sem grandes emoções, mas não tinha percebido o quanto me afeiçoara a Fred. E então lembrei da Sra. Shoeberry. Era possível que ela estivesse doente, ou enferma, e que Fred tivesse sido obrigado a ficar com ela. Eu sabia por ele que ela morava num dos becos que saíam da Drury Lane, na parte alta da rua, e fui até lá a pé. Todo mundo conhecia a Sra. Shoeberry naquele local, e me informaram que eu devia ir aos cômodos de aluguel em Short's Rents, onde me asseguraram que ela estaria "enxaguando". Havia outra lavadeira no chafariz, com sabão e pedra-pomes, e supus que a água corria mais abundante ali. Perguntei a ela onde a Sra. Shoeberry morava, e ela apontou para uma janela aberta no segundo andar.

— *Ela* — respondeu, enfatizando a palavra — está lá dentro.

Subi a escada, não tão limpa quanto deveria estar, e encontrei o apartamento da Sra. Shoeberry. A porta estava entreaberta, e eu já estava sentindo o odor acre dos serviços de lavanderia em Londres. Bati na porta e a abri, mas não vi nenhum sinal da própria lavadeira. Lençóis e roupas brancas estavam pendurados em profusão por todo o cômodo.

— Quem é? — a voz da Sra. Shoeberry veio detrás de um lençol.

— Victor Frankenstein.

— Ora, Sr. Frankenstein. Com licença. — Ela apareceu, segurando um feixe de pregadores e uma calandra. — O que o Fred aprontou agora?

— Ele não aprontou nada, Sra. Shoeberry. Tinha a esperança de encontrá-lo aqui.

— Ele não esteve aqui, Sr. Frankenstein. Ele só vem aos domingos, quando preciso dele para um levantamento. — Não fazia ideia do que ela queria dizer. — Ele se foi, então?

— Não o vejo desde ontem à noite.

Ela considerou a questão por um instante.

— Isso não é coisa do Fred.

— Eu sei.

Ela me olhou com firmeza.

— Ele se meteu em alguma encrenca, Sr. Frankenstein?

— Não que eu saiba.

— Deve ter alguma coisa na cabeça dele. Conheço aquele menino. Quando o finado Sr. Shoeberry faleceu, Fred se escondeu por dois dias. Disse que andou dormindo nos barcos. Ele nunca mencionou isso de novo. Ele é sério, aquele menino. — Ela foi para trás dos lençóis, de onde veio o som de um espirro enorme. Depois de alguns momentos, ela se recuperou. — Não se preocupe com isso, Sr. Frankenstein. Ele vai voltar até o domingo. Ele não vai me deixar sozinha no levantamento.

Eu parti alguns minutos depois, tendo dado a ela um florim por seu "problema", e voltei à Jermyn Street. Eu ficara de certa forma tranquilizado pela confiança dela de que Fred retornaria até domingo, de modo que voltei a me dedicar a meus experimentos. Fui à oficina todos os dias, onde refinei o mecanismo galvânico de acordo com as minhas pesquisas adicionais; o problema da inversão ainda era um que me extenuava, e me levou a mil diferentes variações nas baterias e máquinas. Eu tinha confiança de que chegaria a uma solução, todavia, e não esmoreci em meus esforços.

—

FRED NÃO VOLTOU ATÉ DOMINGO. A Sra. Shoeberry veio à Jermyn Street num estado de consternação, e me perguntou se devíamos alertar os guardas da paróquia. Eu não punha muita fé nos policiais, ou em sua patrulha, mas concordei em ir com ela até o ofício deles na St. James Street. Claro, não tinha havido nenhum informe de um menino desaparecido, mas ela sentiu que de alguma forma tinha cumprido o seu dever. No entanto, ela não estava num estado mental confortável. Temia alguma coisa. Perguntou-me se eu queria que algum dos seus outros filhos substituísse Fred, mas eu declinei da oferta.

Com o passar dos dias, eu estava tão concentrado em meu trabalho que pouca atenção prestei às circunstâncias externas. Polidori continuou hospedado em meus aposentos, e com frequência me perguntava sobre o estado de minhas pesquisas. Eu não podia, como um cavalheiro, pedir a ele que partisse. Nunca mencionei sua súbita aparição na "Festa da Chaminé", mas tomei o cuidado de nada revelar a ele. Ficávamos, em decorrência disso tudo, pouco à vontade na companhia um do outro.

Duas semanas após o desaparecimento de Fred, recebi uma carta de Mary Shelley, informando que a família (na qual ela incluía Lorde Byron) partira da Suíça indo para o sul em Pisa, onde tinham achado acomodações no Lungarno.

São suficientemente cômodas, e pagamos apenas 13 sequins por mês. Temos um excelente mezanino, e três quartos no quarto andar. Daqui temos vista dos pores do sol, que Shelley considera incomparáveis. Lorde Byron instalou sua residência numa casa muito mais imponente, mas ele se digna a jantar conosco todas as noites. Ele está no momento lendo para Shelley algum trecho de um poema que compôs recentemente. Eu não estou ouvindo as palavras. Ele quer nos mudar a todos para o golfo de Spezia, mas a perspectiva de mais uma viagem me desconsola.

Quando li isso para Polidori, ele fez uma careta.

— O homem é um demente — comentou. — Ele é capaz de levar um santo à loucura. Ele tem um demônio dentro de si que não deixa ele e ninguém ao seu redor em paz.

— Mas espere. Você não leu o pós-escrito de Mary. Ela deve tê-lo escrito alguns dias depois. — Eu li para ele a desolada mensagem com a qual ela terminava a carta:

Nós agora nos mudamos para uma casa construída na costa em Lerici. É conhecida como a Casa Magni, e, embora seja de fato grande, mal merece ser chamada de casa. É mais como uma fortaleza assediada pelo mar e pelos ventos marinhos. Há uma trilha rústica que nos leva à pequena aldeia de San Terenzo, onde só podemos comprar as provisões mais rudimentares. E só há uma chaminé para cozinhar! Não há jardim, e os fundos da casa dão para um mato cerrado. É o lugar mais lúgubre que se possa imaginar, e só a vista do mar melhora o meu ânimo. Ah, como eu queria estar em Londres agora!

Coloquei a carta na mesa.

— Ela está cansada de viajar.

— Ela está cansada de Byron, também, eu suponho — disse Polidori.

—

ENTÃO, DUAS SEMANAS DEPOIS, RECEBI outra carta. Reconheci a letra no envelope como sendo de Mary, mas estava tão contorcida e tensa que eu soube que continha notícias terríveis:

Há algo que eu não consigo dizer. E mal posso expressar em palavras. Shelley está morto. Ele se afogou no mar. Ele morreu com um companheiro, num barco que ainda não foi encontrado. Eles zarparam de Livorno para o golfo de Spezia, onde segundo todos os relatos foram surpreendidos por uma súbita tempestade de verão.

A carta dela se interrompia neste ponto, mas depois, em algum momento posterior, ela a retomou numa outra folha.

Ontem ele foi encontrado. Fora levado à costa perto da foz do rio Serchio, a 2 quilômetros daqui. Lorde Byron reconheceu formalmente o corpo. Eu não poderia fazer isso. Bysshe estava usando o paletó de lapela dupla e a calça de nanquim que comprara em Genebra. Você lembra dela? Os policiais aqui exigiram que ele fosse enterrado onde foi encontrado, com a sua sepultura sendo preenchida com cal viva, mas Byron e eu nos revoltamos contra esse procedimento tão grosseiro. Ao menos dessa vez fiquei grata por Byron ter assumido os modos e a autoridade de um lorde. Recebemos a permissão de cremar o pobre Bysshe à beira-mar. Dois criados da casa, junto com Byron, construíram uma pira funerária na praia. Era um dia de um sol brilhante. Como eu gostaria que você tivesse estado comigo, Victor, durante esse rito final. Colocamos Bysshe nas chamas, e Byron despejou vinho, sal e incenso na conflagração. Eu não consegui olhar, mas Byron enfiou a mão no fogo e pegou o coração de Shelley ainda intacto. Ele pretende enterrar as cinzas no cemitério protestante de Roma, mas eu não consigo suportar nem mais um momento neste país. Preciso partir. E há um fim para tudo, exceto o desespero.

—

A MORTE DE MEU COMPANHEIRO me afetou tão completamente que por dois dias eu perdi toda a sensação de estar vivo. Não sei como me comportei, ou aonde fui; acordava em lençóis sujos e, tanto quanto saiba, nada comi. Creio que Polidori me evitou, em respeito ao meu luto, mas na terceira manhã ele bateu na porta de meu escritório.

— Mary estará de volta na semana que vem — anunciou. — Aqui está um bilhete de Byron.

O iminente retorno de Mary despertou-me de meu estupor. Por alguma razão inexplicável para mim mesmo, desejei destruir a criatura antes que ela chegasse à Inglaterra: não me permiti supor que houvesse alguma ameaça real a ela, como tinha havido para Harriet e Martha, mas queria estar livre desse fardo impuro antes de ver Mary de novo. Eu desejava protegê-la em seu luto — e talvez consolá-la. Como eu poderia desempenhar tal tarefa com a criatura ainda viva? Eu tinha em todo caso chegado ao ápice de meus experimentos, em que o sucesso me parecia garantido. Pelo uso de cabos condutores, e uma série de placas de metal posicionadas em graus e níveis variáveis de inclinação, por fim, eu tinha conseguido alterar a direção e a força do fluido elétrico. Eu tentara o experimento com um cachorro vira-lata, tranquilizado com éter, e ele tinha imediatamente expirado sob a descarga.

Por uma soma extravagante eu havia agora comprado um macaco do Norte da África de um marinheiro em Wapping; não podia testar a minha teoria em meus semelhantes, e acreditava que o macaco era o mais próximo de nossa espécie para os propósitos da experiência. Eu o tranquilizei com éter, como antes, e, depois de prendê-lo à mesa com correias de couro, eu o submeti à carga elétrica. Ele entrou em convulsões graves, com muitos espasmos e contorções, e expirou após 16 segundos. Então apliquei a carga de novo; enquanto observava, o corpo começou a se decompor, a pele se enrugando, a carne se dissolvendo. O fedor foi terrível, mas eu estava determinado a ir até o fim do experimento. Administrei mais um choque, e não demorou para o corpo se reduzir a um esqueleto; e então os próprios ossos começaram a se fragmentar até se desfazerem em pó. Eu tinha sido bem-sucedido.

Vinte e dois

Parti de Limehouse num estado de exaltação. Eu tinha certeza de que a minha longa servidão à criatura estava agora no fim. Andei até a via principal, passando pelas ruas menores onde aqueles em busca de vistas e sensações estranhas sempre podem ser encontrados. Caminhava em perfeita segurança. Dobrei uma esquina e, dando um rápido relance à direita, vi Polidori. Ele estava parado nas sombras, mas perfeitamente reconhecível para mim. Em meu ânimo de triunfo, decidi entrar no jogo da perseguição dele. Fiquei parado na rua, dando a ele tempo de sobra para me notar. Então saí andando a passos rápidos na direção de Ratcliff e Whitechapel, e tracei meu caminho através das ruas estreitas daquele bairro. Julguei estar ouvindo passos atrás de mim, de modo que entrei numa travessa e aguardei. Quando Polidori passou por mim, avancei e peguei-o pelo braço.

— Boa noite — cumprimentei. — Vejo que frequentamos o mesmo bairro.

Ele se voltou para mim e ficou imóvel.

— Talvez estarei atrás de aventuras?

— Não. Você está atrás de mim.

Ele ficou em silêncio por um instante.

— Você me interessa, Victor. Eu admito. Você tem uma compreensão bem mais vasta que o mero...

— Então você examinou os meus papéis, como eu suspeitava. Não é verdade? — Eu não me importava mais em esconder o que fosse. — O que você viu?

— Coisas maravilhosas. Mas não consegui encontrar a chave.

— E eu a detenho. É por isso que você está me seguindo.

Ele tinha recobrado o autocontrole.

— Eu disse a você que queria saber os seus segredos. Creio que você está conduzindo, realizando, como devo dizer, algo fora do comum?

Ele me encontrara no momento apropriado. Meu entusiasmo e a minha sensação de realização eram tamanhos que eu poderia declará-la aos brados na rua.

— É um caso estranho o meu — falei.

— Eu sabia disso.

— Você não vai acreditar em mim.

— Há convicção em seu rosto. É o bastante para mim.

— Não convicção. Mas triunfo. Não podemos falar aqui. — Eu devia estar transpirando abundantemente, pois minhas roupas estavam úmidas.

Fiz sinal para um coche e fomos para a Jermyn Street. Sentamos em meu escritório. Eu mal podia esperar para contar a história de meu sucesso.

— É um caso estranho o meu. Não acho que alguma vez coisa mais estranha tenha acontecido. Creio que seja única.

— Você está falando sério, Frankenstein?

— Ouso dizer que você irá rir de mim.

— De forma alguma. Eu quero compreendê-lo.

— Ah, então você precisa voltar muito para trás. — Contei a ele a história completa de meus experimentos. Durante o longo relato, ele nada disse. Estava me observando da maneira mais insólita. — Posso lhe assegurar, Polidori, que o que eu lhe contei é verdadeiro e exato. Cada estágio do processo foi como eu descrevi.

Quando fiz uma pausa, tendo contado a ele do primeiro despertar da criatura, ele se inclinou para a frente e sussurrou:

— Então essa coisa viveu? É isso que você está me dizendo? — Ele pôs a mão na testa, num gesto de extremo aturdimento. Seus olhos estavam muito arregalados.

Eu assenti. Então acrescentei, em voz baixa:

— Ainda está viva. — Polidori olhou o quarto em volta com terror. — Não. Não aqui. Mora no estuário do rio. Longe de qualquer habitação humana.

— Você o viu de novo?

— Espere eu chegar ao fim de minha história. — Então contei a ele a história de Harriet Westbrook, e da condenação injusta de seu irmão pelo assassinato dela. Chorei durante a narrativa, pois na realidade eu fizera tudo o que pudera para suprimir isso de meus pensamentos. Relatei também o rapto e o assassinato da criada, Martha, junto ao rio em Marlow. Comecei a contar a ele a história das visitas subsequentes da criatura. — Ela me ameaçou — confessei — com tão terrível... — interrompi-me, tremendo.

Polidori levantou-se da poltrona num movimento involuntário.

— Isso é possível, Frankenstein? — De novo ele olhou o quarto em volta. — Como isso não foi apregoado pela imprensa? Como pode viver entre nós? Por que não foi caçado?

— Deseja viver oculto e incógnito. Não quer ser caçado, como você colocou. Ele tem maneiras de se esconder da visão pública.

— Você precisa de mais vinho — disse Polidori. Ele estava tão inteiramente com medo quanto eu, mas me serviu outro copo, que bebi de uma só vez. — Está mais calmo agora?

— Sim, muito calmo. E você?

— Calmo o bastante.

— Depois de um tempo, a criatura parou de ameaçar, e começou a me implorar. Ele queria ser libertado de suas misérias. Acho que ele sentia vergonha, remorso, horror. Tudo isso. Às vezes acho que ele cometeu mais algum ato vil, e que isso oprimia a sua mente. Disso não posso ter certeza. Mas ele veio me pedir por seu fim.

— Graças a Deus.

— E eu posso conceder o seu desejo. — Descrevi a ele o experimento com o macaco do Norte da África não omitindo nada que fosse interessante, e então compartilhei com ele o meu plano de destruição da criatura. — Ele vai vir ter comigo agora. Eu sei disso. Ele tem uma estranha suscetibilidade a mim. Ele compreenderá que o momento chegou para a sua libertação. Amanhã eu o verei pela última vez.

— Posso lhe sugerir, Frankenstein, que você me convide também?

— Eu não acho que ele vá querer qualquer outra testemunha.

— No entanto, no caso de um fracasso ou só um sucesso parcial...

— Não haverá fracasso.

— Você lembra da palavra secreta para o *golem*? Eu não lhe contei uma coisa. Precisa ser dita ao *golem* por um judeu. Caso contrário não prevalecerá. — Ele fez uma pausa. — Pertenço a essa fé.

— Ah, estou compreendendo-o agora. Você quer dizer a palavra de anátema. Você irá pronunciar a maldição judaica contra ele. Não será necessário.

— Permita-se a possibilidade, ao menos.

— Se você assim deseja. Mas ele ficará perturbado com a sua presença. Eu sei disso.

— Então esperarei em algum lugar, em segredo, por uma mensagem.

— E como encontrarei um mensageiro? Não. Eu acredito que a criatura virá ter comigo no crepúsculo. O crepúsculo é a sua hora. Deixe-me a sós com ele por algumas horas. Ele pode querer fazer uma confissão final para mim, ou falar de outras coisas. Venha à meia-noite.

—

Eu não consegui dormir. Estava exausto, mas em tal estado febril de expectativa que não tive como repousar. Eu era despertado assim que tentava, com uma nova imagem da criatura. Só perto do amanhecer cochilei um pouco, sendo acordado pelo som de Polidori descendo a escada e abrindo a porta para a rua. Levantei-me imediatamente, lavei-me e preparei-me para o que acreditava ser um dia conclusivo em minha vida terrível.

Assim que cheguei a Limehouse, abri a porta que dava para o rio.

Esperei por três ou quatro horas, olhando com expectativa para a água; no fim da tarde, fui até o pequeno cais e inalei o cheiro de lama e alcatrão que emanava da margem. Eu não estava impaciente. Eu sabia, mesmo quando me apressara a vir da Jermyn Street, que ele não viria até o crepúsculo. Lentamente o ar ficou mais escuro. Uma brisa leve agitava a água, fluindo constantemente com a maré subindo, e pude ver um bando de estorninhos voando para os pântanos do outro lado do rio. Havia uma leve luz no horizonte, com o sol se pondo em meio às nuvens. E então eu o vi movendo-se na água; ele se ergueu para fora da água ao se aproximar de mim, e então mergulhou de volta no rio. Virei-me e fui para a oficina; estava bastante calmo quando ele apareceu na porta.

— Eu o estava esperando — anunciei. — Sabia que você viria.

— Como eu poderia ficar longe, se a minha libertação está próxima?

— Você sabe que os meus experimentos tiveram sucesso? Que a minha ambição se realizou? — Ele fez que sim. — Então. O que você quer que eu faça?

— Você sabe o que quero. Morte. Esquecimento. Esquecimento e escuridão.

— Eu posso lhe prometer essas coisas. Venha.

Ele entrou sob a luz do lampião a óleo. Vestia um par de calças de lona, como as que os marinheiros usam, e um paletó marrom; estava com uma camisa, mas sem cachecol, e eu podia ver os pelos amarelos em seu peito. Ele estava descalço, também. Desconfiei que ele andara levando uma vida mais dura no estuário.

— Você quer dizer alguma coisa antes? Há algo que queira me dizer?

— Só que sofro por meus crimes. E desejo que esse sofrimento termine.

— Você se arrepende?

— Certamente não é você que deveria se arrepender? Eu não pedi para vir a este mundo. Não quis me levantar de novo nesta forma. Serei eu monstruoso? Ou é você monstruoso? O mundo é monstruoso? — Ele ficou parado na luz tremeluzente, numa infelicidade em que eu jamais o vira, e pareceu estar examinando o equipamento elétrico. — Devo me deitar aqui? Foi aqui que nasci, não foi?

— Se puder tirar as roupas.

— Senão elas poderão se queimar?

— É possível. Sim. E então tome o seu lugar na mesa, com a cabeça para este lado. — Ele se despiu e se deitou na posição que eu indiquei. Eu prendi seus pulsos e tornozelos com as correias de couro. Dele vinha o cheiro de lama e maresia.

— O cheiro dos pântanos — falou como se tivesse adivinhado meus pensamentos. — Eu ficarei bem imóvel. Você não precisa apertar muito as correias.

Quando ele estava preparado, coloquei os terminais elétricos em suas têmporas e na base de sua espinha. Olhei para ele, para assegurar-lhe que tudo estava pronto. Ele fechou os olhos e suspirou. Quando liberei o fluido elétrico, seu corpo inteiro sacudiu-se violentamente, e então arqueou-se para cima, rompendo uma das correias nos pulsos; ele pareceu que ia gritar, mas o som que veio dele foi o de uma tosse rouca. Pó saiu de sua boca. Então seu corpo ficou imóvel.

Para o meu horror ele abriu os olhos. Não conseguiu falar, mas me tocou com a mão livre. Recuei bruscamente, com o conhecimento de que ele não tinha sido destruído.

— Nem tudo está perdido — disse. Percebi que podia me compreender. Ele fez que sim. — Vou aumentar o nível do fluido. Está preparado para isso? — Ele fechou os olhos assentindo.

A segunda tentativa foi pavorosa. De novo seu corpo tremeu e se convulsionou; houve um chamuscamento em sua perna esquerda, e o cheiro de carne queimada tomou a sala. Ele pareceu ficar inconsciente, com uma respiração pesada e estertorosa. Mas ainda não estava morto. Sem pedir sua permissão, tentei uma terceira vez; de novo sua carne foi chamuscada, mas todos os sinais vitais permaneciam. Eu nada mais podia fazer. Soltei as correias que o prendiam sem verificar se ele iria se levantar. Sentei numa cadeira voltada para a janela que dava para o rio. Estava totalmente exaurido e derrotado. Eu fracassara em destruí-lo: essa coisa, esse fardo, ainda pesava sobre a minha vida. Depois de um tempo, ele se juntou a mim, sentando na cadeira ao lado da minha; eu podia sentir o cheiro de sua carne queimada, mas não senti desgosto ou desdém. Era eu, afinal, quem tinha sido o responsável. Ele tentou falar. Sua voz não era mais melodiosa como no passado, mas um murmúrio baixo.

— Eu não posso morrer — falou. — Ficarei no mundo até o fim dos tempos. É assim?

— Eu não sei.

— Você sabe.

— Não tenho coragem para pensar no futuro.

— Ainda assim, o que faremos? A minha carne logo ficará curada. Isso não foi nada. No entanto, a minha mente e meu espírito jamais se curarão.

— Iremos compartilhar essa sina então.

Ele ficou ali sentado, balançando para a frente e para trás.

— Faça parar — pediu. — Faça parar.

Eu baixei a minha cabeça, também. Não sei quanto tempo ficamos ali, lado a lado, mas por fim fomos despertados pelo som de passos. Era Polidori que tinha vindo pela margem do rio, e estava passando pelo cais. Ele veio até a porta da oficina e se deteve na soleira. Havia uma expressão de perplexidade em sua face.

— Agora você está vendo a minha obra — falei.

Ele entrou, segurando um lampião, e parou na nossa frente.

— Contemple a criatura. Foi isso o que eu criei.

— Onde?

— Aqui. Na sua frente.

— Não há ninguém aqui — protestou.

— Você perdeu a razão? Olhe aqui. Ao meu lado. Aqui está ele, sentado.

— Não há nada ao seu lado a não ser uma cadeira vazia.

— Nada? Eu não acredito em você. Eu sei que você está mentindo.

— Por que eu mentiria, Victor?

— Para me enganar. Para me trair. Para me enraivecer.

— Não há nada aqui. Ninguém está com você. Não há criatura. — Ele andou até os equipamentos elétricos. — Isso é muito triste, Victor.

— O que você está dizendo? Diga-me uma coisa, então. Diga-me quem matou Harriet e Martha.

Ele olhou atentamente para mim.

— Eu não sei quem as matou.

— Aí está. Você não tem uma resposta.

— Você está vivendo em sua imaginação, Victor. Você sonhou isso tudo. Inventou tudo.

— Como assim?

— Talvez você quisesse rivalizar com Bysshe. Ou Byron. Você tinha anseios pelo sublime e pelo poder.

— *Basta*. Você está me deixando sem esperanças.

— E que mal você pode ter feito! — Ele fez uma pausa. — O que aconteceu com Fred?

— Quem é Fred? — indagou a criatura num sussurro.

Eu não sabia como responder. Como eu poderia explicar o desaparecimento do menino que me amara? Como eu poderia dizer que o corpo dele seria encontrado no poço de cal na margem do rio?

Polidori olhou para mim e então me perguntou:

— Você destruiu Fred também?

— Eu disse *basta!*

Eu o ataquei. Investi contra ele e o destruí. Não, eu não. A criatura despedaçou-o com as mãos nuas.

Então nós saímos, a criatura e eu, para o mundo, onde fomos presos pelos guardas.

Entregue a mim pelo paciente Victor Frankenstein, quarta-feira, 15 de novembro de 1822.

Assinado por Fredrick Newman, Superintendente do Asilo Mental para Incuráveis de Hoxton.

Este livro foi composto na tipologia Adobe Jenson Pro,
em corpo 11,5/14,3, e impresso em papel off-white
no Sistema Cameron da Divisão Gráfica
da Distribuidora Record.